La Nuit où nous l'avons perdu

LAURA DAVE

La Nuit où nous l'avons perdu

Traduit de l'anglais (États-Unis)
par Alexia Maury et Marie Tillol

Michel LAFON

Ce livre est imprimé en France par
un imprimeur soucieux de préserver l'environnement
à travers des actions d'économies d'énergie, de valorisation
des déchets, d'utilisation de produits moins nocifs
pour la santé des travailleurs.

Titre original :
The Night We Lost Him

14 boulevard de la Madeleine – CS 62204
75373 Paris Cedex 08
www.michel-lafon.com

À Josh et Jacob,
tout est pour vous

« Tout comme le funambule doit s'aider d'une perche
pour prolonger ses bras
Tu m'as aidée

Je t'ai aidé à traverser ce monde »

Jane Hirshfield

Prologue

N'importe quel biographe digne de ce nom en conviendrait, l'histoire de sa vie pouvait se résumer ainsi : quand Liam Samuel Noone commença à gagner de l'argent, la première chose qu'il fit fut d'acquérir un bout de terrain aussi loin que possible de sa ville d'origine.

Il existait bien entendu des lieux plus éloignés du quartier de Midwood, à Brooklyn, que la côte Ouest californienne. Mais pour Liam, l'arrivée à Carpinteria fut une renaissance. Son pouls s'apaisa, suivi d'un relâchement dans la poitrine – un glissement ténu, certes, mais sismique. Il traversa en trombe la petite ville littorale endormie – derrière son pare-brise se déployait un paysage étonnant, des cyprès chahutés par le vent ployaient en tous sens, tel un dais de verdure en bataille.

Liam, qui venait tout juste de reprendre les rênes de l'entreprise, était venu spécialement de New York pour rencontrer un investisseur potentiel. Ils étaient en pourparlers sur un projet commun : la construction d'un complexe hôtelier haut de gamme, à douze kilomètres au nord de Santa Barbara ; un coin préservé, à flanc de colline, secret, luxueux, composé de quarante-huit villas privatives, avec des sentiers escarpés serpentant de l'une à l'autre, des braseros et des allées pavées devant chaque porte, un restaurant avec une façade en pierre sèche.

Son partenaire financier, un ancien camarade de promo du nom de Ben, lui avait donné rendez-vous chez lui, dans sa résidence secondaire face à l'océan, sur Padaro Lane. Installés sur la terrasse en bois, devant une assiette d'œufs pochés, ils avaient examiné les plans, et le costume de Liam n'était pas de taille à affronter la fraîche brise marine. Il avait repris un café, décliné le manteau que Ben proposait de lui prêter.

À un moment donné, Liam avait regardé vers l'est et repéré une petite maison, perchée au bord de la falaise à Loon Point. La lumière de l'aurore – ce jaune incandescent – ricochait sur la façade et donnait un éclat doré au gravier blanc et aux bosquets de citronniers. Aux massifs de rosiers.

La propriété comprenait une vaste parcelle, deux magnifiques hectares, des vues sans fin sur l'océan et, au loin, les contreforts des collines de Santa Ynez.

L'unique bâtisse sur le terrain était occupée par une vieille dame qui vivait dans cette maison sans prétention du début XXe. Sur la porte, un panonceau de bois clair gravé à son nom : WINDBREAK, la maison-paravent. Liam était allé frapper à la porte et s'était enquis du prix de la maison. Elle avait répondu qu'elle voulait continuer de vivre là en paix, sans qu'on vienne frapper à sa porte pour lui demander quel serait son prix. Il avait souri, puis s'était excusé : *Ce n'est pas dans mes moyens, de toute façon.*

Ces paroles avait agi comme un sésame, elle l'avait fait entrer.

Aujourd'hui, plus de trente ans plus tard – comment se peut-il que le temps passe si vite ? – Liam se dirige vers l'angle nord-est, le point de vue qu'il préfère, le tumulte de l'océan sous ses pieds, les vieux oliviers, le vent, l'air vivifiant et sauvage qui l'entoure.

Il gonfle les poumons, ravale les larmes qui remontent du fond de la gorge, insistantes, au souvenir de cette journée.

D'ordinaire, il n'est pas si nostalgique, et pas du genre à rêvasser. Mais il sent qu'il divague, toutes les sensations refont surface : il se revoit, jeune homme perturbé venu toquer à la porte de cette vieille dame, désireux de prendre un nouveau départ. Bien loin de celui qu'il est désormais, cet homme d'âge mûr, cette maison vide derrière lui, et personne pour lui dire à quel moment il s'est trompé. Comment a-t-il fait pour se retrouver là, à bout, ébranlé par l'émotion, mais résolu à dire tout haut (à *enfin* dire tout haut) toutes les choses qu'il aurait tant aimé faire autrement. Ce n'est pas du regret, non, pas exactement. Ce n'est rien de si cliché ou passif que le regret. Non. C'est de la repentance.

C'est pour cela qu'il continue de se rejouer ces scènes dans une boucle impitoyable, ces instants auxquels il essaie de retourner, qu'il aspire à revivre. La première fois à dix-huit ans, puis à vingt, à vingt-trois, à trente-cinq, trente-neuf, quarante-six. À cinquante-deux ans. Soixante. Soixante-huit. Si on ne regarde que l'essentiel, c'est chaque fois la même scène qui se rejoue, non ?

Le même dilemme. Avancer vers son destin ou lui tourner le dos.

Il plante ses pieds dans le gravier blanc. À quel moment cet endroit est-il devenu le tribunal de ses échecs ?

La facilité serait de dire que c'est récent (ce serait aussi probablement un mensonge). Mais quelle que soit la manière dont c'est arrivé, peu à peu ou d'un coup d'un seul, Windbreak agit désormais comme un miroir, dans lequel il se voit tel qu'il est. Quelle ironie ! Il avait imaginé que ce serait un lieu d'évasion, une bulle apaisée, à mille lieues de ce qu'avait été la maison de son enfance, et ça s'était révélé tout l'inverse. C'est devenu sa capsule temporelle.

Tournant la tête, il contemple Windbreak, son style rudimentaire, ses bardeaux, sa forme anguleuse, toutes lumières allumées : deux chambres, deux salles de bains, un coin cuisine. Une maison toute simple, plus modeste que les maisons d'invités de l'intégralité des domaines environnants, sans même parler des demeures principales avec leurs deux mille mètres carrés. Ils avaient tous pensé qu'il finirait par raser cette bicoque pour en construire une nouvelle. Ladite bicoque, parfaite, qui détonait dans le paysage, était loin de pouvoir accueillir une grande famille. Sa propre tribu y serait à l'étroit, aucun doute.

Mais il ne s'agissait pas seulement de construire une nouvelle maison : c'était plus compliqué que ça. Il avait toujours eu peur d'y amener sa fille, quand elle était petite, puis les garçons, quand ç'avait été leur tour. Les clôtures ne suffiraient pas à protéger les habitants. Le jardin était à flanc de falaise, une chute de vingt-cinq mètres dans l'océan hérissé de rochers de la côte californienne. Et s'ils venaient à tomber ? Si l'un d'eux, avec ses petites jambes et ses épaules d'enfant agité, lui échappait et filait droit vers le précipice ?

C'est du moins ce qu'il se racontait. Était-ce pour autant la vérité ? La vérité était peut-être plus simple : il avait toujours apprécié d'y venir seul. Seul, ou avec elle.

Il se penche, coule un regard en contrebas, vers les vagues qui lèchent la falaise, vingt-cinq mètres sous ses pieds, vers ce relief écorché, beau, puissant. Et il sait que, non, ce n'est pas uniquement de l'égoïsme. Il en est sûr, il a fait de son mieux, à sa manière, pour protéger ses enfants. Même quand il a échoué (et il ne se berce pas d'illusions, il a connu plus d'échecs que de réussites, dans son rôle de père), même alors, il avait à cœur de les protéger.

Quand, quelques instants plus tard, Liam Samuel Noone est poussé du haut de la falaise, que son corps chute en tournoyant dans les airs, c'est la dernière pensée qui le traverse. Malgré tous ses défauts – cette dernière, cette ultime pensée.

Mieux vaut que ce soit moi plutôt qu'eux.

Partie 1

« L'architecte travaille sur le territoire de la mémoire. »

Mario Botta

Journées portes ouvertes

– Alors, vous pensez que c'est rattrapable, on peut en faire quelque chose ? demande-t-elle.

Je me trouve sur le seuil d'une bâtisse de cinq étages à Brooklyn, perchée en bordure du quartier de Cobble Hill. Pour une professionnelle comme moi, cette maison de ville est déjà exceptionnelle en l'état : très grande, avec des fenêtres en acier, des rampes d'escalier d'origine, des plafonds à caissons de près de quatre mètres de haut. Et un *rooftop* transformé en jardin de cent soixante-dix mètres qui surplombe un tronçon verdoyant et charmant de Henry Street.

Je me tourne vers Morgan, ma cliente.

– Qu'est-ce que vous entendez par *rattrapable*, au juste ?

– C'est vous l'experte mais tout est à refaire. C'est évident. Disons que c'est en piteux état, enfin, vous voyez ce que je veux dire…

Morgan secoue la tête, attendant visiblement que je réagisse à son constat. Elle est jeune (vingt-cinq ans, vingt-six tout au plus), belle, et porte les mêmes bottes bleu marine à chacune de nos rares rencontres. Chaque fois, elle semblait de plus en plus mécontente de se retrouver à Brooklyn. Je ne sais pas si c'est la maison qu'elle n'aime pas, ou l'idée de devoir quitter Manhattan. Mais il est clair que ce déménagement ne l'enchante pas.

Elle s'installe à Brooklyn, me dit-elle sans cesse, pour son fiancé, une sorte d'homme d'affaires. Il a décidé qu'il voulait quitter Tribeca et leur loft de North Moore Street et se réfugier dans un quartier moins central. Je n'ai pas encore rencontré le fiancé de Morgan, bien que ce soit lui, apparemment, qui ait insisté pour m'engager. Il veut se marier ici, sur le *rooftop*. Et tant qu'à faire, rénover entièrement les cinq étages en dessous.

– Quand est-ce que les travaux seront terminés ? demande Morgan.

– Quelle partie ?

– Eh bien tout. Tout ça, dit-elle en désignant d'un geste l'ensemble de la maison, tout en descendant les marches à vive allure pour rejoindre le séjour.

– Commençons d'abord par discuter de ce que vous avez en tête, lui dis-je. Nous pourrons ensuite entrer un peu plus dans les détails, et nous assurer que nous sommes sur la même longueur d'ondes pour ce qui est des délais et du calendrier. Ça vous convient ?

– Oui, oui…

Elle s'assoit sur le canapé, semblant approuver ma proposition. Puis finalement, elle sort son téléphone de son sac – visiblement, les détails que nous n'avons même pas commencé à évoquer l'ennuient déjà. Elle ouvre Instagram, où l'attendent ses cinq cent mille abonnés. Et je la perds.

Je commence, malgré tout, à sortir les plans de la maison. L'ancien propriétaire est un architecte que je connais depuis la fac. Il a passé pratiquement trois ans à réaménager l'endroit pour sa famille, sans se douter que le travail de sa femme les enverrait dans le Colorado peu après leur emménagement. Il y a, bien sûr, de nombreuses façons d'agencer un intérieur, mais je vois bien l'attention portée à chaque détail – le côté cosy et spacieux du séjour, les lignes courbes, l'olivier qui équilibre la cheminée, les trois sources de lumière naturelle différentes.

Je suis spécialisée en neuro-architecture. La plupart de mes clients sont intéressés par cette approche spécifique, qui consiste à concevoir des espaces qui vont favoriser le bien-être. On pourrait évidemment imaginer des constructions hors du commun, avec des bâtiments ultra-innovants qui en mettent plein la vue. Mais je m'applique avant tout à faire en sorte que l'environnement ait un impact positif sur la qualité de vie. Je me concentre, fondamentalement, sur la création d'espaces qui peuvent être vecteurs de guérison.

Quoi que Morgan entende par « piteux état », je doute qu'elle ait ce genre de préoccupation en tête.

– Est-ce qu'il est toujours prévu que votre fiancé se joigne à nous, ou ce sera juste nous deux ?

Au lieu de me répondre, elle brandit son téléphone en mode selfie, et fait la moue. Je m'échappe du champ de la photo aussi vite que possible.

– Il ne devrait pas tarder.

Pile à cet instant, son fiancé franchit la porte d'entrée, laissant s'engouffrer une bourrasque du vent hivernal. Il est beau – grand et musclé avec une mâchoire carrée et un regard intense. Il est plus âgé que Morgan, presque la trentaine, et porte un blouson type teddy sur un sweat à capuche qui le font paraître plus jeune.

Il se trouve que c'est aussi mon frère.

– Quoi de neuf, Nora ?

– C'est une blague, dis-je.

Morgan se redresse et nous regarde tour à tour.

– Vous vous connaissez tous les deux ?

Il opine de la tête.

– En fait, Nora est ma sœur.

– Ta *sœur* ?

Je souris et les désigne l'un après l'autre.

– Et vous, vous vous connaissez ?

C'est un peu injuste. Je peux compter le nombre de fois où Sam et moi nous sommes retrouvés dans la même pièce. On ne se voyait que quelques fois par an durant notre enfance. Et on se voit encore moins depuis que nous sommes adultes. Je suis le seul enfant du premier mariage de notre père. Sam est l'un des deux enfants de sa deuxième union. On pourrait dire que Sam et son frère jumeau, Tommy, sont la raison d'être de ce deuxième mariage – la grossesse surprise de la mère de Sam laissant à penser que la relation de mes parents n'était pas vraiment au beau fixe.

– *Sam*. C'est quoi, ce bordel ? s'offusque Morgan. Tu ne t'es pas dit que c'était une information importante à partager avec moi ?

Je ne sais pas si « l'information » à laquelle elle fait référence concerne le fait que mon frère avait fait appel à moi sans lui dire qui j'étais – ou au fait même que Sam ait une sœur. Je penche pour la deuxième option, mais avant que Sam puisse lui répondre, le téléphone de

Morgane sonne. Elle bredouille que c'est leur *wedding planner*. Puis disparaît dans le couloir.

Je me retourne vers Sam, qui me sourit.

– Ça fait plaisir de te voir, dit-il. Comment tu vas ?

– Pourquoi est-ce qu'il faut toujours que tu fasses des coups tordus ?

Son sourire s'efface.

– Ça fait plus d'un mois que j'essaie de te joindre. Tu ne m'as jamais rappelé. Et c'est moi qui fais des coups tordus ?

Il m'a appelée – c'est vrai. Depuis la mort de notre père, j'ai ignoré ses messages vocaux et quelques mails énigmatiques. Notre père ne voulant pas de cérémonie pour ses funérailles, j'ai aussi pu éviter de croiser mon frère en personne.

La vérité, c'est que je ne veux rien avoir à faire avec Sam. Le passé m'a prouvé qu'il valait mieux ne rien avoir à faire avec lui – ou avec quiconque de la deuxième famille de mon père. Ni de sa troisième famille, d'ailleurs.

– Il faut que je te parle, dit-il.

– Tu as acheté une maison à huit millions de dollars pour qu'on *parle* ?

– C'est important.

Je commence à remettre les plans dans leurs tubes.

– Je suis en retard pour mon prochain client.

– Morgan t'a fait réserver tout ton après-midi, donc…

Je n'accepte pas souvent de projets résidentiels comme celui-ci. Mais Morgan avait versé un énorme acompte – le genre d'acompte qui me permet de me consacrer aux missions que j'aime le plus, et le genre d'acompte qui lui permet d'exiger quelques heures supplémentaires de mon temps.

– On peut très bien déchirer le chèque, dis-je.

– Est-ce qu'on peut juste s'asseoir et parler quelques minutes, merde ?

– Je croyais avoir été claire. Je ne veux pas de l'argent de papa. Je n'en voulais pas quand il était en vie. C'est certainement pas maintenant que ça va changer.

– Ce n'est pas la raison de ma venue, dit-il.

Je lève les yeux, croise les siens. Un vert-de-gris familier. Le vert de mon père. Ils ont les mêmes yeux, les mêmes cheveux clairs, le même teint. C'est dur, mais je me force à faire abstraction de tout ça. C'est plus facile si je me dis que mon frère se manifeste toujours avec la même chose en tête. Le deuil commun que nous traversons n'est pas une raison suffisante pour qu'il ait tout à coup envie de nouer une relation. Ce qui me convient très bien. Ça ne m'intéresse pas d'avoir une relation avec Sam. Et encore moins d'avoir quoi que ce soit à voir avec l'entreprise de mon père.

Comme je l'ai indiqué lorsque j'ai transféré le dernier mail de Sam (Objet : Il faut qu'on parle) aux avocats de mon père, Sam peut avoir tout ce qu'il veut de notre père. Et tous les autres aussi.

– Prends soin de toi, Sam, dis-je.

Je me dirige vers la porte d'entrée. La porte qui me mènera dehors, en bas des marches, puis loin d'ici.

– Tu peux attendre ?!

Je continue d'avancer, je suis presque libérée. Libérée de lui, une fois de plus, de sa famille, une fois de plus et de leur monde, une fois de plus.

Je pose enfin ma main sur la poignée quand mon frère prononce la seule phrase qui pouvait m'arrêter dans ma fuite.

– Nora. La mort de papa ? lance Sam. Sa chute…

Je m'arrête. Je laisse ma main sur la poignée. Mais le reste de mon corps est comme suspendu.

– Ce n'était pas un accident.

On ne choisit pas sa (ses) famille(s)

La dernière fois que j'ai vu mon frère, c'était il y a plus de cinq ans.

Nous étions au dîner d'anniversaire de notre oncle Joe. Techniquement, Joe est le cousin de notre père, mais ils ont grandi comme des frères. Ils ont été élevés ensemble, sont allés au même lycée, ont habité ensemble à la fin de leurs études et passé les dernières décennies à travailler ensemble. Si la plupart des frères se disputent – surtout lorsqu'ils sont aussi proches – ils semblaient avoir réussi à passer au travers des difficultés. Ils étaient meilleurs amis.

Mon père avait organisé l'anniversaire de Joe au Perry St, un restaurant tout près de la West Side Highway, un de leurs établissements préférés. Sam était assis à côté de moi, en bout de table. Il venait tout juste de commencer à travailler pour notre père, et supervisait l'inauguration d'un nouvel établissement à Hawaï dans une petite enclave près de la mer sur la côte nord de Kauai.

Sam s'était rendu en avion à New York spécialement pour ce dîner – une demande de mon père qui n'avait pas eu l'air de l'enchanter, surtout parce que Tommy avait passé la majeure partie du repas à faire les cent pas sur le trottoir au téléphone pour le travail.

Sam n'avait pas arrêté de regarder Tommy par la fenêtre – Tommy qui travaillait aussi pour notre père, Tommy qui travaillait pour notre père depuis plus longtemps que Sam. En regardant Sam, je n'arrivais pas à déterminer s'il était jaloux que son frère ait une raison valable de quitter la table. Ou si Sam se sentait en concurrence avec lui parce que cette raison ne le concernait pas.

De toute façon, j'étais davantage intéressée par ma conversation avec Grace, assise à côté de moi.

– Ton père m'a dit que tu venais d'ouvrir ta propre agence ? m'avait-elle demandé. C'est super !

J'avais toujours apprécié Grace. C'était une femme discrète et brillante, qui travaillait avec mon père depuis que j'étais toute petite. Depuis presque aussi longtemps que Joe – elle et Joe, les deux personnes de confiance de mon père. D'après mon père, Joe l'aidait à s'assurer que les plannings et délais étaient respectés tandis que Grace était davantage la créative du trio. C'est sans doute la raison pour laquelle elle semblait sincèrement touchée par le fait que j'aie réussi à me construire un portefeuille de clients suffisant pour rembourser mes prêts étudiants (une licence en neurosciences et arts visuels, suivie d'un master en architecture), quitter mon job salarié dans un cabinet d'architecte, transformer un garage de Cobble Hill en *open space*, et lancer ma propre entreprise.

J'étais fière d'avoir accompli ça toute seule, sans l'argent de mon père. Oui, il avait contribué à subvenir à mes besoins durant mon enfance, mais une fois partie de la maison, on avait convenu que je me débrouillerais seule. C'était important pour moi de réussir par mes propres moyens, important pour ma mère aussi. Elle m'avait élevée ainsi. *Trop d'argent, ça attire les problèmes*, comme elle disait souvent. Et mon père respectait sa (et plus tard ma) vision des choses.

Grace le savait sûrement, c'est probablement pourquoi elle m'avait félicitée, tout sourire, heureuse de me voir enfin récompensée de tous mes efforts.

– On a commencé à bosser sur un complexe hôtelier au Mexique, sur la péninsule de Nayarit, dit-elle. Ton père t'en a parlé ?

– Ça ne me dit rien, non.

– C'est délicat sur le plan géologique, mais c'est un projet complètement unique. On voudrait intégrer toute la construction dans le paysage, vraiment inclure les aspects durabilité et santé. Pas seulement en surface, mais en s'inspirant d'un établissement que ton père vient de visiter en Asie. L'idée serait de créer une clinique de bien-être, d'avoir un référent médical dans l'équipe. Évidemment, le point de départ sera le design de l'endroit…

J'avais souri. Ça n'avait pas l'air d'une coïncidence, Grace qui évoquait ça quelques semaines après que mon père était venu assister à une conférence que j'avais donnée concernant l'impact des bâtiments sur la santé et la longévité. C'était tout à fait son genre – mon père avait trouvé une occasion de m'impliquer, et il voulait la saisir.

– Enfin bref, avait-elle poursuivi. Ton père espère que ça pourrait t'intéresser…

Soudain, l'atmosphère avait changé, Sam avait tendu l'oreille et avait fini par intervenir :

– Grace, tu sais bien que notre petite entreprise n'intéresse pas Nora…

J'avais adressé un regard insistant à Sam, forcé un sourire, avant de lui répondre :

– Effectivement. En revanche, ce qui m'intéresse, c'est qu'on ne parle pas à ma place.

Je m'étais retournée vers Grace. C'était une discussion que j'avais eue avec mon père à de nombreuses reprises, la réponse ne variait jamais : un non sec et catégorique. Mais j'appréciais tout de même le geste, surtout quand je savais que mon père était fier de mon travail et de mes valeurs. Même si je voulais rester loin de son entreprise.

– Mon agenda est plein en ce moment.

– Tu es sûre ? On aimerait tous que tu rejoignes l'aventure.

– Je suis sûre. Mais merci pour la proposition.

Grace avait hoché la tête, soulagée que le sujet soit clos – principalement parce que c'était le rôle de mon père de me donner le sentiment d'être l'une des leurs, pas le sien. Aussi, parce qu'il lui avait fait signe de les rejoindre, elle et oncle Joe, à l'autre bout de la table.

– Je reviens, avait-elle dit.

Et, en pressant mon épaule, elle s'était levée de son siège, me laissant seule avec Sam.

– Ta propre agence, alors ? avait-il lancé. Félicitations.

Sa façon de dire le *Félicitations* était chargée de sous-entendus, comme s'il avait voulu dire le contraire.

Après un sourire poli, je m'étais concentrée sur ma robe, essayant d'en lisser les plis. J'étais venue directement au dîner après une réunion client et portais encore ma tenue de travail : une longue robe boutonnée avec des mocassins classiques et une veste en velours côtelé.

Mes cheveux longs étaient relevés en un chignon flou. Sam me jugeait, ça se voyait rien qu'à sa manière de me scruter (lui, avec sa veste en daim et ses bottines Chelsea), comme s'il avait décidé que j'étais à la fois trop et pas assez habillée pour l'occasion.

J'avais soutenu son regard. Ma mère m'avait inculqué (depuis mon plus jeune âge) que le chemin le plus court vers la tristesse était de trop prêter attention aux critiques, surtout venues de gens qu'on connaissait à peine.

– Merci, avais-je répondu.

– Papa a dit que tu étais sur un gros projet à Red Hook ? avait ajouté Sam. Une galerie d'art ou un truc dans le genre ?

C'était une école primaire. Je travaillais dessus depuis deux ans et demi – en collaboration avec une équipe d'ingénieurs, d'enseignants et de neuroscientifiques. Elle était située en bordure du fleuve, avec de grandes fenêtres et des salles de classe ouvertes. J'avais accordé beaucoup d'importance à la lumière naturelle et aux espaces ouverts afin que les enfants puissent courir en toute insouciance. *The Record* en avait récemment fait sa une, avec un article sur les bâtiments pionniers de la neuro-architecture et de l'enseignement. L'accueil positif qu'avait reçu ce projet était l'une des principales raisons pour lesquelles j'avais eu l'opportunité de monter ma propre entreprise.

– Un truc dans le genre, ouais.

– Ça va te rapporter combien par an ? m'avait-il demandé.

– Pardon ?

– Je me demandais juste, vu qu'on parle affaires avait ajouté Sam, les yeux braqués sur moi.

– Eh bien, en parlant affaires, avais-je dit, ce ne sont vraiment pas les tiennes.

– Jusqu'à ce que tu acceptes l'offre de papa…

Je regardais Tommy par la fenêtre – comme s'il allait me sauver. Mais il me tournait le dos, complètement inconscient de mon appel à l'aide.

Je m'étais retournée vers Sam, prête à lui demander ce que j'avais bien pu faire pour le laisser penser que j'étais un tant soit peu intéressée par cette proposition. Par son travail. Par sa vie. Et puis je m'étais rappelé que ce n'était pas à propos de moi. Sam ne se souciait que de lui.

– Ça ne me dérangerait pas que tu nous rejoignes, m'avait dit Sam. Contrairement à ce que tu pourrais penser, je n'ai rien contre toi.

– Encore heureux ! Tu me connais à peine.

Il avait saisi son verre de bourbon, l'avait incliné dans ma direction.

– Justement.

*

* *

– C'est absolument impossible qu'il soit juste *tombé*, dit Sam.

Nous sommes désormais dans la cuisine, la cuisine que Morgan veut raser – malgré ses baies vitrées qui donnent sur la cour, son plafond incliné tout neuf, sa cuisinière Bertazzoni d'un vert sapin étonnant.

L'îlot central, équipé d'un piano de cuisson, nous sépare. Comme une zone tampon tacitement convenue entre nous. Ou une tranchée impénétrable.

Sam se tient d'un côté de l'îlot, tandis que je m'appuie contre l'autre extrémité. Aucun de nous ne s'est assis sur les tabourets hauts, comme prêt à déguerpir à la première contrariété. Morgan est déjà partie. Elle est partie retrouver Manhattan et un cocktail au Gramercy Tavern avec sa *wedding planner*. Je l'envie.

– Tu penses qu'il s'est passé quoi, au juste ? je lui demande.

– Qu'on l'a aidé, dit-il. À tomber.

– Tu veux dire qu'on l'aurait poussé ? Intentionnellement ?

– C'est comme ça que ça marche, en général, quand on pousse quelqu'un.

Je lui tourne le dos. La maison de mon père, Windbreak, était son refuge, son endroit rien qu'à lui. Il n'y avait rien d'étrange à ce qu'il ait été seul là-bas cette nuit-là. Il était souvent seul, là-bas. Et il y avait eu une enquête conjointe entre les forces de l'ordre locales et le service de sécurité de Noone Properties. Leurs conclusions allaient dans le même sens : c'était une nuit pluvieuse. Le bord de la falaise était glissant. Rien ne suggérait un acte criminel, ni un suicide. Il avait glissé, c'est tout.

– On m'a dit qu'il y avait eu une enquête, dis-je.

– Ouais. Il y en a eu une.

Il hausse les épaules, comme s'il n'était pas convaincu. Ni par l'enquête. Ni par ses conclusions.

– Et elle a dû être vraiment approfondie pour être bouclée en moins d'un mois.

J'observe mon frère, sa mâchoire serrée, ses épaules tendues. Sam jouait au base-ball quand il était jeune, il était lanceur. Et quand je le vois aussi concentré, l'air aussi sérieux, ça me rappelle une photo de lui, bras en l'air, prêt à lancer la balle, sur le bureau de mon père. Son air de défi. Sa détermination. Son talent.

Sam était le lanceur vedette de l'équipe universitaire de Vanderbilt l'année où ils ont remporté le championnat de D1. Il avait été sélectionné lors du deuxième tour de la draft par les Minnesota Twins. Mais sur le chemin de l'entraînement, la deuxième semaine, il avait été surpris par une tempête du Midwest – tout comme un élève d'auto-école, dont la voiture avait foncé droit sur la Jeep de Sam. Le poignet de Sam avait traversé le pare-brise, double fracture. Sa carrière en MLB brisée avant même d'avoir commencé.

– Écoute, Sam, je comprends que ça puisse te préoccuper…

– Ça n'est pas vraiment l'impression que ça donne.

– D'accord, mais est-ce que tu as la moindre preuve que quelqu'un d'autre était là-bas avec lui, ce soir-là ?

– Non, dit-il. Mais ça ne veut rien dire. Tu connais papa et sa vie privée. Il y avait un dispositif de sécurité quasi inexistant à Windbreak, sauf au niveau du portail. Et ce n'est pas l'unique accès à la maison. J'ai quelques idées en tête.

Je réfléchis un instant.

– D'accord. Mais… qui aurait bien pu vouloir faire ça ?

– Tu te souviens de notre père ?

Même en étant restée à distance de l'entreprise du patriarche, j'en savais assez pour comprendre qu'il avait sa propre façon de faire les choses ; une raison de le respecter pour certains, de le détester pour d'autres. Sur le plan professionnel. Et personnel. Ses partisans le disaient exigeant, ses détracteurs épuisant. Une célèbre anecdote racontait que la veille de l'inauguration d'un établissement à St. Helena, mon père avait fait un dernier tour des lieux et n'était pas satisfait. On entendait notamment le raffut d'un chantier voisin, sur la US29, depuis la piscine principale. Alors il a reporté l'inauguration de six mois (jusqu'à l'achèvement dudit chantier), a renouvelé tout le personnel, et s'est lui-même chargé de reloger à ses frais chaque client prévu pour ce week-end d'inauguration dans d'autres hôtels de luxe de la Napa Valley.

Sam fait le tour de l'îlot et plonge sa main dans son sac bandoulière. Il en sort un dossier bleu, le place sur le comptoir devant moi. Il contient une épaisse pile de feuilles.

– C'est quoi ? dis-je comme il me fait signe de l'ouvrir.

– La dernière copie du testament de papa, entre autres. Tu savais qu'il l'avait modifié cette année ?

Je fais non de la tête. Je n'étais pas au courant.

– Je ne sais pas ce qu'il y avait dedans avant qu'il fasse ces changements, ni pourquoi il a fait ces modifications. Aucun des avocats ne veut me dire quoi que ce soit, évidemment.

Je le regarde, essayant de comprendre ce qu'il insinue.

– Il y a quelque chose de bizarre, dedans ?

– De prime abord, dit-il, non.

– Alors je ne vois pas où tu veux en venir.

– Ma théorie, c'est qu'il y avait peut-être quelque chose de bizarre dans l'ancienne version.

– Tu parles d'une théorie ! Il en pense quoi, Tommy ?

– Pour le moment, je me fiche de l'opinion de Tommy.

J'entends la colère dans sa voix – sans être sûre de la raison, mais ce n'est visiblement pas le moment de creuser.

– Écoute, dit-il. Tu ne peux pas nier que le *timing* est étrange. Papa modifie son testament pour la première fois depuis des décennies, et il meurt subitement peu de temps après…

Je regarde le dossier bleu. Je ne veux pas l'ouvrir devant lui, il y verrait un soutien de ma part. Je ne veux pas faire de faux pas qui nous placerait dans le même camp, un camp auquel il semble s'accrocher comme à une bouée de sauvetage.

– Comment tu sais tout ça ? je lui demande à la place. Au sujet du testament ?

– J'ai accès à son agenda. En seulement quelques semaines, papa et oncle Joe ont fait huit réunions avec les avocats chargés de la succession. Autant de rendez-vous ? Il a bien dû y avoir… de grands questionnements.

Il a l'air de croire que ça prouve quelque chose, mais la seule chose que je vois, c'est que quelques réunions avec des avocats et un testament remanié (un testament qui pourrait avoir été remanié pour mille raisons) témoignent moins d'un assassinat que d'un fils en deuil désespérément en quête de réponses. Un fils en deuil qui est aussi l'héritier d'une entreprise.

– Écoute, Nora, avant que tu penses que je cherche des problèmes ou que j'essaie de régler mes comptes…

Je lève les mains en signe de reddition et, même si c'est exactement ce que je pense, je réponds :

– C'est pas le cas.

– Bien sûr que si, dit-il. Et juste pour que ce soit clair, je n'ai aucun compte à régler. En fait, remuer tout ça va juste m'attirer des ennuis.

– Comment ça ?

– Papa nous a expliqué ce qu'il prévoyait. C'était nickel. Personne n'était lésé. Tout le monde à parts égales. Tommy et moi...

Tommy, né deux minutes avant Sam mais qui s'était toujours comporté comme s'il avait dix ans de plus. Il avait décroché un double diplôme en droit et gestion d'entreprise haut la main, avait épousé sa copine de longue date et avait grimpé dans les plus hautes sphères de Noone Properties, le tout avant son trentième anniversaire. Tommy, qui, comme aimait dire mon père, avait plutôt l'air d'être mon jumeau que celui de Sam. Nous avons tous les deux les mêmes cheveux foncés et les mêmes yeux enfoncés, les mêmes longues jambes et la même carrure athlétique. Ça devait venir, d'une manière ou d'une autre, du côté de notre père, même si à première vue, nous tenons tous les deux plus de nos mères. Mais la ressemblance est indéniable – une similarité dans la structure du visage – notre bouche et nos mimiques, nos pommettes. Même si nos points communs s'arrêtent là.

Non pas que Sam et moi nous ressemblions davantage. Sam, qui se tient devant moi désormais. Sam qui, depuis cet accident de voiture, (qu'est-ce que mon père disait déjà ?) *se cherche*. Il a été entraîneur de base-ball dans un internat du Connecticut, puis a déménagé à Bristol pour un poste d'assistant à la télé chez ESPN, puis est retourné à New York, pour travailler dans l'entreprise de notre père, aux côtés de Tommy.

Pour des raisons auxquelles je ne suis pas insensible, l'expression qu'il arbore désormais – suspicieuse, mécontente, réticente – n'est pas très éloignée de celle qu'il avait les autres fois où je l'ai vu depuis que sa carrière dans le base-ball s'était arrêtée.

Ce que je ne comprends pas, c'est la raison pour laquelle il est si bouleversé. Est-ce vraiment parce qu'il pense que le décès de notre père n'était pas un accident ? Ou y a-t-il autre chose ?

– Le fait est, dit Sam, qu'il nous a laissés, Tommy et moi, aux commandes.

Il hausse les épaules. Et je vois qu'il est surpris que notre père leur ait confié les rênes de la boîte à tous les deux. Un peu surpris, et un peu fier aussi. Il ne devrait pas. Mon père n'aurait jamais favorisé l'un de ses fils. Ce n'était pas son genre. Si j'avais manifesté le moindre intérêt, il aurait trouvé le moyen de nous inclure tous les trois.

– C'est super, Sam, dis-je. C'est pas ce que tu voulais ?

– Ouais. Enfin, il laisse oncle Joe à la tête du groupe pour assurer une transition en douceur, précise-t-il. C'est logique comme décision, mais oncle Joe n'est là que pour un temps limité. Quatorze mois. Juste pour rassurer les investisseurs, pérenniser les opérations en cours. Papa a bien spécifié tout ça. Ensuite, c'est Tommy et moi qui reprendrons la direction conjointe.

– Et donc… qu'est-ce qui ne va pas ?

– Demande-moi quand papa a discuté de tout ça avec nous. Ses projets pour l'entreprise, tous les détails…

– Quand ?

– Huit jours avant sa mort.

Mon visage doit trahir ma surprise car Sam insiste.

– Étrange, n'est-ce pas ?

– Ou une simple coïncidence.

– Une coïncidence très étrange.

J'essaie de couper court à cette discussion.

– Sam, je…

– Tu quoi ?

– Je comprends que ce soit vraiment difficile. C'est difficile pour moi aussi. Mais un pressentiment ne suffit pas à…

– C'est plus qu'un pressentiment. Écoute, si tu veux faire comme si ces événements concomitants n'avaient pas de sens, les réduire à une coïncidence, soit. Je ne peux rien prouver, pour le moment. Mais ça ne change rien au fait que papa était bizarre.

– Comment ça, bizarre ?

– Il était distrait, absent. Il venait moins souvent au bureau. Tu sais combien papa était secret, mais il se tramait quelque chose, c'est sûr.

Sam me regarde comme si ça confirmait quelque chose. Mais tout ce que ça démontre pour moi, c'est que mon frère s'est convaincu que quelque chose se passait avec notre père. Quelque chose dont, s'il a raison, je n'étais pas du tout au courant. Cette idée me peine. Pourquoi n'ai-je rien su ? Je sens le sang battre dans ma tête, ma peau se tendre et s'échauffer derrière mon oreille.

– Tu ne m'as toujours donné aucun élément qui contredise ce qui s'est passé sur la falaise cette nuit-là, dis-je.

Il acquiesce.

– Mis à part la seule chose que je n'ai pas besoin de te dire.

Je détourne le regard, les pulsations dans mon crâne s'intensifient. Windbreak était l'endroit préféré de mon père. C'était son repaire. Il le connaissait comme sa poche. Et pluie ou non, bourbon ou non, nuit noire ou non, aurait-il vraiment oublié où était le vide ? Combien de mètres séparaient le jardin de la roche ?

– Est-ce que tu peux juste m'accorder une faveur ? demande Sam. Je me rends à Windbreak demain afin de jeter un œil. Je veux parler au gardien et aux gars de la sécurité de Noone Properties. Voir si je peux tirer au clair ce qui s'est passé exactement ce soir-là.

– Quoi ?

– Viens avec moi.

Un éclat de rire m'échappe malgré moi.

– En Californie ? Non mais tu plaisantes !

Il ne plaisante pas. Je m'apprête à refuser sa proposition avec encore plus de détermination quand je vois dans son regard, ce regard familier, gêné à l'idée de me demander une faveur, me demander d'être là pour lui. Ça coupe net mon élan, en partie parce que c'est la première fois que je vois cette facette de lui – la première fois qu'il se montre vulnérable devant moi. Mais aussi, à cause de la façon dont ça change ses traits : ses rides se creusent autour des yeux, son front se tend. Soudain, comme par magie, j'ai l'impression d'être face à mon père.

Je regarde le dossier, l'ouvre, révélant ainsi les documents qu'il contient, soigneusement agrafés et étiquetés. Avec un code couleur.

– La lecture du testament a eu lieu la semaine dernière, dit Sam. Si tu avais rappelé l'un de nous, tu saurais qu'il te l'a légué.

Je lève les yeux.

– Il m'a légué quoi ?

– Windbreak.

J'essaie de rester impassible, mais je sens mon visage rougir. Une des dernières conversations que j'ai eues avec mon père me revient à l'esprit. Il m'avait appelée pour me demander de l'accompagner à Windbreak. Il ne m'y avait pas emmenée souvent, seulement quelques fois pendant mon enfance, puis quelques fois à l'âge adulte.

C'était l'endroit où il allait se reposer, le plus souvent seul. J'avais été surprise de cette proposition. Un peu moins quand il avait ajouté : *Tu pourrais me donner ton avis pour la rénovation.* Mais j'avais refusé. Arguant que j'avais trop de travail. Ce qui était vrai. Mais, soyons honnête, ce n'était pas juste à cause du travail. J'étais en colère. Je ne voulais pas lui faire plaisir.

Je sens ma poitrine se serrer, ma respiration essayant de se stabiliser.

– Sam…

– Si tu as raison, et que tout ça est complètement délirant, on peut être de retour demain soir par le vol de nuit.

Il feuillette le dossier, s'arrête sur la première page. Il me montre la seule feuille volante, sur laquelle est écrit l'itinéraire.

– Est-ce que tu peux juste y réfléchir ? me demande-t-il.

Je lis les informations : aéroport, numéro de vol, heure du vol. 10 h 08. Demain.

Je referme le dossier, prête à refuser.

Mais quand je relève la tête, mon frère n'est plus là.

Sheet Music

Je monte dans le métro et décide de rentrer chez moi.

Une fois installée dans un coin de la rame, je sors le dossier bleu. Je commence à faire défiler les pages. Dedans, il y a une copie du testament de mon père, l'acte de propriété de Windbreak, l'annonce du décès de mon père publiée en pleine page dans le *New York Times*. Tous les documents auxquels je n'avais pas encore été confrontée, puisqu'il n'y avait pas eu d'obsèques. Mon père avait simplement souhaité être incinéré, que ses cendres soient dispersées à Windbreak, dans l'océan en contrebas. C'est mon oncle Joe qui devait s'en charger.

Je sors l'avis de décès (le seul document que j'avais déjà lu), et me concentre sur la photo de mon père. Il se tient debout, les bras croisés, au sommet d'une magnifique colline, les montagnes de San Ysidro en arrière-plan. La légende sous la photo indique : « Samuel Noone, fondateur de Noone Properties & Resorts, photo prise au Ranch, son hôtel emblématique. »

Un astérisque à côté du nom de mon père explique que Noone se prononce comme *noon* (« midi » en anglais) et non comme *no one* (« personne » en anglais). Même si je sais que parfois mon père aimait bien que les gens fassent l'erreur. Quel endroit pourrait être plus parfait que *No one Properties* pour déconnecter, plaisantait-il.

Je continue de contempler la photo. Mon père a l'air fort, intense et viril, avec les montagnes en toile de fond. Je ne suis pas étonnée que le journal ait choisi ce portrait.

D'une part, le Ranch était le premier établissement que mon père avait construit après avoir pris la direction de Hayes. D'autre part, cette photo reflétait bien le mythe de sa *success story*, une ascension qui l'aurait vu passer de la pauvreté à la richesse : Samuel Noone – né à Brooklyn, fils unique d'immigrés irlandais et russes, un père plombier et une mère comptable pour son père. Il avait été le premier de sa famille à aller à l'université, sans parler de Yale, où il avait terminé major de promotion, avant d'y décrocher un MBA, où il s'était classé dans le top trois. À la sortie de son école de commerce, il avait accepté un poste de directeur des opérations chez Hayes Hotels, un groupe hôtelier familial, propriétaire de cinq établissements sur la côte Est. Curieux choix, pourrait-on se dire, d'avoir opté pour une si petite structure – à un poste bien moins lucratif que n'importe quel job de débutant dans un grand cabinet de conseil ou une entreprise du classement Fortune 500 qui courtisait les meilleurs étudiants pour qu'ils rejoignent leurs rangs.

Mais lorsque Walter Hayes est mort, il a légué l'entreprise à mon père (« le jeune cadre le plus rigoureux avec lequel il avait travaillé en quarante-huit ans ») et mon père de faire de la petite chaîne hôtelière, l'empire de l'hôtellerie de luxe le plus prisé d'Amérique du Nord, avec trente établissements cinq étoiles, dix-huit autres en cours de construction. Un empire d'un milliard de dollars. Qui avait fait de lui un homme extrêmement riche. Un homme riche, resté principalement dans l'ombre, qui n'avait jamais voulu être le visage de la marque, laissant ses établissements parler d'eux-mêmes. Chaque hôtel ayant son identité propre. Mais tous des lieux de rêve, exceptionnels ; Liam Noone avait travaillé sans relâche pour s'en assurer.

Je passe au dernier paragraphe, qui se concentre sur sa vie personnelle, les enfants que mon père laisse derrière lui : une fille de son premier lit, deux fils de son deuxième, aucun de son troisième. Il n'est pas fait mention de ses épouses (ou du fait qu'elles sont maintenant toutes des ex), exactement comme il l'aurait souhaité.

Mon père s'est marié trois fois, mais il n'a jamais vraiment divorcé. Même après la fin de son mariage avec ma mère, il était souvent à la maison. Il s'était efforcé de garder une bonne relation avec moi et insistait pour que ma vie soit la moins perturbée possible après la séparation. Mais il ne s'agissait pas seulement de moi. Mon père voulait aussi perturber le moins possible sa propre vie – toutes ses vies : celle avec ce foyer qu'il essayait de préserver ; sa vie avec la famille d'après ; et aussi sa toute nouvelle famille. Comme si, en s'assurant que ses mondes ne se croisent jamais, il pourrait faire comme s'il n'y en avait qu'un seul.

Je ne lui en voulais pas, quand j'étais jeune, d'autant plus qu'avec ma mère, à Croton, j'ai eu une enfance formidable. J'adorais notre ferme et mes copines d'école – et l'histoire de notre charmante petite ville, notamment ses feux de circulation, les plus anciens des États-Unis, qui faisaient la fierté de tous. Je n'avais donc aucune envie de passer mon temps à faire des allées et venues entre Croton et le penthouse new-yorkais de mon père flanqué d'une belle-mère indifférente à ma présence.

Mais, même si j'aimais profondément mon père, le temps qu'on peut passer avec quelqu'un qui compartimente autant sa vie est limité. On se voyait tous les vendredis soir, et il manquait rarement mes spectacles scolaires. Mais il passait le reste du temps avec ses autres familles et mondes auxquels il appartenait. Des mondes dont il devait aussi s'occuper, des mondes dont je ne savais presque rien.

C'est l'une des raisons pour lesquelles je suis étonnée qu'il me soit si difficile de faire mon deuil. Ce n'est pas la douleur qui me surprend, bien sûr, mais c'est impressionnant de constater à quel point je me sens ébranlée par sa disparition.

Le décès de ma mère l'année dernière n'a fait que nous éloigner davantage. Après l'avoir perdue elle, j'ai commencé à prendre mes distances avec lui. Peut-être en partie parce que sa mort a été si soudaine – un violent accident de vélo en rentrant chez elle, un soir. Un chauffeur poids lourd qui n'avait pas allumé ses phares. Et, soudain, je me retrouvais sans elle. La personne la plus importante dans ma vie.

Ma mère avait l'habitude de dire que la première chose que l'on fait le matin est ce qui compte le plus pour nous. Quand j'étais petite, la première chose qu'on faisait le matin, c'était passer un moment ensemble. Un vrai moment, un moment que rien ne venait interrompre. On se levait aux premières lueurs, puis on partait se balader en ville, on passait chercher du pain frais et un chocolat chaud à l'ouverture de la boulangerie, puis, assises sur la berge du fleuve, on discutait. Nous avons gardé notre rituel matinal même après mon départ à l'université – peu importe où chacune de nous se trouvait sur le globe, mon téléphone sonnait tous les matins à huit heures, pour que nous puissions discuter sur le chemin de la fac, puis sur le chemin du travail, pour que nous puissions prendre un café ensemble – même par écran interposé. Pour qu'elle puisse me rappeler chaque jour que rien ne comptait plus à ses yeux que moi.

Comment expliquer à quel point sa perte m'a brisée ? J'ai passé les quatorze derniers mois à regarder mon téléphone à huit heures chaque matin en espérant qu'il sonne à nouveau.

Les mois suivant son décès, j'avais ressenti un conflit de loyauté malsain comme à retardement, – surtout vis-à-vis de mon père. C'était plus fort que moi, même en sachant que ma mère elle-même n'avait jamais éprouvé de colère envers lui.

Ma colère a pu sembler inexplicable. C'était en partie parce qu'il a essayé de prendre plus de place dans ma vie à ce moment-là (quelque chose qu'il n'avait jamais fait), ce qui n'a fait qu'accentuer le sentiment qu'il n'était pas le bon parent. Que c'est elle qui aurait dû être là. C'était peut-être un effet secondaire étrange de mon chagrin, qui semblait affecter inexorablement les relations avec les êtres chers qu'il me restait.

J'avais tout de suite eu l'impression que c'était mal de céder à mon père la moindre place alors qu'elle n'était plus là. Alors j'avais laissé la place vacante, creusant toute seule ce vide parental. Je m'étais assigné une mission douloureuse, aussi simple qu'impossible : la garder aussi proche de moi que lorsqu'elle était en vie.

Maintenant que mon père est mort à son tour, je ne peux que reconnaître que je me fourvoyais. La distance que j'avais mise entre lui et moi ne m'a pas ramené ma mère, pas plus qu'elle n'a atténué la douleur de perdre mon père par la suite.

Mais que faire de ça, maintenant ? À quoi bon savoir qu'on avait tort quand il ne reste plus personne pour recevoir vos excuses ?

Le métro fait une embardée, puis s'arrête net et la lumière s'éteint.

Un murmure d'agacement remplit le wagon, tandis que je suis soulagée : personne ne verra mes yeux se remplir de larmes.

*
* *

Lorsque je descends du métro, il neige. J'habite un coin de Brooklyn si éloigné que ma station de métro est aérienne. Dès le moment où je mets le pied dehors, de petits flocons viennent se déposer sur mon manteau.

J'aime tout dans mon quartier, même le temps qu'il faut pour s'y rendre. C'est une zone de Flatbush appelée Ditmas Park. C'est le vieux Brooklyn – à l'esprit plus village que grosse métropole – avec ses rues tranquilles, ses cornouillers, ses vieilles maisons victoriennes. Une de mes professeurs à l'école d'architecture vivait dans l'une de ces maisons et m'avait loué une chambre à un prix imbattable. Quand son mari a accepté un poste dans le nord de la Californie et qu'elle a déménagé dans l'Ouest pour le rejoindre, elle a bien voulu me louer la maison tout entière jusqu'à ce que je puisse réunir suffisamment d'argent pour la lui acheter.

C'est une demeure victorienne typique, avec son escalier d'origine, des vitraux aux fenêtres, du parquet, mais avec une façade vert menthe. Des portes coulissantes. Des carrés potagers dans l'arrière-cour.

J'éprouve toujours un sentiment de soulagement, quand j'aperçois ma rue, Marlborough Street, le répit de ma maison à seulement quelques mètres.

Mais, ce soir, au lieu de prendre cette direction, je suis les illuminations de Noël de Cortelyou Road jusqu'au cœur des restaurants et des bars de Ditmas Park – et jusqu'à mon restaurant préféré, Sheet Music, dont le nom (et la petite enseigne en bois suspendue au-dessus de la porte) est un vestige de l'époque où c'était un magasin de guitares.

Désormais, son chef sert des pizzas au feu de bois et des plats réconfortants recherchés, à partir de produits de la ferme, dans un espace que j'ai conçu avec lui. Nous avons repensé ensemble la salle principale, avec la volonté d'incorporer des détails contemporains – des murs en plâtre, une hotte en inox au-dessus d'un comptoir central, des chaises vintage – tout en conservant l'esprit du lieu d'origine, en gardant les carreaux de plafond en étain et l'imposant demi-queue brun au fond du restaurant.

Le restaurant a été un projet passion pour moi. Et il l'est toujours.

Ce qui prend tout son sens quand on sait que le chef n'est autre que mon fiancé, Jack.

Je fais le tour pour accéder à l'entrée de service, jetant un coup d'œil à la salle au passage. C'est animé, la musique s'échappe par les fenêtres, la lumière est tamisée et accueillante.

Nous sommes vendredi, ce qui – au moins dans notre petit coin du monde – est le soir où les gens sortent le plus : premiers (et derniers) rendez-vous, afterworks, dernière virée nocturne new-yorkaise pour des parents que la vie familiale va engloutir pour le week-end.

J'ouvre la porte arrière, entre dans la cuisine étouffante et pose mes yeux sur Jack. Il porte sa tenue blanche de chef et une casquette de base-ball des Giants de San Francisco, son superbe visage (mon visage préféré) concentré et en sueur.

Je respire mieux rien qu'en le voyant, mon rythme cardiaque s'accélère. C'est le même mélange étrange d'exaltation et de calme qui m'envahit chaque fois que je le retrouve après une longue journée, et que je m'imprègne de sa peau, de ses mains et de ce visage. Même maintenant. Encore maintenant.

Jack est mon fiancé depuis un peu plus d'un an, mais il a d'abord été mon petit copain il y a plus de vingt-cinq ans ; bien que, je l'admets, « petit copain » est un peu fort pour décrire ce que nous étions l'un pour l'autre. Il s'était assis en face à moi en cours de menuiserie en quatrième. Je ne me souviens pas particulièrement m'être dit qu'il était mignon, même s'il l'était vraiment : grand et élancé, avec des cheveux bouclés et des yeux clairs.

Ce dont je me souviens en revanche, c'était sa façon d'être. Je n'aurais pas su mettre de mots dessus à l'époque, mais on voyait qu'il était bien dans ses baskets. Il avait une confiance que n'avaient pas la plupart des garçons de quatrième. Une confiance que, j'allais l'apprendre plus tard, beaucoup d'hommes adultes ne possèdent pas.

Ça transparaissait dans sa façon de parler. Sa voix était douce et chaleureuse, comme si sa place était à la radio, plutôt que sur les bancs du collège. Comme s'il ne parlait que s'il avait quelque chose à dire.

C'est pour ça que j'aimais être à ses côtés. C'est pour ça que j'avais envie d'être tout le temps à ses côtés.

Je pense que c'est aussi pour cette raison (mais sait-on jamais vraiment ce qui nous motive) que j'avais fait quelque chose qui ne me ressemblait pas (surtout pas à l'époque). Je lui avais tapé sur l'épaule et lui avais demandé s'il voulait aller manger une glace avec moi après les cours. Est-ce que ça compte comme un premier rendez-vous ? En tout cas, c'était ce qui s'en approchait le plus du haut de mes treize ans.

Jack, et c'est tout à son honneur, n'en avait pas fait tout un plat, même si c'était la première fois qu'une fille l'invitait.

– *Carrément*… avait-il répondu malgré ses joues écarlates. *J'adore les glaces.*

Cet après-midi-là, nous sommes allés à vélo jusqu'au supermarché et avons mangé nos cornets de *cookies and cream* au bord du fleuve. Ce fut l'une de nos rares sorties avant que sa famille ne déménage sur la côte Ouest, à Mill Valley, une petite ville au nord de San Francisco.

On ne s'est plus revus jusqu'à l'âge adulte. J'étais à un premier *date* dans un restaurant à la mode près de Madison Square Park avec un avocat en droit des brevets qui se trouvait aussi être l'un des investisseurs du restaurant. Après le dîner, il avait essayé de m'impressionner en m'emmenant en cuisine pour me présenter le chef.

C'était Jack, le chef.

– Salut, Nora, avait-il lancé, comme si on s'était vus vingt minutes auparavant, et non vingt ans.

Le lendemain, il m'avait retrouvée sur Internet et m'avait envoyé un court message. *Content de t'avoir revue. Fais-moi signe si tu as envie d'aller manger une glace.*

Je reste en retrait et observe Jack travailler. Il arrose d'un peu d'huile Saba la croûte de sa pizza signature, qu'il prépare avec cette incroyable sauce sofrito aux fraises : un savoureux mélange de fraises du jardin et de tomates anciennes, de vinaigre balsamique, d'oignons et de pignons de pin. Il laisse mijoter pendant des heures jusqu'à obtenir la sauce tomate la plus onctueuse, la plus savoureuse, la plus relevée que vous ayez jamais goûtée.

Une recette qui avait propulsé Sheet Music parmi les meilleures adresses gastro du moment, moins de deux ans après l'ouverture du restaurant, ce dernier se plaçant en tête de liste des lieux incontournables sélectionnés par plusieurs critiques de renom.

Jack envoie la pizza aux fraises en salle. Puis il lève les yeux, remarque ma présence et esquisse un sourire. Le sourire qu'il me réserve toujours : complice, charnel et chaleureux. Un sourire qui dit qu'il n'arrive toujours pas à croire que je sois avec lui, deux ans et demi plus tard, vingt ans plus tard. Tout comme je n'arrive pas à croire qu'il soit avec moi.

Je m'approche et il m'embrasse, sa main chaude sur ma nuque, son souffle contre mes lèvres. Quel apaisement.

– Je ne savais pas que tu passerais, me souffle-t-il.

Je ferme les yeux en me blottissant contre lui.

– Ça va ? me demande-t-il.

– Peut-être.

Il rit.

– Peut-être, c'est pas génial ça.

– Sam Noone est venu me voir, aujourd'hui.

Il recule et me regarde, dubitatif. Le Sam Noone que Jack connaissait était mon père. Il lui faut un moment pour comprendre que je parle de son homonyme.

– Ton frère ? Qu'est-ce qu'il te voulait ?

– Oh tu sais, juste rattraper le temps perdu, prendre un café, me dire qu'il pense que notre père a peut-être été assassiné…

– Quoi ? Viens avec moi.

Il m'entraîne doucement vers son bureau, faisant signe à sa cheffe de cuisine, Kayla, de prendre le relais. Je lui adresse un sourire désolé – la dernière chose dont elle a besoin, c'est que je perturbe leur service du soir. Elle se remet au travail, ne feignant même pas un sourire en retour. Elle m'en veut depuis qu'une amie de Jack de l'école hôtelière lui a proposé de venir la seconder dans son restaurant – un deux étoiles Michelin dans le nord de la Californie – pendant son congé maternité. S'il avait accepté ce poste, Kayla aurait géré le restaurant en son absence.

Même si j'ai encouragé Jack à y aller, Kayla me tient pour responsable de son refus.

Je pense à mon absence de ces derniers temps. Et je me demande si elle n'a pas tort.

Jack et moi entrons dans son petit bureau. Il referme la porte derrière nous et se plante face à moi.

– Qu'est-ce qu'il a dit exactement ?

– Il est persuadé que quelqu'un l'a poussé dans le vide…

Jack semble penser que c'est de la folie. Je devais regarder Sam de la même manière il y a seulement quelques heures. Je voudrais que ça me rassure – que ça me conforte dans l'idée que tout ça est complètement invraisemblable.

– Il a des raisons de le penser ? me demande-t-il.

– Pas vraiment, dis-je. Enfin, même s'il y a quelques coïncidences étranges, mon intuition me dit que Sam a une idée derrière la tête. Que c'est une question d'argent, d'une façon ou d'une autre. Ou un jeu de pouvoir. Je ne sais pas.

– Dans ce cas, pourquoi tu es dans cet état ?

Je secoue la tête.

– Je n'arrête pas de repenser à un truc.

– Qui est… ?

– Pourquoi est-ce qu'il a choisi de m'en parler, à moi ?

Jack y réfléchit. Et je vois qu'il connaît la réponse aussi bien que moi. Mon frère ne me connaît peut-être pas très bien, mais suffisamment pour savoir que c'est le genre de choses que j'aurai du mal à ignorer. Peut-être ai-je toujours été comme ça, dans une certaine mesure, mais l'aspect technique de mon métier nécessite une hypervigilance à des détails aussi fun que la sécurité, la performance énergétique et les flux de personnes. Jusqu'à ce que ça m'obsède – que je sois au travail ou non –, je ne peux laisser aucun doute subsister quand je sens que quelque chose cloche.

– Il veut que je l'accompagne demain, dis-je.

– Où ça ?

– À Windbreak.

– Sérieusement ?

– Il veut qu'on jette un œil. Voir si ses inquiétudes sont fondées.

– En Californie ?

Le ton de sa voix reflète ce que je ressens : c'est un petit peu extrême de ma part de traverser le pays sur un pressentiment. De traverser le pays sur le pressentiment de quelqu'un d'autre, quelqu'un que je connais à peine, et dont les motivations sont encore floues.

– Je sais, c'est insensé…

Il marque une pause, réfléchit.

– Ce n'est pas ce que j'ai dit.

Puis il me regarde, avec ce regard qui signifie qu'il attend que je réalise ce que lui a déjà compris. Seule ma mère était capable de faire ça, savoir ce dont j'avais besoin avant moi. Avec elle, j'avais le sentiment d'être en sécurité – d'être vue et comprise. Avec Jack, c'est pareil. Du moins, c'était le cas. Mais, depuis la mort de mon père, je perçois quelque chose d'autre dans ma relation avec Jack (dans sa tendresse, sa profondeur). Quelque chose de l'ordre de la menace.

– Je viens avec toi, lance-t-il. Si tu sens que tu dois y aller, je t'accompagne.

– Je ne peux pas te demander ça.

Je vois quelque chose dans les yeux de Jack, douleur, surprise.

– Tu n'as pas besoin de demander.

Je baisse les yeux, sans dire un mot. Que répondre ? Je sais que Jack a compris ce dont je ne veux pas lui parler : je me suis éloignée de lui, de nous, de tout le monde, surtout depuis la mort de mon père. La distance est une blessure en soi – pour lui et pour moi – car elle me rappelle ce que j'ai perdu. Et ce qui est encore en jeu.

Jusqu'à présent, il ne m'en tient pas rigueur. Il essaie de me laisser suffisamment d'espace pour gérer les choses à ma façon.

Il attrape ma main, pose un baiser doux et rapide sur ma paume. Son contact rassurant, sa présence m'apportent du réconfort, malgré moi.

– On se voit à la maison tout à l'heure, me dit-il. Va te reposer.

Puis il ouvre la porte pour retourner travailler, loin de moi. Je l'appelle :

– Jack, attends.

Il vient juste de franchir le seuil du bureau. Il doit m'entendre. Je sais qu'il m'entend.

Mais il ne se retourne pas, probablement parce qu'il sait déjà que je n'ai rien à ajouter.

*
* *

À minuit, je ne dors toujours pas.

Jack est encore au restaurant. Je sors du lit et rejoins mon petit bureau, ouvre la fenêtre en grand, le courant d'air froid achevant de me réveiller.

Je m'installe à ma table à dessin, décidée à travailler. J'ai une réunion demain pour un projet à West Chelsea – une librairie pour enfants fondée par deux éditrices à la retraite près de la Highline.

J'espère que le calme de la maison m'aidera à me concentrer, mais j'aperçois le dossier bleu sur le rebord de la table et repense à ma discussion avec Sam. Je le parcours à nouveau pour essayer de rassembler les pièces du puzzle, quand mon téléphone se met à vibrer.

Sur mon écran s'affiche un nom familier, c'est un SMS.

Elliot : Tu peux parler ?

Je laisse le téléphone dans un coin, essayant d'éloigner la culpabilité qui va avec.

Peut-être qu'Elliot m'appelle simplement au sujet d'Austin. C'est peut-être Austin lui-même qui m'envoie un texto – même si je sais pertinemment qu'Austin n'envoie pas de texto, pas après minuit. Austin Abrams : huit ans, petit prodige du piano (et du brownie), l'une de mes personnes préférées sur terre. Le fils d'Elliot.

Elliot et moi étions ensemble il y a quatre ans, peu de temps après sa séparation avec la mère d'Austin. Il avait emménagé dans le même immeuble que mon père, à West Village. Elliot n'avait pas encore acheté un nouveau piano pour Austin, alors le garçon s'entraînait sur le vieux piano droit dans le hall de l'immeuble après l'école.

L'ayant entendu jouer un jour, mon père avait proposé à Austin et Elliot de venir s'entraîner chez lui, sur le piano à queue Steinway. Une invitation qu'ils ont acceptée.

Un soir alors que je venais retrouver mon père pour dîner, c'est Elliot qui avait ouvert la porte. Un Elliot de presque deux mètres, sweat à capuche et lunettes à monture fine, avec un petit Austin tout mignon juste derrière lui, copie conforme de son père, en version un mètre trente. Sweat et lunettes assortis.

Ça avait été facile entre nous dès le départ. Facile et pas trop intense. J'étais débordée avec mon nouveau cabinet et Elliot bossait comme un fou (il est cardiologue pédiatrique) tout en prenant ses marques dans son nouveau rôle de coparent. Je plaisantais en disant que nous étions ensemble la moitié du temps, et que nous ne faisions que nous croiser le reste du temps. Mais cette blague avait touché une corde sensible. L'une des raisons du divorce était qu'Elliot n'arrivait jamais à déconnecter de l'hôpital, d'après son ex. *Elle me disait que j'étais toujours à vingt-cinq pour cent absent*, expliquait-il.

Ce n'était pas mon impression, mais j'étais peut-être trop occupée moi-même pour m'en rendre compte. J'étais tellement concentrée sur ma propre carrière que j'avais décidé qu'il valait mieux prendre un peu de recul. Je n'arrivais pas à savoir si nous nous étions rencontrés au mauvais moment, ou si nous étions plutôt faits pour être amis. Peu de temps après, lorsque la mère d'Austin a décidé qu'elle voulait donner une seconde chance à leur couple, je me suis empressée de m'effacer entièrement. Je ne voulais pas avoir la moindre responsabilité dans l'explosion de leur famille.

Austin ne voulait pas que je disparaisse de sa vie – une décision qu'Elliot et moi approuvions avec joie – mais je suis restée dans leur vie de la manière la plus discrète possible. J'emmenais parfois Austin prendre un chocolat chaud après l'école, les jours où Elliot restait tard à l'hôpital, et j'essayais d'assister à ses récitals de piano, souvent avec mon père.

Je faisais attention à ne pas tout mélanger, même avant de sortir avec Jack. Et j'y ai fait encore plus attention après la séparation définitive d'Elliot et de la mère d'Austin.

C'était relativement simple de ne pas tout mélanger.

Du moins, jusqu'à ce que mon père meure. Et qu'Elliot refasse une apparition dans ma vie.

Son retour a eu l'effet d'une bombe. Simplement parce qu'il connaissait bien mon père ? Parce que mon père et lui s'adoraient ?

Est-ce qu'il s'agit d'un réconfort innocent ? Ça ne ressemble pas à quelque chose d'innocent à 00 h 08.

Ça ne ressemble pas à quelque chose d'innocent quand, ces jours-ci, il me paraît plus facile de lui parler qu'à Jack.

C'est probablement parce que Jack est tout l'inverse de vingt-cinq pour cent absent. Il est pleinement présent. Parler à Jack, c'est comme se regarder dans un miroir. Il lit en moi. Depuis la mort de mon père, tout se reflète sur son visage : la gravité au fond de mes yeux, ma tristesse. Je suis une adulte, mais aussi une enfant à la recherche des parents auxquels elle n'a pas pu dire au revoir.

Je récupère mon téléphone. Mes doigts planent au-dessus du nom d'Elliot, hésitant à répondre. Ce n'est qu'un coup de téléphone. On ne fait que parler. Je me répète cette phrase dans ma tête, comme un mantra.

Mais quel genre de mantra n'ose-t-on pas dire tout haut ?

Pile quand j'allais répondre au message, mon téléphone recommence à vibrer. Appel entrant, la mention NUMÉRO INCONNU s'affichant sur l'écran.

Le téléphone me tombe presque des mains. Je me dis d'abord que c'est Elliot qui m'appelle depuis la ligne fixe de l'hôpital. Mais une deuxième pensée surgit avant que je puisse l'arrêter. Quelqu'un est blessé. Depuis la mort de mes parents, chaque fois que je reçois un appel inconnu, surtout tard dans la nuit, je suis persuadée qu'un proche se trouve dans une situation critique à laquelle je ne peux rien.

J'appuie sur « répondre ».

– Tu t'es décidée ?

La voix de Sam me fait sursauter.

– T'es dingue, Sam ? Pourquoi tu appelles si tard ?

– Sûrement pour la même raison pour laquelle tu as décroché, dit-il. Impossible de dormir.

Agacée, je ferme les yeux, pour essayer de ralentir mon rythme cardiaque. Je me force à prendre quelques respirations profondes, à recouvrer mon calme.

– Tu m'as fait une de ces peurs.

Il fait comme si de rien n'était.

– Tu as jeté un œil aux papiers ?

– Un peu.

– Et ?

Je saisis le dossier bleu et l'ouvre à nouveau. L'acte de décès, le testament, et tout le reste.

Je tourne les pages jusqu'à l'acte de propriété de Windbreak. La signature de mon père me nargue, il est tamponné et daté d'il y a plus de trente ans. La première maison que mon père se soit achetée pour lui. Son endroit préféré au monde.

– Allô ? dit Sam.

J'entends un grincement dans l'entrée. C'est Jack qui ouvre la porte-moustiquaire, puis déverrouille la porte et rentre à la maison, en sécurité. Je n'appelle pas Jack pour le prévenir que je suis en bas, pour le prévenir que je suis encore debout.

Je ne dis rien à Sam non plus, pendant un instant. Je me frotte les yeux, épuisée tout à coup.

– À quoi tu penses ? demande Sam.

Je secoue la tête comme s'il pouvait me voir. Et je commence à dire que ça va être une perte de temps, que ce sont des détails insignifiants pour moi. Je veux me convaincre que ce n'est rien. Mais je sens quelque chose monter en moi. C'est peut-être juste la culpabilité de m'être éloignée de mon père. Ou peut-être le besoin d'être ailleurs.

Mais ça pourrait être autre chose – quelque chose de l'ordre de l'instinct, un instinct profond, me disant que mon frère n'a peut-être pas complètement tort. Fallait-il qu'il vienne toquer à ma porte pour que je m'en aperçoive ? Peut-être. Ou, peut-être que le fait qu'il vienne toquer à ma porte m'a enfin poussée à le verbaliser.

– Je pense que papa a trop arpenté sa propriété de Windbreak la nuit pour commettre ce genre d'erreur, dis-je.

– Ça veut dire que… tu viens avec moi ?

Je n'ajoute plus rien. Lui non plus, pendant un instant qui me paraît interminable. Puis il brise le silence, et avec un ton qui ne lui ressemble pas du tout, comme une prière, me dit :

– Nora… S'il te plaît.

Et j'accepte.

Embarquement immédiat

Je ne vois pas Sam à la porte d'embarquement.

Je monte dans l'avion sans lui et m'installe côté hublot. Sam nous a pris des billets en business. C'est quelque chose que je n'ai pas l'habitude de m'offrir, Jack et moi ayant plutôt choisi de mettre nos économies dans nos carrières respectives. Je m'enfonce dans mon siège et observe les flocons de neige qui commencent à s'accumuler, l'eau qui clapote sur la vitre. Après une nuit presque blanche, c'est tout ce dont je suis capable pour ne pas m'assoupir.

Je termine mon café et fouille dans ma sacoche, en sort le dossier bleu. Je veux partager avec Sam ce que j'ai découvert au sujet de Windbreak. À trois heures du matin. Puis à cinq heures.

Mon père avait sollicité deux architectes différents pour travailler sur l'extension de la maison d'origine – les premiers plans datent d'il y a près de vingt ans, quand il était encore marié à la mère de Sam et Tommy, Sylvia. Ça ne me surprend pas que les plans de Sylvia aient consisté à raser la maison et à construire à la place une villa méditerranéenne de neuf cents mètres carrés, avec une maison pour les invités de trois cent soixante-dix mètres carrés à côté. Tout ce que faisait mon ancienne belle-mère était ostentatoire, démesuré. Je ne suis pas non plus surprise qu'ils n'aient donné suite à rien de tout ça. Après avoir épousé mon père, Sylvia avait démissionné, mais elle était restée profondément attachée à New York, à ses soirées mondaines et à sa vie sociale très active. Bien que l'idée d'une villa sur la côte Ouest lui ait sans doute plu sur le papier, Sylvia est venue à Windbreak encore moins souvent que moi.

Ce qui m'a surprise, c'est que mon père avait d'autres plans, complètement différent, datant d'un peu moins d'un an. Au lieu de raser l'existant, les plans prévoyaient de le moderniser : créer un plafond mansardé dans la chambre de mon père, agrandir le coin cuisine pour en faire un lieu convivial. Le design choisi était sobre et élégant, beaucoup plus proche de ce que j'aurais choisi moi-même pour donner un coup de jeune à la maison. Toutefois, cette découverte n'apporte pas un soupçon de réponse aux questions qui me trottent dans la tête : qu'est-ce qui l'a poussé à envisager de retaper la maison. Et qu'est-ce qui l'a poussé à ne pas le faire ?

Ce qui me rappelle une de mes dernières conversations avec lui. Il voulait que je l'accompagne à Windbreak, il voulait mon avis sur le sujet, encore une fois. Envisageait-il de ressusciter une version des derniers plans ? Ou allait-il me demander de tout reprendre à zéro avec lui ? Dans tous les cas, pourquoi maintenant ?

– Je voulais le hublot.

Je lève les yeux : Sam est debout dans l'allée. Il a du mal à reprendre son souffle, le front ruisselant de sueur.

Il jette son sac à dos dans le compartiment à bagages et s'effondre sur le siège côté couloir.

– J'ai failli rater le vol… dit-il.

– Ravie de savoir que ça compte autant pour toi.

– Ça compte. C'est juste que je n'ai pas l'habitude des vols commerciaux. Et j'ai oublié de prévoir assez de temps pour, tu sais, les contrôles de sécurité.

– Tu te fiches de moi ?

– J'avais pensé à prendre le jet de l'entreprise, mais je voulais que tu saches que j'étais un mec normal.

– Jamais ces mots ne sortiraient de la bouche d'un mec normal.

Il attache sa ceinture. Puis fait signe à l'hôtesse de l'air, qui tient un plateau avec du jus d'orange et du champagne.

– Je peux vous en prendre une ? Merci…

Il attrape une flûte de champagne, sans même la laisser répondre.

– Je prendrai aussi un whisky quand vous pourrez. Sans glace, s'il vous plaît.

Sam avale une grande gorgée de champagne. Je le fixe.

– Pourquoi tu me regardes comme ça ? dit-il.

– Il est 10 heures du matin.

– Donc un peu tôt pour une leçon de morale, dit-il. D'ailleurs, si ça te va, je voudrais bien qu'on me fiche un peu la paix. Je suis en pleine rupture.

Je le regarde, étonnée.

– Morgan et toi, c'est terminé ? Depuis hier ?

– Qui a dit que je parlais de Morgan ?

Sam vide le reste de son verre tandis que je l'observe, médusée. Je commence à sérieusement me demander si je peux encore sortir de cet avion.

– Tu sais, dit Sam, je sens que tu es en train de me juger.

– Je ne cherche pas à le cacher.

À ce moment-là, le commandant prend la parole et annonce que la neige s'intensifie. J'imagine que je vais avoir une carte « libérée de prison » gratuite. Que le commandant s'apprête à dire que nous sommes cloués au sol à cause du mauvais temps. Mais non, il indique que même si nous allons rencontrer quelques turbulences, nous n'allons pas tarder à partir. L'embarquement est terminé. La porte de l'avion fermée et verrouillée.

Je m'enfonce dans mon siège, prends une profonde inspiration.

– Peu importe. Ce n'est pas ce que tu penses.

– Je pense que ce ne sont pas mes affaires, dis-je.

– Alors peut-être que tu as raison.

– Je préfère qu'on parle de papa, OK ?

– Ça me va.

Mon regard se pose sur les éléments concernant Windbreak, le plan de la propriété et les plans prêts à être disséqués encore davantage.

– Il y a pas mal de détails qu'on va devoir éclaircir avant de parler à la police, dis-je. J'ai aussi des questions sur les limites du terrain. On devrait inclure Tommy dans ces discussions.

– Pourquoi ?

– Déjà parce que ça le concerne. Et peut-être qu'il aura des idées.

– Non. Il n'en aura pas.

Il clôt la discussion, dans un geste de dépit.

– Tu sais, c'est la deuxième fois que tu réagis comme ça alors que je mentionne Tommy. Qu'est-ce qui se passe entre vous ?

– Rien qui mérite qu'on s'y attarde.

Il colle son avant-bras sur son front, puis ferme les paupières. Je remarque qu'il porte une attelle au poignet, une imposante attelle noire. À ce poignet. Celui qu'il s'est cassé, celui qui a mis fin à sa carrière au base-ball.

Il hausse les épaules.

– Ça se réveille toujours quand il pleut. L'alcool va me soulager.

– L'alcool n'est pas un médicament.

Il garde son bras sur le visage, le baisse sur ses yeux, comme un masque de nuit improvisé.

– On peut faire une pause ? Ça ne va vraiment pas, là.

– Tu sais que c'est toi qui m'as embarquée là-dedans ?

– Oui, dit-il.

– T'es sûr que c'est une bonne idée ?

– Je vais me ressaisir.

Je me tourne vers la vitre, alors que l'avion broute, en avant, puis en arrière. Nous nous éloignons de la zone d'embarquement et nous dirigeons vers la piste. L'avion prend de la vitesse, s'apprête à décoller.

– Bon, ben, tu me feras signe ! dis-je.

*

* *

Il nous faut un peu plus d'une heure et demie pour remonter la côte jusqu'à Windbreak depuis LAX, l'aéroport de Los Angeles, Sam au volant de notre voiture de location qui sillonne la Pacific Coast Highway et la route 101. Les panneaux commencent à indiquer Carpinteria.

Je regarde par la fenêtre tandis que Sam prend la sortie vers notre destination, qui passe au-dessus de la voie ferrée pour nous mener sur Padaro Lane. Le soleil de l'après-midi disparaît derrière les arbres, la lumière perçant le brouillard et l'arche formée par les branches, plongeant le monde autour de moi dans une sorte de crépuscule éternellement chatoyant.

Et voilà, comme à chaque fois que j'emprunte cette route, j'ai à nouveau six ans, et l'impression de la découvrir pour la première fois.

Lorsque mon père m'a amenée ici pour la première fois c'était déjà le début de la fin de sa relation avec ma mère. Et il était stressé – je sentais qu'il était stressé. Il voulait que je me sente à l'aise et que je sois heureuse. Sur le trajet depuis l'aéroport, il m'avait expliqué qu'on allait déposer nos bagages et filer directement à la plage, directement dans l'océan. Mais les nuages s'étaient amoncelés à mesure que nous approchions de Carpinteria et, à notre arrivée à Padaro Lane, il pleuvait à torrents et le tonnerre grondait. Alors nous avions couru jusqu'à la maison, trempés, et avions attendu que ça s'arrête.

Quand la pluie s'était enfin calmée, il était trop tard pour aller se baigner. Mais mon père m'avait emmenée au bord de la falaise, nous avions bu des milk-shakes et mangé des sandwichs à la tomate en regardant le coucher du soleil, d'un orange métallique. *C'était peut-être pas la meilleure des premières impressions, Nora-Nu*, m'avait-il dit, en m'embrassant sur le front, m'appelant comme il m'avait toujours appelée. *Mais tu vois, ça s'améliore.*

Puis, nous avions descendu les vieilles marches jusqu'à la plage, vingt-cinq mètres plus bas, mon père ne me lâchant pas la main une seconde. Ni à l'aller, ni au retour. Ma main dans la sienne, en toute sécurité. Et je lui avais demandé si nous pouvions déménager ici.

Il adorait me le rappeler. Est-ce qu'il se souvient de sa réponse ? Pourquoi avait-il dit ça ? *Windbreak n'est pas qu'à moi.*

– Nous y sommes, dit Sam.

La voix de Sam me tire de mon souvenir, au moment où il s'engage dans une allée, où un grand portail nous accueille. Nous nous arrêtons devant et Sam passe sa main par la fenêtre pour taper le digicode.

Le portail s'ouvre dans un grincement, dévoilant la propriété. L'allée nous mène vers une zone pavée, puis une vaste pelouse, l'horizon dégagé et l'océan à perte de vue.

Et la maison elle-même. Un pavillon, fier et plein d'espérance, tenant bon face à l'immensité, la lumière dans les arbres, sublime. Un petit pavillon parfait : deux baies vitrées encadrant la porte d'entrée, une galerie tout autour, un banc à bascule dans un coin, donnant sur l'océan, dominant les falaises.

– Ça te fait quelque chose, hein ? dit Sam.

J'acquiesce, ne me sentant pas très bien.

Il s'arrête, regarde droit devant lui.

– Alors, tu penses que tu vas la garder ?

Je me retourne et le regarde.

– Quoi ?

– Je demande juste, précise-t-il. Parce que si tu vends, ça représente beaucoup d'argent. Le terrain à lui seul, c'est une somme à huit chiffres…

– J'ai pas la tête à ça, Sam.

– Pas la peine d'être désagréable. Papa savait que tu n'étais pas intéressée par la société, et que tu n'accepterais jamais de fric, c'était peut-être sa façon d'essayer de faire les choses équitablement, je sais pas.

Je lui tourne le dos, ma peau brûlante tout à coup, les nerfs à vif. La dernière fois que je me suis assise sur ce banc, c'était il y a un peu plus de deux ans. Jack était là, à côté de moi. C'est la seule fois où il est venu à Windbreak. Mon père lui avait tendu un verre de vin, et m'avait embrassée sur la tête. Une réminiscence floue et réconfortante, ce baiser. Ce baiser, la main de Jack sur mon genou, le sourire de mon père.

Ma gorge se noue.

– Le dernier vol est à vingt-trois heures quinze ce soir, dis-je. J'aimerais être dedans.

– Est-ce que tu peux au moins me laisser le temps de me garer avant de penser au retour ? On peut toujours loger chez oncle Joe, si on a besoin de plus de temps. Ou au Ranch.

– Pourquoi on aurait besoin de plus de temps ?

– Encore une fois, laisse-moi déjà sortir de la voiture avant de te répondre.

Sam coupe le moteur. Deux hommes émergent de la maison et marchent jusqu'à nous. Celui de gauche, je le reconnais. Il s'appelle Clark et il s'occupait déjà de Windbreak avant que mon père ne l'acquière. Ça fait des années que je ne l'ai pas vu, mais il n'a pas l'air d'avoir vieilli. Il est toujours fort, grand et sec, en jeans et grosses bottines. Son visage bronzé et peu marqué, ses yeux qui sourient le rajeunissent.

L'autre homme, je ne le connais pas. Il a une carrure de footballeur américain, porte un costume trop serré, des cheveux coupés très court, des rougeurs au visage. Il est beaucoup plus jeune que Clark, sûrement proche de l'âge de Sam. Il tient un porte-documents, qui, je peux le voir même d'ici, est couvert d'autocollants de police.

Sam le salue d'un geste de la main.

– C'est l'inspecteur O'Brien, dit Sam. Notre contact au sein de la police.

– Donc, c'est lui qui a mené l'enquête ?

Il ouvre la portière de la voiture.

– Oui, et très mal apparemment.

*

* *

– Ça fait beaucoup d'heures de vol pour que je vous répète ce que vous avez déjà dû lire dans le rapport, dit l'inspecteur O'Brien. Il ne doit pas rester beaucoup de questions en suspens…

Clark est retourné à l'intérieur. Nous marchons dans la propriété avec l'inspecteur O'Brien. Ou plutôt, O'Brien marche en tête, quelques pas devant nous. Il avance vite, ne s'arrêtant même pas pour consulter ses fiches et le rapport de police. Un rapport qui se trouve dans mon dossier bleu.

– La chute a eu lieu entre 20 h 15 et 20 h 30 environ, dit-il.

Il continue de marcher vers l'extrémité sud-ouest de la propriété. Nous savons tous, sans qu'il ait besoin de le dire à haute voix, qu'il suit la direction que notre père aurait prise ce soir-là, d'après la police. On marche vers le lieu de sa chute.

– Nous avons de la chance qu'il y ait eu des passants sur la plage pour corroborer…

– Je ne sais pas si j'utiliserais le mot « chance », intervient Sam.

O'Brien se retourne, un petit sourire en coin.

– Il y avait trois personnes sur la plage… un couple qui promenait son chien et qui arrivait par l'ouest vers le lieu de l'accident, dit-il. Et un joggeur, qui revenait de Loon Point.

Il désigne la plage alors que nous arrivons à la limite de la propriété, là où l'herbe s'arrête, où la roche mène à de petits murets en pierre, le haut de la falaise juste derrière.

– Leurs déclarations ont permis d'établir une chronologie précise.

Je baisse les yeux et vois un piquet jaune planté dans le sol, si banal qu'il pourrait signaler n'importe quoi : des plantes, un rosier, l'endroit où vous avez perdu votre père.

Je contourne le piquet et tâte du pied le terrain rocheux qui borde la falaise, glissant, même par temps sec comme aujourd'hui. Il n'est pas difficile d'imaginer la scène : deux pas de trop et on se retrouve agrippé à la pierre au-dessus du vide. Mais pourquoi se serait-il autant approché ? Il n'aurait jamais fait ça, à moins qu'il ne se soit pas rendu compte qu'il était si près du bord, un verre à la main, le regard attiré par le précipice, et soudain il dévalait les vingt-cinq mètres jusqu'à la plage, presque rattrapé par les rochers avant d'avoir le temps de comprendre ce qui lui arrivait.

– Nous pensons que votre père a chuté d'ici, dit-il. Et qu'il est mort sur le coup…

Mort sur le coup. Des mots durs et froids.

– Comment êtes-vous arrivé à cette conclusion ? je lui demande.

– Personne ne peut survivre à une telle chute, lance-t-il, comme si ça répondait à ma question.

Comme si ça répondait à nos inquiétudes.

Mais il est de plus en plus clair que l'inspecteur O'Brien ne se soucie guère de nos inquiétudes – pas plus qu'il ne se soucie de notre deuil. Peut-être même qu'il se dit la même chose que moi hier, quand Sam a débarqué au rendez-vous. Que peu importe ce que nous faisons ici, nous ne dévoilons pas nos réelles intentions.

Je tente ma chance et essaie de présenter les choses différemment pour le faire sortir de sa posture défensive, pour le rallier à notre camp. Ne devrait-on pas tous être dans le même camp ?

– Inspecteur, vous êtes sans nul doute bien plus au fait de tout ça que moi… J'apprécie vraiment que vous preniez le temps de tout passer en revue une nouvelle fois, dis-je. Mais… pourrions-nous revenir un peu en arrière ? J'ai l'impression qu'il nous manque encore des pièces du puzzle.

– Quel puzzle ?

– Nous pensons qu'il n'était pas seul ce soir-là, dit Sam, avec moins de diplomatie.

– Pourtant, je vous assure qu'il l'était, répond l'enquêteur.

Puis il nous regarde tour à tour, comme pour clore le débat.

– Bon, d'accord, qu'est-ce qui vous fait dire ça ? je lui demande.

– Le service de sécurité de Noone Properties nous a indiqué dès le début que la venue de votre père s'était décidée à la dernière minute, dit-il. Il était censé assister à un événement à New York. Aucun membre de son équipe n'a été informé de son arrivée impromptue à

Windbreak. Le gardien vient de confirmer que lui non plus n'avait pas été mis au courant.

Ça m'interpelle tout de suite. Parce que, du moins les rares fois où j'étais venue ici, c'est toujours Clark qui avait ouvert à mon père.

Sam me regarde, tout aussi confus.

– Il prévient toujours Clark, affirme Sam.

– Pas cette fois, visiblement, dit O'Brien.

Puis il passe à une autre fiche de son bloc.

– Mon équipe a retracé tout le déroulé de la journée de votre père. Un chauffeur est venu le chercher à l'aéroport de Santa Barbara et l'a conduit directement à Windbreak. Ils sont entrés dans la propriété à l'aide du digicode à 12 h 15. Votre père était seul de 12 h 15 jusqu'à l'heure de sa mort.

– Exception faite du chauffeur, dit Sam.

– Le chauffeur a quitté la propriété à 12 h 32, dit-il, en durcissant le ton. La société de location de limousine nous a fourni ses relevés du restant de la journée…

– Je n'ai jamais dit que c'était le chauffeur, dit Sam.

– Qu'est-ce que vous sous-entendiez alors ?

– Vous venez de dire que mon père était seul sur place, dit Sam. C'est inexact.

L'inspecteur O'Brien lui lance un regard d'avertissement. Je pose ma main sur le bras de Sam pour essayer de le calmer. Mais je sens ma colère monter aussi. Même si je ne veux pas l'admettre, ces explications soulèvent plus de questions que de réponses.

Je regarde les palissades, l'immense falaise, l'océan et le sable qui tourbillonne en contrebas, et j'essaie de visualiser sa chute. Mon père aurait été le premier à savoir quoi faire, s'il s'était senti basculer dans le vide.

Comment se rattraper, se stabiliser, se mettre rapidement à l'abri du danger.

– J'ai passé un peu de temps à étudier les plans de la propriété hier soir, dis-je. Si je ne me trompe pas, il n'y a aucune caméra aux extrémités du terrain ?

L'inspecteur confirme :

– Oui, c'est exact. Il y a un système d'alarme dans la maison, relié directement au poste de police. Mais la seule caméra se trouve au niveau du portail d'entrée.

– C'est plutôt inhabituel, non ? je demande. Si j'en crois mon expérience sur des propriétés de cette taille, la plupart ont aussi un dispositif de sécurité, quel qu'il soit, sur le terrain. Il y a plus de cent mètres de falaise…

– Eh bien, c'est une question à poser à un vendeur d'alarme. Mais j'ai cru comprendre que votre père a même refusé d'envisager d'avoir un garde à l'entrée, si bien que le digicode pour entrer et sortir est à peu près la seule mesure de protection.

Je regarde à gauche, au loin, la propriété voisine – la plus proche, qu'il est même difficile de voir d'ici. Je ne pense pas avoir jamais rencontré la famille qui y vit. Le seul voisin de mon père que je connais vit un peu plus haut sur la route. Benjamin King. Une espèce de promoteur immobilier. Mon père et lui s'étaient connus à la fac et c'est grâce à lui que mon père avait découvert l'existence de Windbreak. Mon père adorait raconter l'histoire de la première fois où il avait vu Windbreak alors qu'il était assis sur la terrasse de Ben King pour parler business.

Mais je n'ai jamais entendu mon père s'épancher sur son voisin d'à côté, ni en bien ni en mal. Un mur en pierre sépare les deux grandes parcelles de terrain – la leur presque engloutie par une villa de style méditerranéen, immense et imposante, assez grande pour contenir trois fois la maisonnette de mon père.

– Vous avez parlé à la famille d'à côté ? je demande. Est-ce qu'ils ont des caméras sur leur propriété qu'on pourrait exploiter ?

– C'est déjà fait, dit-il. Nous avons visionné les bandes de la nuit tout entière et, malheureusement, les caméras sont toutes orientées vers la clôture qui sépare les deux terrains. Il n'y a aucune trace de votre père.

Après avoir marqué une pause, il ajoute :

– Je peux vous assurer que personne n'a escaladé le mur.

– Sur les images que vous avez vues, complète Sam.

– Je vous le répète encore une fois : mon équipe a visionné les images de l'ensemble de la soirée.

Il se penche sur son bloc, passe ses fiches en revue.

– Je vois que nous avons aussi regardé les images de l'après-midi.

– Vous avez vérifié celles de la veille ? je demande.

– Rien n'indique que quelqu'un d'autre ait été présent sur la propriété avant l'arrivée de votre père.

– Ça veut dire que non, dit Sam.

Je regarde le reste de la falaise, le vieux portillon menant au grand escalier en bois, délabré et plus tout jeune, vissé à la paroi, qui descend jusqu'à la plage rocheuse vingt-cinq mètres plus bas.

– Quelqu'un aurait pu passer par là… dis-je. Prendre l'escalier depuis la plage.

– Seulement quelqu'un qui connaissait le code du portillon. Et donc quelqu'un que votre père connaissait.

– Alors peut-être que c'était une connaissance, dis-je.

– Pourquoi une connaissance serait-elle passée par la plage et aurait-elle monté des dizaines de marches dans la nuit noire, juste pour entrer sur la propriété ?

Sam le pointe du doigt, et sourit.

– Voilà, dit-il. Enfin une bonne question !

L'inspecteur O'Brien n'apprécie pas vraiment l'ironie de mon frère et se replonge dans ses notes.

J'emprunte le passage entre les murets et descends jusqu'à la plate-forme où se trouve le portillon, encastré dans la falaise. Je tire sur la poignée rouillée. Il y a un petit verrou dessus, et un pavé numérique pour l'ouvrir.

– Et si quelqu'un connaissait le code ? Grâce à mon père ou à un autre moyen. Est-ce qu'il y a un registre informatisé des personnes qui sont entrées par là ?

– Non. C'est simplement une serrure à code, une sécurité manuelle, qui n'est pas reliée au reste du système.

Je lève les yeux vers l'inspecteur et Sam, qui se tiennent au bord de la falaise.

– Pourquoi ? dis-je. Ça n'a pas l'air très sécurisé.

L'inspecteur O'Brien arbore un sourire crispé, ne parvenant pas à masquer son agacement grandissant.

– C'est une question pour votre père, dit-il. C'est lui qui a décidé ça. Comme je vous l'ai dit, de ce que j'ai compris, la discrétion était primordiale pour lui.

– Est-ce que vous avez au moins cherché à savoir qui avait le code ? dis-je. Ça ne serait pas une mauvaise idée d'établir des hypothèses en fonction des personnes qui auraient pu entrer par là. De vérifier leurs alibis…

– Seulement si on pense qu'il y a quelque chose de suspect, dit l'inspecteur. Ce qui n'est pas mon cas.

– Eh bien, vous devriez peut-être envisager de le faire maintenant, dit Sam. Pour que nous en soyons tous persuadés.

O'Brien ne cache pas son irritation, comme si c'était (ainsi que le fait de poursuivre cette conversation) la dernière chose qu'il avait l'intention de faire. Bien que je ne sois pas du tout persuadée que quelqu'un soit passé par ces escaliers, sa réaction finit de me convaincre que sa seule préoccupation ici est de s'assurer que le dossier reste clos. Raison de plus pour insister.

– Vous pourriez nous en dire un peu plus sur les passants, inspecteur ? Les trois personnes qui ont découvert mon père ? Le couple et le joggeur.

O'Brien tourne les pages de son bloc jusqu'aux dépositions des témoins.

– Le couple, Meredith et Nick Cooper, gardait la maison de la famille Velasquez au numéro 2082. Ils sont là depuis plusieurs mois, depuis que les Velasquez sont chez eux à Ross, dit-il. Les Cooper faisaient leur promenade nocturne habituelle avec leur golden retriever quand votre père est tombé. C'est Nick qui a appelé les secours.

– Et le joggeur ?

O'Brien marque une pause, comme s'il n'avait pas envie de partager ce qu'il s'apprête à dire.

– Il n'était plus là quand la police est arrivée.

Sam comprend en même temps que moi et me jette un regard entendu.

– Qu'est-ce que vous voulez dire par *plus là* ? demande Sam.

– L'épouse était secouriste bénévole retraitée. Après avoir constaté que votre père n'avait pas survécu à sa chute, ils se sont mis d'accord tous les trois : elle et son mari attendraient l'arrivée de la police. Ils n'avaient pas besoin de son aide.

– Et vous ne trouvez pas ça suspect ? demande Sam.

– Les gens choisissent de vivre ici parce qu'ils aiment la discrétion. Et votre père n'était manifestement plus en vie, ce n'est pas comme s'il avait pu faire quelque chose. Il ne voulait probablement pas être impliqué.

Ou alors justement, il était impliqué, ai-je pensé avant de pouvoir m'en empêcher. Je remonte la plate-forme tout en soutenant son regard.

– Et les Cooper n'ont pas reconnu le joggeur ?

– Non, ils ne l'ont pas reconnu, mais encore une fois, ils ne vivent pas ici à l'année. Ils ne font que surveiller la maison, donc…

– Oui mais depuis plusieurs mois, non ? relève Sam. Vous venez de dire qu'ils étaient là depuis plusieurs mois.

Le policier acquiesce à contrecœur et je sais qu'il comprend où Sam veut en venir, même s'il ne veut pas le voir lui-même. Il y a quelque chose qui ne colle pas. Si les Cooper promènent leur chien tous les soirs et que cet homme court assez régulièrement, on pourrait penser qu'ils se sont déjà croisés avant cette nuit-là. Ou depuis cette nuit-là. Il y a fort à parier que les gens vivant sur cette petite bande littorale sont amenés à se rencontrer plus d'une fois.

Et puis il y a autre chose : pourquoi est-ce que nous n'apprenons que maintenant que l'un des trois témoins des faits, que les deux autres n'ont apparemment pas reconnu, est parti avant de pouvoir être interrogé ?

– Je croyais que vous aviez recueilli les déclarations de tous les témoins, dis-je.

– C'est ce que vous avez dû entendre dire.

– C'est ce que nous avons tous les deux entendu dire, s'exclame Sam. Parce que c'est ce que vous avez dit.

O'Brien soupire. Un soupir bien sonore.

– Écoutez, j'ai perdu mon père l'année dernière. Je sais combien c'est dur, dit-il. Mais j'ai appris au tout début de ma formation que, si on entend des bruits de sabots, on doit penser à des chevaux, pas à des zèbres.

– Bien sûr. Et je comprends pourquoi vous voudriez que ce soit le cas, dit Sam. Si un cheval s'avère être n'importe quoi d'autre qu'un cheval, c'est que quelqu'un n'a pas très bien fait son travail. Et que ce quartier, dont vous êtes le garant de la sécurité, n'est peut-être pas aussi sûr que ce que les agents immobiliers veulent bien faire croire à leurs clients.

L'inspecteur O'Brien balaie ses accusations :

– C'est absolument ridicule.

– Peut-être. Mais ce qui me semble tout aussi ridicule, c'est que tout le monde semble penser qu'une potentielle victime ne sait plus où se déplacer chez elle, dit Sam. Sans oublier que l'un des trois témoins présents sur les lieux ce soir-là n'a apparemment toujours pas été identifié. Et qu'en plus, nous n'avons aucune information sur ce qui est arrivé à notre père entre le moment où le chauffeur l'a déposé à midi et sa chute mortelle de vingt-cinq mètres quelques heures plus tard.

Je vois Sam serrer le poing, celui du côté de l'attelle. Je m'avance auprès de lui, au cas où il faudrait que je m'interpose.

– Mais je vous en prie, éclairez-nous, dit-il. Où peut-on le trouver, ce cheval ?

Toutes les chances de son côté

Après des au revoir tendus, l'inspecteur O'Brien s'en va. Sam et moi retournons vers la maison d'un pas décidé.

– Il faut qu'on retrouve le joggeur, me dit-il.

Je feuillette le rapport de police, à la recherche de la moindre information sur lui – ou sur le couple.

– Il y a les coordonnées des Cooper dans leur déposition, dis-je. Je vais commencer par là, histoire de voir ce qu'ils peuvent nous dire à son sujet.

Sam m'ouvre la porte, je passe et le devance jusqu'au porche arrière.

– Je vais fouiller le bureau de papa, dit-il. Je veux comprendre pourquoi il a décidé à la dernière minute de venir ici. D'après son agenda, l'événement à New York était pour Inez. Papa aurait répondu présent.

Inez Reya. Épouse/ex-femme numéro trois, et sûrement ma belle-mère préférée durant la brève période où elle l'a été. Elle avait créé une gamme de soins holistiques pour la peau que Noone Properties proposait dans la plupart de ses spas. C'est comme ça que mon père l'avait rencontrée. Ça a été le plus court de ses mariages (moins de trois ans) mais l'une de ses amitiés les plus fortes – mon père est resté incroyablement proche d'Inez.

Incroyablement proche d'Inez et de celle qui est désormais son épouse, Elizabeth. Et de leur fille, Luna.

Si Inez avait organisé une soirée de lancement, mon père aurait voulu être là pour la soutenir. Pourquoi se rendre à Windbreak à la place ?

Sam disparaît dans le couloir qui mène au bureau de notre père. J'arrive dans le coin cuisine, où m'attend une explosion de lumières et d'odeurs familières – la sauge en pot sur les rebords des fenêtres, le savon à la noix de coco, les bougies au bois de santal sur l'îlot central.

J'aime l'atmosphère de la cuisine qui, comme le reste de la maison, est sereine, sans prétention : une vieille cuisinière, un bac à évier rustique, même pas de lave-vaisselle. Mon regard se pose sur l'égouttoir à côté de l'évier. Ça m'achève presque, ce stupide égouttoir vide me rappelant ma dernière visite ici. Jack dormait. Mon père avait réglé le tourne-disque au volume minimum, nous étions juste tous les deux, à laver et essuyer la vaisselle du dîner ensemble.

Je passe mon doigt sur l'égouttoir et, appuyée contre le comptoir, je sors le numéro de téléphone des Cooper. Je le compose, mais la ligne grésille, comme s'ils étaient à l'étranger. Je raccroche et envoie un mail à la place, en espérant qu'un message écrit leur parviendra plus rapidement.

Je quitte la cuisine et traverse le reste de la maison. Je passe devant les deux chambres (la deuxième que mon père utilisait comme bureau), l'unique salle de bains, les minuscules toilettes. Tous les murs peints couleur sable, du mobilier sobre et bien pensé.

L'air frais de la plage semble circuler partout, surtout dans la pièce où j'entre en dernier. Ma pièce favorite, le salon, qui fait davantage penser à une bibliothèque de fortune, avec ses hautes étagères blanches remplies de livres entourant la baie vitrée, ses murs ornés d'un papier peint à motif d'oiseaux sauvages. Une pièce qui ne ressemble pas vraiment à mon père, mais que j'adore. Et qui, d'une certaine manière, semble à sa place plus que tout le reste ici.

Pour moi, un projet commence toujours par une image forte. Quelque chose qui permet de révéler la quintessence d'un espace ou d'un lieu. C'est un principe fondamental dans mon approche du travail : on part de cette image pour bâtir tout le reste autour, pour créer un espace avec une vision holistique afin de concevoir un ensemble qui ne soit pas seulement esthétique, mais qui utilise les bons matériaux et éléments de déco pour créer un lieu refuge.

L'ensemble de la maison, l'amour puissant qui s'en dégage, semble avoir été imaginé par quelqu'un qui a pris cette pièce comme point de départ.

Je m'approche des rayonnages, avec tous ses livres superbes entassés dans tous les sens. Il n'y a que deux cases qui ne débordent pas de livres. S'y trouvent des photos encadrées et une multitude d'objets personnels, albums photo souvenirs et quelques albums de promo, de vieux agendas et des programmes de théâtre.

Je me penche, commence à feuilleter quelques brochures. Je ne me souviens pas d'être jamais allée au théâtre avec mon père et pourtant il a gardé une bonne vingtaine de programmes de pièces phares comme *The Real Thing*, *Lost in Yonkers*, *Le Roi Lear*.

Puis je passe aux photos. J'en reconnais certaines – des photos de ma mère et moi qu'elle avait aussi chez elle.

D'autres de Sylvia et de mes frères, d'Inez, d'Elizabeth et de leur petite fille, Luna. Une autre, prise avec un ancien président.

Plus loin, des photos et des coupures de presse encadrées montrant mon père au travail – certaines avec mes frères. D'autres avec Grace et oncle Joe. Il y a des photos de toute l'équipe dans les bureaux de New York, des articles découpés sur l'inauguration des hôtels d'Aspen, du Colorado, de Cabo San Lucas. Mon père heureux, souriant, dans son élément, avec ses fils ; et avec ses deux associés, restés à ses côtés pendant des décennies, des débuts de Noone Properties jusqu'au décès de Grace en début d'année – emportée trop jeune par une crise cardiaque. Laissant mon père et Joe seuls pour diriger l'entreprise. Un fidèle conseiller en moins.

Je me suis demandé quel impact sa disparition avait eu sur la dynamique entre oncle Joe et mon père. Même si, en toute honnêteté, je n'ai jamais vraiment su quelle était la dynamique entre eux auparavant. Ma mère parlait rarement de la société de mon père, et je suivais son exemple. *Il n'y a que deux choses à retenir à propos de Noone Propertie*s, disait-elle. *Ça s'est passé après moi. Et ça n'a rien à voir avec toi.*

Bien sûr, c'est une histoire un peu revisitée. Ma mère et mon père étaient encore mariés quand il a pris la direction de Hayes. Ils s'étaient même rencontrés durant sa deuxième année chez eux, mon père encore fraîchement sorti de l'école de commerce.

À cette époque, ma mère était prof de musique et musicienne de studio. À l'occasion, cependant, comme le soir de leur rencontre, elle chantait pour des mariages avec le groupe de son amie à l'hôtel Hayes de Watch Hill, à Rhode Island.

Mon père passait plusieurs mois sur place, pour superviser les travaux de rénovation. Elle l'avait vu assis au bar de l'hôtel pendant sa pause-dîner.

Ma mère, qui se sentait puissante dans sa combinaison dorée, l'avait abordé. Elle s'était installée sur le tabouret voisin et lui avait demandé s'il voulait lui offrir un verre.

Ma mère racontait qu'il l'avait intriguée : ce jeune homme trop sérieux avec sa tignasse blonde, qui ne semblait pas à sa place dans ce genre d'établissement familial. Mon père avait lui aussi eu l'impression qu'elle n'était pas à sa place. Sa place était sur un plateau de cinéma. Sa place était sur une scène d'envergure internationale. Il disait que l'une des choses qu'il aimait le plus chez ma mère, c'était cette confiance en elle qui donnait aux gens l'envie de la côtoyer. Lui y compris.

Il avait raison sur ce point. Ma mère était sûre d'elle à un stade qu'on ne peut atteindre que lorsqu'on sait vraiment qui on est. Lorsqu'on sait vraiment ce qu'on veut. Et, du moins à l'époque, ce qu'elle voulait, c'était apprendre à le connaître. Aussi, elle ne voulait pas changer de vie. Elle adorait sa petite ferme à Croton. Elle aimait aller travailler au lycée à pied et ne se rendre en ville que pour les enregistrements en studio.

Mon père avait alors quitté son appartement de West Village et emménagé avec elle. Au départ, il faisait le trajet de plus d'une heure qui le séparait du cœur de Manhattan matin et soir, sans lui reprocher ces deux heures perdues.

Et ma mère ne lui a rien reproché lorsque leur couple a commencé à vaciller et qu'il s'est mis à rentrer moins souvent en semaine, restant davantage dans son appartement de West Village.

Elle ne lui a rien reproché non plus lorsque peu après le décès de Walter Hayes et sa succession à la tête de l'entreprise, mon père a commencé à passer des journées de plus en plus longues au bureau à Manhattan, qui l'ont amené à passer encore plus de nuits dans cet appartement de West Village, et (finalement, à mesure qu'ils s'éloignaient l'un de l'autre) à se faire une nouvelle amie, chroniqueuse dans une émission matinale populaire. Une nouvelle amie appelée Sylvia.

Pendant mon enfance, je ne suis pratiquement jamais allée à l'appartement de mon père et de Sylvia. Sylvia ne voyait pas beaucoup d'intérêt à avoir une belle-fille dans les parages – ce qu'elle avait clairement fait comprendre en achetant un penthouse pour elle et la nouvelle famille en construction de mon père où, comme par hasard, il n'y avait pas de chambre pour moi. L'une des rares fois où je leur avais rendu visite, j'avais entendu mon père insister pour que j'aie mon propre espace à décorer, pour que je me sente à l'aise, ce à quoi Sylvia avait répondu (sans une once d'ironie) : *il y a des draps Frette dans la chambre d'amis. Si elle ne se sent pas à l'aise avec ça, je ne vois pas ce que je peux faire pour elle.*

Et si Sylvia s'était montrée accueillante, mon père aurait de toute façon cloisonné ses différentes familles. Il préférait se consacrer entièrement à chacun de nous séparément, plutôt que d'essayer de comprendre comment tous nous rassembler. Il aimait venir me voir à Croton, presque tous les vendredis soir, pour que nous puissions dîner ensemble.

Il a continué à venir dîner, même quand j'ai été plus âgée et que je préférais passer mes soirées libres avec mes amis plutôt qu'avec lui. Avec ma mère, ils allaient alors se promener le long de l'Hudson, prenaient la voiture jusqu'à Cold Spring pour dîner en tête à tête. Parfois, ils s'asseyaient simplement sur le perron et rattrapaient le temps perdu.

Il n'y avait pas de séduction, entre eux. Ma mère avait commencé à sortir avec un autre musicien, Julian, peu après leur rupture – et pour elle, c'était l'homme de sa vie. Dès le premier jour, elle lui avait été complètement dévouée. Ils étaient dévoués l'un à l'autre. Elle me disait souvent : *j'étais destinée à rencontrer ton père pour t'avoir. J'étais destinée à rencontrer Julian pour moi.* Quant à mon père, c'est lui le premier qui avait déserté leur mariage.

J'attrape une photo de nous trois à ma remise de diplôme – ma mère au centre – tous enlacés, en train de rigoler. Je m'attarde sur leurs visages, contents d'être ensemble, détendus. Ils étaient divorcés depuis plus de dix ans déjà, mais c'était impossible à dire en les regardant. On voyait seulement à quel point ils semblaient proches.

Comment expliquer ça ? Le désir de mon père de rester proche de ma mère, bien après que je ne fasse plus partie de l'équation. Comment comprendre son besoin de démarrer de nouvelles vies, sans jamais rompre avec les anciennes ?

Oh, pour l'amour du ciel, ma chérie, disait ma mère quand je lui posais la question. *On dirait que tu ne connais pas du tout ton père.*

Cinquante et un ans plus tôt

La première fois que Cory vit Liam, elle sortait justement de sa chambre.

– Hé, salut, fit-elle.

Elle portait une robe portefeuille verte, ses cheveux détachés lui descendaient au milieu du dos. La vision de cette fille splendide plantée sur le seuil de sa chambre, comme si elle avait toujours été là, fut un choc ; il recula d'un pas.

– Je peux t'aider ?

– Je ne sais pas, à toi de me le dire.

Elle lui sourit – les yeux brillants. Ce n'est pas juste qu'elle était belle. Elle l'était, bien sûr, mais ce fut plus fort que ça, quand elle le regarda avec ces yeux-là. Elle lui parut tellement familière. Tellement présente. Liam ne l'avait jamais vue avant et, subitement, ce fut comme s'il l'avait toujours connue.

– Moi c'est Cory, dit-elle.

– Liam.

Il prit la main qu'elle lui tendait, pile au moment où son cousin Joe sortait à son tour de sa chambre.

– Salut mec, fit Joe. Je te présente Cory.

– J'ai entendu.

– Elle vient d'arriver à Midwood…

Liam acquiesça, sans lâcher Cory des yeux. Il n'eut pas un regard pour Joe – Joe qui venait d'arriver à Midwood et vivait désormais avec la famille de Liam. Il avait emménagé, plus spécifiquement, dans le lit du haut de la chambre de Liam, après quelques déboires dans son propre lycée à Vinegar Hill. Pas de père, dans le tableau, qui puisse intervenir. Sa mère (la sœur de la mère de Liam) avait alors décidé que Joe avait besoin de changer de décor. Qu'une personne avec la tête sur les épaules aurait sur lui une saine influence. Quelqu'un comme Liam.

Cory lui tenait toujours la main.

– Tu viens d'où ? lui demanda Liam.

– Du Cœur immaculé, hélas pour moi.

– C'est-à-dire… hélas d'avoir été au Cœur immaculé, ou hélas de te retrouver maintenant coincé à Midwood ?

Cory inclina la tête.

– Y a quoi qui cloche, à Midwood ?

– T'es pressé ?

– Plutôt, en fait. J'allais partir.

Liam se racla la gorge.

– Cory, c'est un diminutif ? C'est un nom de mec, pas vrai ?

– Waouh, original, on me l'avait jamais sorti encore, dit-elle.

Sarcastique, mais pas agressive.

– Mon vrai nom c'est Cordelia. Ça me plaît moins.

– Cordelia. Comme dans *Le Roi Lear ?*

Elle confirma d'un signe de tête.

– Exactement.

La suite le surprit :

– Ma mère est prof de littérature à Brooklyn College.

– Et ton père, il fait quoi ?

– En général ? Il picole.

Mais elle souriait. De nouveau, ce même sourire, tandis qu'il s'efforçait de soutenir son regard. Comme si elle risquait de disparaître sinon. Cory qui lui lâchait la main, dégageant des mèches de son visage. Ah l'effet que ça faisait, d'être tout près d'elle, comme ça. Une sensation inédite, pour lui. Il n'aurait voulu être nulle part ailleurs.

– Je t'ai déjà vu, dit-elle.

– Où ça ?

– À la bibliothèque. Après les cours.

Qu'elle ait été dans les environs et qu'il l'ait ratée – voilà qui semblait impossible. Mais sachant combien il avait cravaché, ça n'était pas si impossible. Que disait la conseillère d'orientation, déjà, au sujet de Liam ?

Qu'en trente années de maison, elle n'avait jamais vu un élève aussi déterminé que lui. De sa part, c'était un compliment, mais il l'entendait aussi comme tout l'inverse.

Cory se pencha vers lui, semblant lire dans ses pensées :

– Tu étais incroyablement concentré.

– Pas tant que ça.

– Faut jamais s'excuser d'être concentré, dit-elle. D'après Joe, il paraît que tu vas à Yale, l'année prochaine ?

À ce moment-là, il avait levé les yeux et s'était aperçu que Joe n'était plus là. Il avait filé au rez-de-chaussée ou était retourné dans la chambre ; en tout cas il était parti loin d'eux.

– Et toi, tu fais quoi ?

– Je suis en première… bref, j'ai encore un peu de temps.

– Mais tu vas suivre Joe ?

– Peut-être. Je sais pas.

Il opina. Joe était beau mec. Vraiment, vraiment beau. Il faisait déjà plus d'un mètre quatre-vingt-cinq, avec une épaisse tignasse, une mâchoire puissante, des muscles bien dessinés et tout ce qui allait avec. Ça expliquait en partie les ennuis qu'il s'attirait. Ça expliquait en partie pourquoi il estimait n'avoir pas besoin de faire d'efforts.

Liam n'était pas mal non plus. Sans doute pas aussi grand ni costaud, mais il avait la mâchoire de Joe et des yeux vraiment magnifiques, avec un regard très doux. Et il avait quelques années de plus, ce qui n'était pas un détail. Mais il n'était pas Joe.

– Faut que je te prévienne, fit Liam. Joe a des tas de copines.

– Toi aussi t'en as. Au moins une.

– Comment tu sais ça ? dit-il, décontenancé.

– Elle était avec toi à la bibli, dit Cory. Elle essayait de te déconcentrer.

Liam piqua un fard cuisant. Christina et lui sortaient ensemble depuis presque deux ans. Après le lycée, elle avait pour projet de travailler dans la boutique de son père, qui vendait des robes. Elle lui mettait la pression pour qu'il pense aux fiançailles. Ce qui était la dernière chose dont il avait envie. Il avait un pied en dehors de cette maison, de cette rue où s'alignaient des maisons identiques, de cette tranche de Brooklyn provinciale qu'un monde séparait de la ville de New York. Être ici, c'était se sentir pris au piège, à tout point de vue. Le téléviseur cassé que ses parents ne pouvaient se permettre de faire réparer, la baignoire pliante dans laquelle son père immergeait son dos meurtri, ses camarades de classe visiblement heureux de voir leurs enfants pousser dans les mêmes rues qui les avaient vus grandir. Et ainsi de suite.

Il refusait tout ça en bloc. Si la conseillère d'orientation l'avait trouvé si déterminé, c'est qu'il était entré dans son bureau dès la semaine de sa rentrée de terminale pour lui exposer son projet : il allait tout faire pour échapper à ça et se bâtir une vie radicalement différente.

– Vous comptez rester ensemble après le ly…

– Non.

La réponse avait fusé avant qu'elle ait fini sa question.

– Aucun risque.

Ça la fit rire.

– Oups, j'ai touché un point sensible.

– Pas du tout. Simplement si je pars d'ici c'est pour faire table rase.

Elle sourit, mais se mit à avancer, vers l'escalier.

– Vous êtes bien présomptueux, jeune homme.

Il se retourna.

– Tu vas où ?

– Faut que je retourne au bahut. Il y a une réunion, ce soir, pour la revue littéraire. Pas beaucoup de débouchés, à Midwood, pour les écrivains, alors…

Le Jabberwocky – c'était le titre de la revue du lycée, non ? Liam ne savait plus trop. Ne savait même pas s'il en avait déjà eu un exemplaire entre les mains.

– Quel genre de choses tu aimes écrire ?

– Oh, de tout. Des nouvelles. Du théâtre. De la poésie. Des tas de trucs.

– Et là, tu écris quoi ?

– Si je commence à t'expliquer, on n'a pas fini.

Il avait envie de répondre OK, allons-y. Il avait envie de tout savoir sur ses textes et sur tout ce qu'elle voudrait bien lui dire. C'était troublant.

– C'était sympa de te croiser, en tout cas, dit-elle. Liam.

Dans sa bouche, son prénom avait une sonorité définitive qui lui déplut. Il la dévisagea, ne sachant que dire. Elle était en haut des marches.

– Attends, juste… tu veux pas… attendre une seconde, dit-il, les mots se bousculant à un rythme échevelé.

Et un peu désespéré, pour être honnête.

Ça ne lui ressemblait pas du tout – du moins ça ne ressemblait pas à la personne qu'il avait toujours pensé être, ce type calme, jamais pris au dépourvu. Soudain, tout son être se résumait à une chose : il ne voulait pas qu'elle parte.

Elle haussa les épaules.

– J'ai pas envie d'être en retard.

– Vas-y, on s'en fout, dit-il.

Elle rit, posa de nouveau son regard sur lui.

– Ouais. Si tu le dis.

Et, comme par magie, Cordelia tourna les talons et le rejoignit.

Frapper avant d'entrer

– Besoin d'aide ?

Je sursaute au son de sa voix. J'étais tellement absorbée par la photo de mes parents que je n'ai pas entendu de pas approcher. Je me croyais seule.

Je me retourne et découvre Clark, le gardien de Windbreak, dans l'embrasure de la porte.

– Je ne voulais pas te faire peur, me dit-il.

– Non, non… tout va bien. Je ne t'avais pas entendu arriver. Désolée. Je suis juste, tu sais…

– Un peu à cran ? dit-il.

J'acquiesce.

– Un peu.

En désignant le bureau, il me dit :

– Je viens de parler avec Sam. On dirait que l'inspecteur n'a pas été d'une grande aide.

– Tu as beaucoup échangé avec lui ?

– J'ai essayé de l'éviter.

Puis il sourit, plonge ses mains dans ses poches et poursuit :

– Tu cherches quelque chose en particulier ?

Je repose la photo sur l'étagère, sans quitter le visage de mon père des yeux.

– Oui, mais je ne sais pas encore quoi.

– Eh bien, je vais rester un peu dans les parages, au cas où.

– Merci, Clark…

– Pour ce que ça vaut, moi aussi je suis à cran. Je me sens mal de ne pas avoir été là pour ouvrir la maison, ce jour-là. Il ne m'avait pas prévenu.

– Pourquoi, à ton avis ?

– Je ne sais pas. Enfin, si je devais faire une supposition… Il savait que je partais camper avec mes petits-enfants et peut-être qu'il ne voulait pas nous déranger. Il ne voulait pas que je me sente obligé. Tu sais comment il était…

Je me demande, et ce n'est pas la première fois ces jours-ci, si c'est la vérité.

– Tu penses que quelqu'un d'autre aurait pu être là avec lui, ce soir-là ? Je veux dire, ça pourrait aussi expliquer pourquoi il ne t'a rien dit…

Il s'arrête, réfléchit.

– Oui, c'est possible… Je crois qu'ils n'ont vu personne entrer par le portail, non ? Non pas que ça prouve quoi que ce soit. Il y a d'autres moyens d'entrer et de sortir d'ici. On trouve toujours, si on s'y prend bien…

Je hoche la tête.

– Ce n'est rien que tu ne saches déjà, je suppose. Mais, comme je l'ai dit, je n'étais pas en ville…

Et il hausse les épaules. Mais il hésite. Il hésite comme s'il voulait ajouter quelque chose.

Mais avant que je puisse creuser, Sam débarque en trombe dans la pièce, en tenant une grande enveloppe cartonnée.

– On doit y aller, dit-il.

– Maintenant ?

– Oui, maintenant.

La fureur transparaît sur son visage cramoisi.

– Je vais vous laisser un peu d'intimité… dit Clark.

Il sort, content de pouvoir s'éclipser, et je me tourne vers Sam.

– On était en pleine conversation.

Il fait comme si de rien n'était.

– Tu as déjà entendu parler de Cece Salinger ?

– Cece Salinger. Comme la grande prêtresse de l'hôtellerie ?

Il fait oui de la tête.

– Tout à fait.

– Pourquoi ?

Au lieu de me répondre, il se rue dans le couloir. Vers la porte.

Je me précipite à sa suite et lance :

– Sam, on va où ?

– Chez oncle Joe, dit-il.

Repartir comme on est arrivé

Je prends le volant. Sam est trop énervé, ses mots se bousculent, sortent trop vite. Comme si en même temps qu'il m'expliquait la situation, il essayait lui-même de démêler l'écheveau.

– Cece et papa se connaissent depuis longtemps, dit-il. Elle s'est lancée dans l'hôtellerie quand papa a repris Hayes. D'une certaine manière, on peut dire qu'ils ont grimpé ensemble, selon des trajectoires parallèles. Et à la fois complètement différentes. Enfin, je veux dire assez différentes…

J'accélère en m'engageant sur la route 101, direction Santa Barbara.

– Comment ça ?

– Eh bien, nous, on est tout petits, à côté. Elle, elle possède plus d'une centaine d'hôtels dans le monde. De grands hôtels, mais vraiment bien conçus. Leurs principaux concurrents, ce sont les Four Seasons, les Ritz. Une volonté de rappeler l'architecture locale, mais la même qualité de service partout. Tout l'inverse de notre positionnement. Du positionnement de papa…

– Oui, je sais à quoi ressemble la plus grande chaîne d'hôtels du pays, Sam.

– Eh bien, ce que tu ne sais peut-être pas, c'est que j'ai failli travailler pour elle.

Je me retourne vers lui.

– Quoi ? Quand ça ?

– L'hôtellerie est un business central pour Cece, mais ce n'est qu'une partie du portefeuille d'activités du groupe Salinger, dit-il. Elle est présente dans de nombreux secteurs. Le divertissement, l'édition, le sport. Comme avec cette agence de marketing sportif appelée PNG. Après ma blessure, quelqu'un de chez PNG m'a contacté. Ce n'est pas inhabituel qu'ils recrutent d'anciens sportifs, alors je n'y ai pas trop prêté attention. Je n'ai pas songé à un quelconque rapport avec nous, avec papa, jusqu'à ce que je voie sa réaction quand je lui ai annoncé que j'envisageais d'accepter un poste chez eux.

– Quel genre de réaction ?

– Pas terrible. Apparemment, ils ont un sacré passif.

Sam baisse la vitre et me fait signe de prendre la sortie pour La Cumbre Road.

– Il t'a dit de ne pas accepter le poste ?

– Tu connais papa. Jamais il ne m'aurait dit de refuser le poste, mais c'est pourtant ce qu'il a fait.

– Qu'est-ce qu'il y avait, entre eux ?

– Cece essayait depuis longtemps de percer sur le marché des boutiques-hôtels, des établissements d'exception, confidentialité assurée, empreinte réduite. Apparemment, ça fait des années qu'elle court derrière papa pour racheter Noone Properties. Pour arriver en grande pompe sur le marché des boutiques-hôtels, en utilisant sa marque et tout le reste. Papa avait compris comment se développer sur ce marché, ce qui n'est pas simple. C'est sûrement pour ça que Cece a fait des offres de rachat plutôt généreuses.

– Et ?

– Et… il a toujours refusé, dit-il. Jusqu'à maintenant.

– Je ne comprends pas.

– Eh bien, on est deux.

*
* *

Hope Ranch est une banlieue cossue située sur la côte juste à l'ouest de Santa Barbara, juste au sud de l'océan Pacifique. C'est une région vallonnée et paisible, avec de belles maisons qui se fondent parmi les chênes et des sentiers équestres qui traversent les routes.

Nous descendons Las Palmas, puis remontons Via Esperanza, jusqu'à arriver à la maison de Joe. C'est une vieille hacienda espagnole magnifique, bordée de saules pleureurs, avec une écurie et une allée circulaire pavée – grouillante de vie. Plusieurs camions y sont garés, des livreurs déchargent des compositions florales, des caisses de vaisselle et du mobilier de location.

– Il se passe quoi, ici ? s'interroge Sam.

Il saute sur les pavés, refermant la portière passager avant même que j'aie eu le temps de me garer.

Je coupe le moteur et lui emboîte le pas.

– Sam, attends une seconde. Calme-toi, dis-je. Évitons que ça dégénère.

Il me regarde et penche la tête comme s'il m'avait entendue. Je le vois même se concentrer sur sa respiration. Mais à cet instant, notre oncle Joe apparaît sur le pas de la porte. Aussitôt, Sam redevient rouge de colère.

– Putain, Joe, c'est quoi ce délire ?

– Ou alors vas-y, je t'en prie, rajoute de l'huile sur le feu, dis-je.

Oncle Joe se fraye un chemin entre le staff et les camions pour venir à nous. Il porte une combinaison en néoprène. Bien qu'âgé d'une bonne soixantaine d'années, il en paraît vingt de moins : une chevelure mouillée encore bien fournie, la peau bronzée par tout ce soleil californien, une silhouette toujours forte et élancée. Mon père plaisantait souvent en disant que Joe était le beau gosse de la famille, donnant la sensation de chercher à valoriser Joe, autant qu'il le pouvait. Témoignant de son soutien indéfectible pour Joe à sa façon. De toutes les façons possibles. De mon point de vue, c'est quelque chose que mon père et oncle Joe avaient en commun.

Il nous sourit.

– Désolé pour le chaos.

Sam lui jette un regard noir.

– Il allait vendre la société à Cece ?

– Bonjour à toi aussi, Sammy, dit-il.

Puis Joe se tourne vers moi.

– Je ne savais pas que tu serais de la partie.

Il s'avance vers moi, son salut ressemble plutôt à une tape dans le dos, un peu maladroite. Ce n'est pas vraiment dans ses habitudes, les embrassades, mais je sais pourquoi il le fait. On ne s'est pas vus depuis que j'ai perdu mon père. Depuis que nous l'avons perdu tous les deux. Alors je le serre dans mes bras en retour.

– Tu tiens le coup, ma petite ?

– Ça va. Et toi ?

Il hausse les épaules.

– J'ai connu des jours meilleurs.

Sam nous regarde l'un après l'autre, exaspéré, et enchaîne :

– Comme nous tous. Il y a un endroit où on peut parler ?

Joe regarde les déménageurs et l'agitation tout autour.

– Par ici, dit-il.

Il nous tient la porte et nous fait signe de le suivre à l'intérieur. C'est une jolie maison, avec un sol en chêne d'origine, de hauts plafonds voûtés et une cour en forme de U. Mais c'est encore plus le bazar à l'intérieur – une femme avec un casque dirige les équipes, des gens courent dans tous les sens, dans chaque pièce. Je lui demande :

– C'est quoi, tout ça ?

– La fête pour les fiançailles de ta cousine.

Sam a l'air confus.

– C'est ce week-end ?

– Oui, c'est ce week-end, confirme Joe. Tu avais répondu que tu serais en Australie pour le travail, il me semble. Le voyage se passe bien ?

Puis il se tourne vers moi.

– Ne me regarde pas, dis-je. Je n'ai même pas reçu d'invitation.

– Ça aurait changé quelque chose ?

Il n'a pas tort. Ma cousine Diana est la seule fille d'oncle Joe et elle a dix ans de moins que moi. Je ne savais même pas que Diana allait se marier, encore moins qu'ils célébraient ses fiançailles ce week-end. Je n'ai pas passé beaucoup de temps avec elle. Peu après qu'oncle Joe a commencé à travailler avec mon père, il est parti en Californie pour assurer le développement de Noone Properties sur la côte Ouest. Une aubaine pour Joe qui entretenait déjà une relation avec la mère de Diana, qui était née et avait grandi à Santa Barbara. Ils ont acheté cette maison et ont fait leur vie ici. À mille lieues de ma vie à Croton.

La mère de Diana est partie quand Diana était toute petite, laissant Joe l'élever tout seul. Ce qu'il a fait avec beaucoup d'amour. Il est célibataire depuis, mais un père entièrement dévoué. Je tiens de mon propre père que Joe a été une sorte de monogame en série au fil des années, mais ça non plus, ce n'est pas une facette de sa vie que j'ai vue de mes propres yeux.

Joe nous conduit jusqu'à la cour – un brasero allumé au centre, un sapin de Noël dans un coin, déjà tout enguirlandé.

Joe nous désigne les fauteuils autour du feu. Nous prenons place et Sam jette l'enveloppe sur la table.

– Qu'est-ce qu'il se passe avec le groupe Salinger, Joe ? demande Sam. Pourquoi est-ce que j'ai trouvé les termes d'un accord pour la vente de Noone Properties ?

– Ça fait des années que Cece lorgne la boîte. Ça ne doit pas beaucoup te surprendre.

– Ce qui me surprend beaucoup, c'est que papa ait ne serait-ce qu'envisagé de le faire, et encore plus qu'il ait sollicité des avocats pour rédiger un potentiel projet de rachat. Ces documents sont signés et datés de cette année.

– Ça n'est pas allé aussi loin que tu le penses.

Sam pointe l'enveloppe, comme s'il s'agissait d'une preuve.

– Vraiment ? Parce que, putain, ce truc m'a l'air d'être allé sacrément loin.

– OK. On se calme.

– Pourquoi personne ne m'a rien dit ?

– Parce qu'il n'y avait rien à dire. Ton père et moi en avons discuté, il m'a demandé d'étudier si ça valait le coup, donc c'est ce que j'ai fait.

– Et… ? demande Sam.

– Et finalement, il a décidé que ce n'était pas ce qu'il voulait, explique Joe. Il a changé d'avis.

– Non. C'est allé plus loin que ça.

– Pas bien plus loin, dit oncle Joe, d'un ton tranchant.

Puis, comme s'il s'était lui-même entendu, Joe prend une profonde inspiration, se lève et se dirige vers la desserte. Il attrape une carafe de limonade, en remplit trois grands verres.

Joe revient et m'en tend un.

– Au fait, comment est-ce qu'il t'a embarquée dans cette petite mission ?

– Ce n'est pas exactement pour ça que je suis ici.

– Ah non ?

Je confirme d'un signe de tête.

– Sam est venu me voir pour me faire part de certaines préoccupations au sujet de papa…

Je sens les yeux de Sam me transpercer et jette un œil dans sa direction. Il me fait non de la tête, très brièvement, pour que je sois la seule à le voir. Je ne sais pas comment lui demander *pourquoi* nous ne pouvons pas parler à Joe de la dernière nuit de notre père, pas devant Joe – alors je laisse tomber, et change de tactique.

Je me racle la gorge.

– Est-ce que papa t'a paru changé ? Ces derniers mois ?

– Qu'est-ce que tu entends par « changé » ?

– Distrait, dit Sam. Distant.

– Je n'ai rien remarqué de particulier, répond Joe en secouant la tête.

– Oh allez, dit Sam. Il se passait quelque chose.

Joe se rassoit. Il hausse les épaules et baisse les yeux, comme s'il était réellement en train de songer aux propos de Sam, comme s'il essayait de se souvenir de quelque chose qu'il aurait pu manquer sur ce que mon père traversait, ce qu'il n'avait peut-être pas voulu voir.

Mais c'est là, derrière son regard impassible. Sa pomme d'Adam, la veine de son cou qui palpite. Comme s'il avait lui-même du mal à rester calme. Comme s'il n'essayait pas de se souvenir de quoi que ce soit – mais plutôt de gagner du temps. Jusqu'à ce qu'il trouve quoi dire.

– Tu sais, Sam, dit Joe, je pense que tu vois quelque chose après coup qui n'était pas là sur le moment.

– Vraiment ? dit Sam.

– Vraiment.

– Alors tu ne dis pas la vérité.

Joe repose son verre, se penche vers Sam, vers nous deux.

– Écoutez, est-ce qu'on peut s'il vous plaît en rester là ? Je ne sais pas ce que vous vous êtes imaginé, mais qu'est-ce que ça peut faire, à l'heure qu'il est ? La société est à Tommy et toi maintenant, Sammy. Tout est bien qui finit bien. Et ton père t'a toujours aimé…

Il me regarde.

– Il vous aimait tous beaucoup. Je vous aime aussi. Il n'a jamais été question de vous punir.

– Qu'est-ce que ça veut dire ça encore ? demande Sam.

– Ça veut dire qu'il faut arrêter d'imaginer des choses qui n'existent pas. Je sais que ça fait mal. C'est pareil pour moi. Et je ne vais pas prétendre avoir toujours compris les choix de votre père. Mais ce qui comptait le plus pour lui, c'était que vous ne manquiez jamais de rien.

– Quels choix, Joe ? dit Sam.

– Je parle de manière générale.

– Est-ce que tu peux être moins général ? je demande.

– Je ne vais pas ressasser le passé avec vous, dit Joe, visiblement contrarié. Ça n'a rien à voir avec tout ça.

– Donc l'histoire de papa avec Cece n'a joué aucun rôle là-dedans ?

Une expression traverse le visage de Joe en un éclair, sa mâchoire se crispe, avant qu'il ne se ressaisisse.

– Il ne s'agissait pas de ça, dit-il.

– Tu en es sûr ? insiste Sam.

Joe se lève, mettant fin à la conversation.

– La fête a lieu demain soir. Venez si vous en avez envie, vous êtes tous les deux les bienvenus.

Il commence à s'éloigner, mais je repasse dans ma tête les mots qu'il a choisis, sa formulation prudente : il vient de dire que la vente n'avait rien à voir avec les antécédents de notre père avec Cece. Et entre les lignes, j'entends ce qu'il n'a pas voulu dire. Il n'a pas dit que Cece et mon père n'avaient pas d'antécédents. Il n'a pas dit qu'il n'y avait rien entre eux à prendre en considération.

– Et donc… de quoi s'agissait-il ? je l'interpelle.

Il se retourne.

– De quoi tu parles ?

– Papa. De quoi s'agissait-il ?

Joe secoue la tête. Sur son visage, je peux lire de la mélancolie. Comme la pire partie d'un souvenir. Disparue aussi vite qu'elle est arrivée, mais tout de même là. Cette toute petite part de lui veut juste se libérer. Qu'importe ce qu'il a à révéler.

– D'autre chose, dit-il.

Cinquante ans plus tôt

– J'ai pas envie qu'on soit séparés, dit-il.

– Encore heureux, dit-elle.

Il partait à l'université le lendemain. Ils se trouvaient dans la chambre de Cory, allongés par terre – elle avait sa main sur son ventre, sa tête contre son torse nu, tout contre son cœur. Le lit était couvert de livres qu'il aurait fallu ramasser, ils n'avaient pas pu attendre. La moquette, ça leur allait bien ; être seuls, ça leur suffisait. Sa mère donnait un cours du soir à la fac. Son père était sorti avec des copains. Ils avaient encore quelques heures devant eux. Ils avaient l'instant présent.

– Je suis sérieux, Cory, à ce sujet…

– Je croyais que tu comptais faire table rase, après Midwood.

– Les choses changent.

– Pas tant que ça, non, dit-elle.

– New Haven, c'est pas si loin.

– Pour quelqu'un qui se prépare à quitter Midwood depuis l'âge de dix ans, tu aurais dû y penser.

– Cory…

Elle se rassit et attrapa sa robe. C'était déjà une première blessure en soi, la facilité avec laquelle elle se détachait de lui. La morsure du froid, d'un coup, sans elle.

– Si on reste ensemble, tu m'en voudras, je n'ai aucune envie de devenir un poids ou un boulet…

– Tu ne seras jamais un poids.

Elle se retourna vers lui :

– Alors peut-être que ce n'est qu'un prétexte. Que je ne tiens pas tant que ça à toi.

– Je suis sérieux.

Elle entreprit de renfiler sa robe et Liam se redressa pour remonter la fermeture Éclair dans son dos.

– Moi aussi, fit-elle. Je sais comment ça va finir si on essaie de rester ensemble.

– Qu'est-ce que t'en sais ?

– Je te connais. Demain soir, à la même heure, tu seras passé complètement à autre chose, dans la chambre que tu partageras sur le campus avec ce cher Charles William Hearst III, qui a hâte de te présenter à tous les types avec qui il était en internat, dans le Maine. La vie est bien fichue, parfois, il est fan de football, comme toi. Faudrait que tu viennes boire une bière chez Mory's avec les gars. Y a un concert des Whuffenpoof, en fin de soirée, et puis y a une fille qui pourrait te plaire…

– Tu me crois vraiment si influençable ?

– Je refuse juste que tu te sentes piégé avec moi, dit-elle. Et qu'un jour tu te sentes obligé de me mentir. J'ai envie d'être celle à qui tu ne mentiras jamais.

– Ça, je peux te le promettre.

– Sauf que bientôt, ce sera le printemps, tu voudras aller faire la fête à Cape Cod, ou partir en road trip avec ton coloc pour Noël. Tu auras envie de faire tout un tas de trucs sauf revenir ici me voir… du coup tu te sentiras mal et tu me le cacheras, pour que je ne me sente pas mal à mon tour. Je n'ai pas envie de ça, très peu pour moi.

– Je n'ai aucune intention de te mentir, à aucun sujet, dit-il.

Et il le pensait.

– Tant mieux.

Elle se leva.

– Alors on est d'accord.

Il leva les yeux vers elle.

– Je ne crois pas qu'on soit d'accord sur la même chose.

– On pourrait ne pas passer la nuit à ça ? Tu comprends ce que je te dis, même si tu n'as pas envie de comprendre ce que je te dis.

Il se tut. Qu'ajouter ? Elle le perçait à jour. Elle perçait à jour la plupart des gens. Elle avait toujours su faire ça, dès très jeune. C'était un mécanisme de défense qu'elle avait appris – pour survivre, chez elle. C'était l'une des raisons pour lesquelles il était si difficile de se disputer avec elle. Elle était plus maline que lui. Plus clairvoyante. Mais à quoi bon être clairvoyant, si ça signifiait qu'il allait la perdre ?

– Tu es ma personne préférée, dit-il. Et ça, ça ne risque pas de changer.

– Alors on n'a pas de raison de s'en faire, d'ac ?

Elle lissa sa robe et se mit debout. Il l'observa de nouveau, mais resta assis. Il n'avait jamais rencontré personne comme elle. À cette époque, déjà, il craignait de ne plus jamais rencontrer personne comme elle.

– Viens, on descend, je vais faire des pâtes. Si tu comptes continuer de faire comme si demain, ça allait se passer différemment, il va me falloir des forces.

– Dans le New Hampshire, dit-il.

– Quoi ?

– La pension de Charles Hearst III. C'était dans le New Hampshire, pas dans le Maine.

– Tu vois ? fit-elle. On commence déjà à pas être d'accord.

– Et si j'ai envie de plus ?

– Écoute, dit-elle en plongeant ses yeux dans les siens, le jour où je t'en croirai capable, alors on sera peut-être plus que ça.

Trois mensonges et une vérité...

– Tu vas pas me dire qu'il était pas super fuyant, dit Sam, en s'installant au volant.

Il nous conduit hors de Hope Ranch, direction la route 101, direction Los Angeles, direction le vol de nuit qui me ramènera chez moi.

– Sérieusement, reprend-il. Regarde-moi dans les yeux et dis-moi qu'il n'y a rien de suspect dans tout ça.

– Tu y es allé un peu fort, Sam.

– Et alors ?

– Et alors, peut-être qu'il cherchait simplement à se défendre ! dis-je.

– Et selon *toi*, alors, est-ce que c'était juste un moyen de défense ?

Je me tourne vers Sam, plus sceptique que je ne veux le laisser paraître. Je l'ai vu quand je regardais oncle Joe et qu'on l'interrogeait. Il nous cachait quelque chose, quelque chose qu'il protégeait. La question est de savoir si c'est la chose qui pourrait aider à expliquer ce qui se passait avec notre père.

– Pourquoi est-ce que tu ne voulais pas que je lui parle de la nuit où papa est mort ? On n'est pas censés être venus pour ça ?

– On est là pour ça. Mais on ne peut en parler à personne. Pas même à Joe. Pas avant d'être sûrs qu'il n'y est pour rien.

– Waouh. Juste quand je commençais à me dire que tu n'étais peut-être pas complètement fou.

– Je ne dis pas que c'est le cas. C'est peu probable.

– Oh, me voilà ravie ! Monsieur pense que c'est peu probable que notre oncle ait poussé notre père du haut d'une falaise.

Je regarde par la fenêtre, refusant de sombrer dans un tel délire. Quoi que Joe nous cache, ça ne veut pas forcément dire que ses intentions sont mauvaises. Il y a des explications beaucoup plus simples. Peut-être que notre père ne voulait pas que Sam ait vent de certains détails à propos de son passé : trois mariages, Noone Properties, Windbreak. Certes, il a tracé des frontières bien nettes de son vivant. Certes, il s'est battu pour garder toutes sortes de choses privées. Et s'il y avait une bonne raison à ça ? Au-delà de ce que nous savons ?

Peut-être qu'en protégeant son secret, même maintenant, Joe restait fidèle à notre père.

– Appelle ça comme tu veux, dit-il. Je te dis que Joe nous cache des choses. Il sait que papa traversait des moments difficiles, ces derniers mois. Quiconque passait du temps avec papa le savait…

Ça me reste en travers de la gorge. Je déteste ne pas être en mesure de parler de l'état de mon père durant ses derniers mois, pas de la manière dont je devrais pouvoir en parler.

– Tu as remarqué combien oncle Joe était perturbé quand tu as mentionné le passé de papa avec

Cece ? je demande. C'était du bluff ou tu as des preuves ?

– La rumeur dit qu'ils ont eu une liaison il y a longtemps…

Je me fige.

– Longtemps comment ?

– Il y a très longtemps. Je sais pas exactement. C'est juste une rumeur.

Je repense à l'expression d'oncle Joe quand le nom de Cece a été lâché, comme si Sam avait trébuché sur un secret dont Joe préférait nier l'existence. En repensant à son expression, ça pourrait être plus qu'une rumeur.

Je sors mon téléphone et fais une recherche sur Cece Salinger, mais je ne capte pas bien, les images d'elle ne se chargent pas entièrement.

– Le siège du groupe Salinger se trouve à Century City, dit Sam.

Je relève les yeux de mon téléphone et demande :

– À Los Angeles ?

Il confirme d'un signe de tête.

– Ça vaut la peine d'essayer de parler à Cece, tu crois pas ? dit-il. On pourrait s'arrêter la voir sur la route de l'aéroport.

Je ne réponds pas. C'est la seule réponse dont il avait besoin.

Sam regarde dans le rétroviseur la route au loin.

– Au moins, peut-être qu'elle pourra nous éclairer. Elle n'a aucune raison de mentir sur ce qui s'est passé.

– On n'en sait rien.

– Voilà la raison numéro deux, dit-il.

*
* *

Nous roulons sur la route 101 et venons de passer la sortie Summerland, lorsque Jack m'appelle.

– Salut. Je voulais juste prendre des nouvelles avant le coup de feu du soir. Tout va bien ?

– Oui, on rentre à Los Angeles…

J'observe Sam, qui file à toute allure. Il doit sentir mon regard car il se tourne vers moi, lui aussi.

– C'est qui ? demande Sam.

Sam et Jack ne se sont jamais rencontrés. Je suppose que mon père lui a dit que j'étais en couple, mais je ne veux pas parler de ma vie privée avec lui, alors je me contente de secouer la tête.

– À quelle heure tu atterris ? demande Jack.

– Un peu avant six heures.

– Le café sera prêt.

J'esquisse un sourire, ce qui me rend triste et heureuse à la fois. Mon envie de rentrer à la maison près de lui se mêle à l'inconfort que provoque cette même promesse, dans mon corps, dans ma poitrine.

Le téléphone de Sam bourdonne, c'est un texto.

– Merde, dit Sam en me tendant son téléphone pour que je comprenne.

– Jack, je te rappelle, OK ? Je t'aime…

Puis je raccroche et prends le téléphone de Sam.

– C'est quoi le problème ?

– Mon bureau vient de m'écrire, dit Sam. Cece n'est pas à Los Angeles. Mais elle est prête à nous parler si tu es partante pour une petite virée.

– Où ça, exactement ?

– Santa Ynez.

– Santa Ynez ?

Il entre l'adresse de Cece dans le GPS.

– On peut y être vers 17 h 15.

Il est presque seize heures. Ça nous fait un trajet d'une heure vingt dans la direction opposée de Los Angeles, de l'aéroport, du vol de nuit pour rentrer chez moi. Je commence à faire le calcul dans ma tête – à quelle heure faudra-t-il terminer cette conversation avec Cece pour que nous puissions prendre ce vol, pour que je puisse être là pour cette tasse de café.

– On va devoir faire vite.

Sam fait demi-tour.

– D'après ma courte expérience, dit-il, Cece Salinger ne fait jamais autrement.

Los Alamos, mais bien loin du Nouveau-Mexique

Nous nous dirigeons vers le nord, en passant par le cœur de la vallée de Santa Ynez.

Des panneaux sur le bas-côté commencent à nous accueillir, puis ce sont des vignobles qui nous souhaitent la bienvenue sur la côte centrale de Californie. C'est une région viticole préservée : plus rurale que la Napa Valley ou Sonoma, avec de petits producteurs, de charmants restaurants qui surgissent en bord de route, et le fleuve qui s'écoule vers l'ouest en direction du Pacifique.

Sam prend la route 154, route majoritairement à une voie qui nous piège derrière des camions, et des voitures qui se traînent. Le vent de la fin d'après-midi s'est levé. Nous avançons tant bien que mal, nous dépassons maintenant Los Olivos, les panneaux nous guident vers le nord, en direction de Los Alamos.

Los Alamos. Les panneaux ravivent ma mémoire instantanément.

L'année dernière, Jack et moi étions dans le nord de la Californie pour le mariage d'un ami à lui. Nous avions loué une caravane Airstream et longé la côte après l'événement. On campait tous les soirs, Jack nous préparait des dîners incroyables autour d'un petit feu de camp. On se promenait longuement sur la plage juste tous les deux, Jack se prêtant à mon pèlerinage architectural de huit heures à Poly Canyon, terrain d'expérimentation architecturale, un autre étant déjà prévu à l'Institut Salk.

Nous avons passé beaucoup de temps à faire des plans sur la comète – en toute liberté et sans pression, comme on peut le faire en compagnie de la personne qu'on aime le plus : des choses légères et simples comme Jack prévoyant de me rejoindre à une future conférence à Nashville ; des choses plus engageantes comme les détails d'un potentiel mariage à l'hiver ; tous les deux d'accord pour dire qu'il n'y avait aucun autre endroit que la maison de ma mère où nous avions plus envie de le célébrer. À huit minutes de l'endroit où nous nous étions rencontrés en quatrième.

C'était un super voyage. Le dernier voyage que j'ai fait avant la mort de ma mère. Le dernier voyage où planifier quoi que ce soit pouvait encore se faire dans la sérénité et la simplicité.

Avant de descendre jusqu'à San Diego, nous nous étions arrêtés à Los Alamos pour rendre visite à un ami et collègue de Jack. Il venait de quitter Los Angeles pour s'installer là-bas, un expat heureux, heureux d'intégrer la scène gastronomique en plein essor de la vallée.

Désormais, Sam s'engage sur Alisos Canyon Road, une longue route sinueuse qui nous fait passer devant un centre équestre, des écuries et des vignobles bordant la route des deux côtés. Sam nous conduit plus loin, les numéros augmentant jusqu'à arriver à l'adresse de Cece – et à un chemin privé qui mène à une route de montagne.

À l'entrée, tout semble désolé et poussiéreux, une route de campagne reculée. Mais à mesure que nous nous enfonçons dans la montagne, nous découvrons le genre de paysage envoûtant entre vallons et crêtes, où les terres vierges, écrasées par le ciel, prennent une teinte d'un jaune très doux, où le monde même se fait plus doux.

Nous prenons à gauche au sommet du col et passons sous une arche en acier, en direction d'un petit poste de garde, la magnifique demeure de Cece (tout en verre et bois de récupération, avec d'immenses portes en acier) trônant sur la colline juste derrière. Le téléphone de Sam vibre.

Il baisse les yeux, freine.

– Merde.

– Quoi ?

– Cece vient d'annuler.

– Non, pour de vrai ?

Il fait signe que oui, tout en lisant le message.

– *Mme Salinger ne pourra pas vous recevoir. Imprévu familial. Elle vous présente ses excuses.* C'est une blague.

Il s'arrête et j'imagine qu'il va faire demi-tour. Mais non, Sam regarde droit devant, redémarre et s'avance vers le poste de garde.

– Qu'est-ce que tu fais ? je chuchote alors qu'il baisse sa vitre.

Le garde sort, boutonnant sa veste de sport tandis qu'il s'approche de la fenêtre conducteur.

– Bonsoir, dit le gardien. Je peux vous aider ?

Sam sort son permis de conduire et le lui tend.

– Sam Noone, dit-il. Cece m'attend…

– On a dû vous prévenir, dit le gardien en lui rendant son permis. Mme Salinger a dû se rendre à un dîner en ville.

– Oh, vraiment ? On capte très mal ici.

– J'en suis désolé.

– En fait, nous venons de loin et il s'agit d'une urgence familiale en quelque sorte. Peut-être que quelqu'un pourrait la joindre et lui demander s'il y a un endroit où nous pourrions nous garer et l'attendre en écoutant la radio jusqu'à ce qu'elle rentre de son dîner ? Nous n'en avons vraiment pas pour longtemps.

– Ça ne va pas être possible.

Sam lui sourit.

– Eh bien, ça va le devenir.

– Sam… dis-je, sur un ton appuyé.

Il se tourne vers moi.

– Quoi ? C'est tout à fait possible.

Je pose ma main sur le bras de Sam, me penche vers sa vitre ouverte et cherche le regard du garde. Je prends un air affable et lui dis :

– Peut-on juste vous poser une question et on vous laisse tranquille ? Quand vous dites que Cece dîne en ville, vous parlez de Los Alamos ?

– Oui, c'est le nom de la ville ici.

Il me regarde comme s'il n'avait rien entendu d'aussi débile depuis longtemps. Puis il nous désigne un tournant sur l'allée, qui nous ramènera sur le chemin par lequel nous sommes arrivés.

– Vous allez devoir reculer et faire demi-tour là-bas, s'il vous plait.

– Bien sûr, désolé pour le dérangement.

Il retourne à l'intérieur de sa cahute, Sam se tourne vers moi.

– Qu'est-ce qui t'a pris ? J'étais à deux doigts d'y arriver.

– Non, on va pas se mentir, tu étais à deux doigts de rien du tout. Et il m'a pris que je voulais qu'il confirme qu'on parlait bien de Los Alamos parce que j'y suis déjà venue. C'est une petite ville, avec une seule rue principale. Il ne doit pas y avoir mille restaurants.

– Et ?

– Et je suppose que ça ne sera pas mission impossible de trouver quelqu'un qui dîne là-bas.

Sam commence à faire marche arrière, son bras sur le dossier de mon siège, ses yeux sur le rétroviseur arrière.

– C'est ça, ton plan ?

– Disons que mon plan de prédilection serait que tu nous ramènes directement à l'aéroport parce que apparemment Cece Salinger n'a aucune intention de nous parler, mais je me suis dit que tu préférerais ça plutôt que rien.

– Peut-être qu'elle dîne chez quelqu'un. Peut-être qu'elle est chez elle et que le gardien nous a menti sur toute la ligne.

– C'est vrai. Tu préfères retourner à l'aéroport ?

Je n'ai pas besoin de consulter mon agenda, ni mes notes, pour savoir ce que j'y trouverai. J'ai des heures et des heures de travail prévues demain pour préparer la grosse semaine qui m'attend. J'ai une présentation à peaufiner pour un gros contrat – un centre d'addictologie à Jackson Hole, dans le Wyoming. J'ai Jack. Jack dont je perçois l'amour et l'inquiétude, même de si loin.

Sam redescend la montagne, jetant un coup d'œil dans ma direction.

– OK, mais je veux que tu l'admettes…

– Que j'admette quoi ?

Il reprend la route principale, direction le centre de Los Alamos.

– Qu'il n'a jamais été question de rentrer ce soir.

*

* *

Le centre-ville est comme dans mes souvenirs.

La zone commerçante se résume à une seule longue portion de rue sur Bell Street : tranquille, paisible, et pourtant dotée d'une énergie surprenante. Il y a des gens qui entrent et sortent des restaurants, des familles qui mangent leur glace du soir sur des bancs, un guitariste solitaire qui joue du Bob Dylan, le son de son instrument s'élevant le long de l'artère principale éclairée par des lanternes.

Plusieurs établissements ont déjà fermé pour aujourd'hui – une boulangerie, un restaurant ouvert seulement le midi – mais Sam se gare devant le Charlie's Restaurant, devant lequel une file de convives enthousiastes patientent.

Nous sortons de la voiture et nous dirigeons vers l'intérieur, balayant du regard l'ensemble de la salle et du patio attenant. À voir le visage de Sam, Cece n'y est pas.

Nous continuons notre chemin à pied, nous arrêtant, juste en face, au Full of Life Flatbread, une pizzeria qui sent si bon que mon estomac se tord, et qui fait aussi bar à vin. Puis, quelques portes plus loin, au Babi's Beer Emporium.

Pas de Cece, nulle part.

– Ça se passe super bien, dis donc, dit Sam.

– Patience, dis-je.

Nous traversons Centennial Street et apercevons un petit restaurant qui fait l'angle. Le Bell's Restaurant. Charmant – avec un jardin à l'arrière, une grande porte bleue vitrée qui laisse apparaître un intérieur élégant : tables anciennes et chaises Windsor ; une cuisine ouverte avec des casseroles en cuivre, des bouteilles de vin et des plantes.

Je jette un œil par la fenêtre quand Sam tape dessus.

– Putain de merde, s'exclame-t-il.

– Ton poing est passé à deux centimètres de mon visage.

– C'est elle.

Il désigne une femme, assise à la table dans un coin, près de la cuisine. Elle pianote sur son ordinateur portable – deux personnes sont assises à sa table, de dos.

Elle est d'une beauté éblouissante avec sa chevelure argentée, ses grands yeux dissimulés derrière d'épaisses lunettes noires – et si incroyablement élégante avec sa chemise blanche boutonnée, son jean et ses santiags. On dirait plus une mannequin Ralph Lauren qu'une grande patronne d'hôtellerie.

Elle chasse ses cheveux derrière l'une de ses épaules, et continue à taper à l'ordinateur.

– Allons-y, dit Sam.

Il ouvre la porte bleue. Nous passons devant le comptoir à l'entrée, débordant de fleurs et de livres, et nous dirigeons directement vers sa table.

Elle doit sentir nos yeux posés sur elle. Parce qu'elle lève les siens quand nous approchons. Elle voit Sam. Son visage lui est familier, c'est évident.

– Salut, Cece.

– Sam…

Puis elle se tourne, croise mon regard, me scrute de haut en bas.

– Je n'en reviens pas, dit-elle. La fille.

– Nous sommes-nous mal compris ? demande Sam. Nous pensions vous retrouver chez vous.

Au lieu de lui répondre, elle garde les yeux rivés sur moi, d'une façon qui m'est un peu trop familière. Je soutiens son regard. Sam pointe la table et lui demande :

– On peut s'asseoir ?

– Ce n'est pas vraiment le moment idéal, Sam. On gère une urgence au boulot.

– Vraiment ? Parce qu'on nous a dit qu'il s'agissait d'un problème personnel.

Elle lui adresse un sourire, semblant savourer le moment – ses incohérences à elle, son malaise à lui. Ou peut-être qu'elle aime que mon frère lui demande des comptes.

– Parfois, c'est un peu tout à la fois, non ?

– Parfois, dit-il. On ne sera pas longs.

Elle se frotte les mains, comme si elle se demandait comment s'y prendre. Puis s'adresse à ses collègues :

– Vous pouvez nous laisser quelques minutes ?

Ils nous cèdent la place et Sam et moi nous installons en face d'elle. Cece attrape la bouteille de vin au centre de la table. Elle la débouche elle-même, un serveur apparaît avec de nouveaux verres et Cece sert chacun d'entre nous.

Elle fait glisser un verre vers moi.

– Vous savez… nous avons failli nous rencontrer l'année dernière, vous et moi, lance-t-elle.

– Ah bon ?

Elle fait oui de la tête.

– Eh oui. Je suis une grande admiratrice de votre travail. J'en connais pas mal, sur vous.

Je la regarde, essayant de rester impassible, alors que ce que j'ai envie de lui dire, c'est : *vraiment ? Parce que mon père ne m'a jamais parlé de vous.*

– J'ai été très impressionnée par votre travail chez Joanna Harrington à Taos… dit-elle. C'est une vieille amie.

Joanna Harrington est une ancienne cavalière qui possède un grand ranch familial juste à la sortie de Taos, au Nouveau-Mexique. Je l'ai aidée à transformer l'endroit en centre équestre pour la communauté locale.

– Vous pouvez être fière de votre travail là-bas, continue-t-elle. J'ai été tellement impressionnée que, lorsque j'ai emménagé ici, je voulais vous engager pour faire ma maison. J'ai même demandé à Joanna de se renseigner sur vos disponibilités. Apparemment, vous n'en aviez aucune.

– Vous m'en voyez désolée.

– Ne le soyez pas. Quand j'en ai parlé à votre père, il a tout de suite mis son véto, de toute façon. Vous savez combien il était attaché au respect des frontières de sa vie privée.

Au respect des frontières. C'est peu de le dire. Et pourtant, j'ai l'impression qu'elle cherche à me provoquer – est-ce qu'elle essaie de me narguer ? Est-ce le but de cette anecdote ?

Elle veut que je sache qu'elle sait qui est mon père, d'où cette familiarité désarmante. Qui trahit sa familiarité avec mon père.

– Je n'ai jamais vraiment été mise au courant de tout ça… dis-je. Comment vous êtes-vous rencontrés, avec mon père ?

– J'ai grandi non loin de chez lui. Nous avons été à l'école ensemble, dit-elle. Je suis proche de votre oncle Joe, aussi.

Je relève son *aussi.*

Elle nous regarde l'un après l'autre.

– Je sens que je vous dois des excuses pour vous avoir fait tourner en bourrique ce soir, dit-elle. Pour être franche, votre oncle Joe m'a appelée et j'ai décidé qu'il valait mieux ne pas me retrouver au milieu de tout ça.

– On ne savait pas qu'il y avait des camps opposés, dit Sam. Merci pour cette clarification supplémentaire.

– Je ne dirais pas des camps opposés.

– Vous diriez quoi, alors ? demande Sam.

– Pour commencer, je dirais que le simple fait de vous regarder, Sam, m'est un peu difficile, dit-elle. Vous ressemblez beaucoup à votre père.

Sam tressaille. Je reconnais tout de suite sur son visage ce que ça fait d'entendre ça maintenant que notre père est mort. Ce mélange de fierté et de tristesse – l'interrupteur du chagrin qui a été actionné. Je ressens exactement la même chose quand quelqu'un me dit combien je lui rappelle ma mère.

J'interviens, poussée par un sentiment qui me surprend, comme un instinct de protection.

– Écoutez, Cece, on ne veut pas vous faire perdre votre temps…

– Ah bon, ça y ressemble, pourtant…

Je grimace un sourire.

– Nous avons trouvé des documents qui laissent entendre que notre père allait vous vendre l'entreprise, dis-je.

Elle avale une gorgée de vin.

– Jusqu'à ce qu'il décide que non.

– J'avais cru comprendre qu'il n'avait aucune intention de vendre l'entreprise, dit Sam. Est-ce que vous pouvez nous éclairer sur ce qui l'a fait changer d'avis ?

– Eh bien, je ne suis pas sûre de pouvoir vous aider sur ce point. Je ne me risquerais jamais à deviner ce qui motivait votre père à faire quoi que ce soit. Mais ce que j'ai compris d'après ce qu'on m'a dit, c'est qu'il en avait marre de diriger l'entreprise et que j'étais tombée au bon moment. Après être souvent tombée au mauvais moment.

– Alors pourquoi la vente ne s'est-elle pas faite ? surenchérit Sam.

– J'ai supposé qu'il avait décidé de vous passer le flambeau, à vous et votre frère.

– C'est ce qu'il a dit ?

– Il ne m'a pas dit grand-chose, honnêtement. J'ai surtout parlé avec votre oncle Joe.

– Pourquoi ça ? je demande.

Elle se tourne vers moi.

– Qu'est-ce qui vous étonne ?

– Si notre père et vous vous connaissiez depuis si longtemps…

– Nous nous connaissons tous depuis longtemps. Et Joe et moi sommes assez proches. Nos enfants ont grandi ensemble. Mon mari a toujours une maison dans la même rue que lui. Enfin, mon ex-mari, devrais-je dire… je ne m'y suis pas encore faite.

Ça me désarçonne. Apparemment, ça désarçonne aussi Sam. Je le vois me regarder du coin de l'œil.

– C'est récent ? dit-il.

– Qu'est-ce qui est récent ?

– Votre rupture.

– Laquelle ?

Elle lui sourit, comme si elle avait compris où il voulait en venir. Sa séparation avait-elle un lien avec tout ça ? Y avait-il un rapport avec la fin du dernier mariage de notre père ?

– Vous avez bien dû vous poser des questions, dis-je.

– Pardon ?

– Comme mon frère ici même me l'a expliqué, le processus de vente était bien engagé, dis-je. Et vous vous êtes contentée d'un *ça n'ira pas plus loin* ?

Elle me toise, clairement mécontente de la question. Peut-être parce qu'elle vient de moi, ou peut-être parce qu'elle ne veut pas y répondre, d'où que ça vienne.

– D'après mon expérience, quand une personne fait marche arrière, en général, elle ne sait pas pourquoi. Et j'essaie d'éviter qu'on me mène en bateau.

Elle attrape la bouteille de vin, partage ce qu'il en reste entre son verre et celui de Sam.

– Je vais bientôt devoir demander à mes associés de revenir, vous voulez bien me dire ce que vous êtes vraiment venus faire ici ?

Sam commence à parler, mais Cece l'arrête.

– Pas vous, dit-elle en pointant la bouteille de vin dans ma direction. Vous.

– Pardon ?

– D'après ce que votre père m'a dit à votre sujet, cette entreprise est la dernière chose pour laquelle vous feriez cent cinquante kilomètres. Donc, même si les devinettes sur les raisons pour lesquelles il s'est retiré à la dernière minute m'amusent beaucoup, j'aimerais savoir ce qui se passe ici.

– Nous sommes perplexes au sujet de la chute de notre père, dis-je. Au sujet de la nuit où il est mort.

– Qu'est-ce que vous voulez dire ?

– *Nora*, dit Sam.

Cece lève la main, faisant signe à Sam de se taire.

– Qu'est-ce que vous voulez dire ?

Je ne regarde pas Sam. Je ne le laisse pas me stopper dans mon élan.

– Nous essayons de savoir s'il n'était pas avec quelqu'un, ce soir-là.

Elle a l'air surprise, jusqu'à ce que quelque chose semble s'éclairer, son visage changeant soudainement d'expression. Comme de la peur. Ou de la douleur ?

– Vous pensez que quelqu'un s'en est pris à lui ?

Sam lève les mains.

– On ne tire pas de conclusions hâtives, dit-il, même s'il était le premier à le faire.

– Qu'est-ce que tout ça a à voir avec sa décision de vendre Noone Properties ?

– J'imagine que c'est ce que nous sommes venus vous demander.

Mais Cece ne l'écoute pas vraiment. Elle semble perdue dans ses pensées – quel lien pourrait-il y avoir entre ces deux faits.

Elle a l'air sincèrement bouleversée. Si bouleversée que je réalise que c'est précisément pour ça que je lui ai posé la question. Pour voir si elle serait aussi stupéfaite que moi par cette éventualité.

– Nous avons une histoire quelque peu compliquée, votre père et moi, mais j'ai toujours eu beaucoup d'affection pour lui. Vraiment beaucoup…

Elle lève les yeux – le regard larmoyant.

– On ne s'était pas parlé depuis plusieurs mois. Et je maintiens ce que j'ai dit sur la raison pour laquelle Joe s'est occupé de tout. Toutefois, ça ne ressemblait pas à votre père de ne pas chercher à me contacter pour *entériner* l'accord. Mais comme Joe et lui avaient un fonctionnement bien particulier, je ne m'en suis pas mêlée.

Elle marque une pause, presque comme si elle hésitait à dire ce qu'elle ne pouvait retenir. Elle pince sa bouche comme si elle avait décidé de ne rien lâcher. Puis, elle se penche en avant et le dit malgré elle :

– Mais parmi les éléments à ne pas négliger, il a effectivement essayé de me joindre. Il n'a pas laissé de message, donc je ne sais pas pourquoi. Ça n'était peut-être rien, mais il m'a appelée. Deux fois.

Sam se redresse.

– Quand ça ?

– Le soir de sa mort.

Quarante-huit ans plus tôt

– Liam ?

Avant même de se retourner, il sut que c'était elle. Il le devina au son de sa voix, étouffée par la neige, le vent et la rumeur de la rue. À la manière dont l'air se déplaça pour lui redonner de la place, toute la place, même si elle faisait semblant d'en douter.

C'était la première fois qu'il rentrait chez lui pour Noël. Jusque-là, il avait évité de revenir à Midwood pendant les vacances. Il n'était quasiment pas rentré chez lui pendant plus de deux années entières. À une exception près : à la fin de sa deuxième année, il avait fait un saut pour la cérémonie de remise de diplôme de Joe, qui avait fini le lycée. Qui se trouvait être la cérémonie de remise de diplôme de Cory par la même occasion. Il l'avait aperçue, elle avait les cheveux relevés en chignon et on devinait le tissu fleuri de sa robe sous les pans de la toge d'apparat. Elle était belle, avait l'air heureuse et sûre d'elle.

Il s'était tenu à l'écart. Il voulait se montrer généreux avec elle – que cette journée ne tourne pas autour d'eux. Mais ce n'était pas l'unique explication. Il cherchait aussi à se protéger. Il savait ce qui se passerait s'ils se retrouvaient nez à nez. Exactement ce qui se passait maintenant, devant la vitrine du caviste de l'Avenue J. Il craquait.

Ses longues boucles, qui dépassaient sous un bonnet et une grosse écharpe, cascadaient librement sur ses épaules. Son manteau noir, tout comme les bouteilles de vin qui émergeaient du sac en papier brun, était moucheté de flocons de neige. Il l'avait de nouveau devant les yeux et ce fut comme s'il ne s'était pas écoulé une seconde, pas une seule. Qu'est-ce qui, tout ce temps, avait pu compter plus que ça ?

– Cory, fit-il.

– Comment vas-tu ?

– Bien. Très bien même.

Ni l'un ni l'autre n'étaient vrais.

Si on lui avait posé la question la veille, il aurait répondu qu'il allait on ne peut mieux. Il s'épanouissait à la fac de manière quantifiable (ses notes, ses devoirs, ses activités extrascolaires) et de manière inquantifiable (le trajet quotidien à petites foulées, dans la lumière du petit matin, pour aller de sa résidence universitaire à la bibliothèque où il avait la chance incroyable d'étudier, la chance incroyable de se sentir chez lui).

Sitôt en présence de Cory, tout cela s'évanouit. Disparut purement et simplement. Il ne resta plus qu'elle.

– Et toi, ça va ?

– Oh, moi, tu sais.

Elle força un sourire, prit l'air de rien. Elle avait fait en sorte qu'il se détache d'elle sans trop de mal.

Les premiers temps, à son arrivée à l'université, il avait essayé de lui téléphoner ; elle n'avait jamais pris ses appels. Et s'il imagina souvent sauter dans un train pour venir sonner à sa porte dans le New Haven, il n'en fit jamais rien. Puis, il fut plus occupé et cessa de s'imaginer cette scène. Il finit par s'obliger à ne plus penser à elle, du tout.

– Joe m'a dit que tu étudiais à Brooklyn College, dit-il. Comment ça se passe ?

– C'est génial.

– Et Wellesley, c'est tombé à l'eau ?

– Comment ça ?

– Je croyais qu'il y avait un prof, là-bas, dont tu voulais suivre les cours ?

– Pour tout dire, Brooklyn College m'offre une bourse intégrale et je peux faire le trajet depuis chez moi, donc c'était plus logique…

Il acquiesça.

– Ça te déçoit ? fit-elle, penchant la tête pour mieux l'observer.

– Pourquoi ça devrait me décevoir ?

– Parce que je te connais. Tu penses que j'aurais mieux fait d'aller plus loin que le bout de ma rue.

– Brooklyn College est une bonne fac.

– Tu dis ça mais tu n'en penses pas un mot.

Il détourna le regard. Les choses ne se passaient pas comme il l'aurait voulu. Et que voulait-il, d'ailleurs ? Pour être franc, il voulait lui prendre la main, comme si c'était permis, il voulait se pencher vers elle et sentir son souffle glacé. Il voulait passer son bras autour de son épaule et l'emmener quelque part, à l'abri du vent et de la neige. Comme si elle avait besoin qu'il fasse toutes ces choses.

– Tu fais des achats de dernière minute ?

– Pardon ?

Elle désigna le magasin.

– Joe m'a dit que vous faisiez une fête, ce soir, pour Noël. Il m'a invitée.

– Ouais. C'est plutôt les vieux, pas sûr que ça soit vraiment une fête. Juste quelques-uns de leurs copains…

– T'en fais pas, je vais pas venir.

– Je ne m'en fais pas.

– Je ne crois pas que ce soit tout à fait vrai.

Elle sourit – son vrai sourire. Ça faillit le tuer. Deux années. Trois mois. Dix-huit jours. N'était-ce pas censé adoucir ce qu'il ressentait en la regardant ? Quand il contemplait ce sourire ?

– Tu devrais venir, dit-il. Ça me ferait plaisir. On pourra se planquer dehors, sur l'escalier de secours. On boira des grogs brûlants.

Elle hocha la tête. Ne répondit même pas à sa proposition – il y avait mis si peu de conviction. Deux années. Trois mois. Dix-huit jours.

– J'étais contente de te croiser, Liam. À la prochaine…

Elle resserra les bras sur le sac qui avait glissé et fit demi-tour sur l'Avenue J, repartant vers chez elle. Il ne dit pas qu'il avait été content de la voir. Parce qu'il aurait voulu dire tout autre chose. Lui dire que c'était atroce, de la voir. Atroce, de se rappeler la torture que c'était de ne pas la voir tous les jours.

Il l'observa s'éloigner, sa chevelure, sa silhouette de dos, encore à sa portée. Laisse-la filer. Laisse-la filer. Il poussa la porte du magasin, la chaleur artificielle, les bougies à la cannelle, les chants de Noël, tout cela lui donna la nausée. La clochette au-dessus de la porte. Laisse-la filer, merde.

C'est alors qu'il entendit sa voix pour la seconde fois.

– Je pourrais me laisser tenter par une autre proposition, cela dit.

Le soulagement qui s'empara de lui. L'immense, l'immense soulagement. Il fit volte-face. Elle se tenait pile sur le seuil.

– Qu'est-ce que tu avais en tête ? demanda-t-il.

Haussement d'épaules.

– Je n'ai pas envie d'aller à ta fête et je n'ai pas envie de rentrer chez moi, mais à part ça, tout le reste me va.

Il laissa la porte du magasin se refermer derrière eux. Disparue, la chaleur. La fraîcheur nocturne, sa peau, ses bras, son visage à quelques centimètres du sien.

Il lui prit le sac en papier des mains. Et posa sa main libre dans le creux de ses reins.

– On n'a qu'à faire tout le reste alors, dit-il.

L'amitié grandit avec le temps

– Elle est détestable, dit-il.

– Elle ne m'a pas paru détestable.

– C'est ce qui la rend si détestable, persiste Sam.

Nous retournons à la voiture à pied, le ciel est sombre et étoilé, la rue principale calme et presque déserte désormais. Sam est énervé, trop énervé pour être rationnel. Je lui prends les clés des mains, réfléchis à tout ça. Pourquoi notre père aurait-il appelé Cece ce soir-là ? Est-ce qu'il aurait reconsidéré la vente ? C'est possible. Mais il me semble plus probable qu'il aurait remanifesté son intérêt par d'autres canaux, des canaux plus officiels. Oncle Joe.

Non, c'était quelque chose d'autre. Deux appels manqués dans la nuit. Pas de message. Je dirais que c'était quelque chose de plus personnel.

– Elle en sait plus qu'elle n'en dit, j'en suis sûr, dit Sam.

– Tu peux développer, Sam ?

– Il y a un truc qu'elle ne veut pas qu'on sache.

Je m'emmitoufle un peu plus dans mon gilet et réfléchis.

– Je ne vais pas te contredire sur ce coup, dis-je. Cece était fuyante.

– Merci.

– Mais... quand j'ai dit qu'on avait des doutes sur ce qui lui est arrivé ce soir-là, elle a eu l'air inquiète, Sam. Elle a eu l'air inquiète pour lui d'une manière qui m'a fait me demander...

– Jusqu'où ils étaient allés ?

J'acquiesce. Je revois le beau visage de Cece, sa confiance en elle, sa force. Il n'est pas difficile d'imaginer que tout ça ait pu séduire mon père. D'imaginer qu'elle ait pu séduire mon père.

– En gros, oui.

Il baisse la tête et ouvre la portière passager. Je monte dans la voiture, mets le contact et allume les phares. Je la sens frémir en moi, l'éventualité qui ne m'a pas lâchée de la journée, une éventualité qui expliquerait pourquoi notre père est allé à Windbreak sans prévenir personne. Pourquoi il a perdu l'équilibre et chuté dans un paysage qu'il ne connaissait que trop bien.

– Tu ne penses pas que papa aurait eu un geste malheureux, quand même ? dis-je avant de pouvoir m'en empêcher.

Sam me sonde du regard.

– Tu veux dire qu'il aurait sauté ? Impossible.

– Je sais que l'inspecteur O'Brien a dit qu'ils avaient écarté l'hypothèse du suicide. Mais rien de ce qu'il a dit ne m'a convaincue.

– Là-dessus, je suis d'accord...

– Écoute, je dis simplement qu'on devrait en discuter. C'est toi qui n'arrêtes pas de me dire qu'il n'était pas lui-même. Il réglait les derniers détails de sa succession.

Et maintenant on nous dit qu'il passait des coups de fil étranges et raccrochait sans un mot. Est-ce qu'on ne devrait pas au moins l'envisager ?

Sam ne répond rien, et je le vois s'interroger en silence. Tous les détails qui, réunis, pourraient pointer dans cette direction, surtout après la journée d'aujourd'hui. La vente annulée, la défiance d'oncle Joe, les appels à Cece. Ces appels dans le vide, qui sont peut-être la pièce du puzzle la plus étrange jusqu'à maintenant.

En tant qu'architecte, je réfléchis souvent en termes de puzzle. J'ai appris, avec le temps, que l'une des exigences de la profession était de trouver une solution simple et élégante qui tienne compte de toutes les complexités inhérentes à n'importe quel projet. Une solution qui fasse en sorte que toutes les pièces s'assemblent. Quand je trouve la réponse adéquate, j'arrive presque à entendre toutes les pièces s'imbriquer, à voir le dessin prendre forme. C'est la piste que je suis censée suivre.

Mais cette réponse-là ne permet pas de rassembler les pièces. Notre père était fait pour résoudre les problèmes – c'était ce qui le rendait si doué dans son travail. Il disait toujours que lui et moi avions ça en commun. Ce qui m'aidait à voir plus clairement les choses : même s'il avait été confronté à une épreuve qui lui semblait insurmontable, il aurait été trop têtu pour baisser les bras. Il n'aurait rien cédé, pas avant d'avoir trouvé une solution.

Qui plus est, il y avait l'autre raison qui l'aurait empêché de commettre un tel geste, même dans la tourmente. Ses enfants. Et s'il n'était pas parvenu à lutter contre sa tristesse (s'il n'était pas parvenu à surmonter ce qui le tourmentait), il nous aurait laissé un mot, il nous aurait laissé une explication, il nous aurait laissé des instructions. Il ne serait pas juste parti, comme ça.

– Non, dit Sam, arrivant à la même conclusion. Impossible. Je n'y crois pas. Ce n'est pas un suicide.

Je suis contente qu'il en soit aussi arrivé là. Je suis soulagée : quoi qu'il se soit passé, nous sommes d'accord sur le fait qu'il n'y était pour rien.

Mais je réalise aussitôt autre chose. Je réalise que cette pensée, l'éventualité d'un suicide, flottait autour de moi parce qu'elle me rapprochait d'une réalité de plus en plus palpable, qui maintenant me frappe de plein fouet. Qui me paraît plus que probable. Que je crois désormais être la vérité. Si je ne le connaissais pas si bien, j'aurais attribué cet étrange comportement à une dépression, à une perte de repères. Mais avec mon père, ce n'était pas si simple.

Mon père essayait lui aussi d'élucider une énigme.

Nocturne au Holiday Inn

Nous décidons d'aller au Ranch.

Aucun de nous deux ne veut retourner à Windbreak ou chez oncle Joe. Et nous sommes trop loin, et il est trop tard, pour entreprendre les deux cent dix kilomètres qui nous séparent de Los Angeles.

Il est un peu plus de vingt et une heures quand nous nous engageons sur la longue route pavée du Ranch. Je passe devant le poste de garde, me dirige vers l'allée circulaire qui abrite la réception et aperçois le petit panneau de bienvenue près de la porte d'entrée.

Sam sort pour récupérer les clés de la chambre. Je reste au volant et observe le bâtiment principal en pierre, éclairé aux lanternes et pittoresque. Rien ne laisse deviner ce qui se trouve juste derrière : quarante-huit villas couvertes de lierre, entourées de sentiers de randonnée, harmonieusement disséminées sur un domaine de deux cents hectares.

Après avoir rebaptisé Hayes en Noone Properties and Resorts, mon père a ouvert le Ranch. C'était le premier de ses tout nouveaux établissements et sa façon d'annoncer le changement de cap de l'entreprise. Fini la petite chaîne d'hôtels régionale. Cet hôtel de la côte Ouest, son établissement emblématique, devait faire figure de modèle pour tous ses futurs hôtels. Confort luxueux et design novateur. Plus encore, il réinventait l'idée qu'on se faisait d'un petit hôtel. Chaque hôtel serait unique, conservant la singularité d'un établissement indépendant, tout en intégrant des standards haut de gamme jamais vus dans de petits établissements, avec autant d'infrastructures que des complexes trois fois plus grands.

Et il allait le faire en offrant ce que même le plus luxueux des grands hôtels ne pouvait pas offrir. Une discrétion absolue et totale. Aucun complexe ne compterait plus de cinquante chambres, chacune se voulant une bulle à l'écart du monde, mais où tous les besoins du client seraient anticipés et comblés. Comme mon père me l'avait présenté (l'une des rares fois où nous en avions parlé) : l'occasion d'échapper à sa vie pour un temps. Voire de devenir une tout autre personne.

J'adorerais, en ce moment même, être là pour un séjour de ce genre. Apparemment, je n'aurai jamais le loisir de profiter du Ranch dans ces conditions. Malgré le rôle capital qu'a joué cet hôtel dans la carrière de mon père (ou peut-être à cause de ça), je n'y suis venue que deux fois avant aujourd'hui – une fois avec mes parents, peu de temps avant qu'ils m'annoncent leur séparation ; l'autre fois pour le mariage de mon père avec sa deuxième femme, Sylvia. Pour des raisons totalement différentes, mais à égale mesure, chacune de ces visites a suscité chez moi la même appréhension que maintenant.

– C'est tout bon, dit Sam.

Sam avait appelé en chemin et le réceptionniste avait préparé nos clés. Il ne restait plus qu'un seul cottage disponible à se partager. Nous avons de la chance : il comporte deux chambres. Nous avons vraiment de la chance que l'hôtel ait quoi que ce soit de disponible, même si c'est parce que le cottage qu'il reste a eu une avarie électrique dans la semaine et qu'il n'y a toujours pas d'électricité.

Sam me tend le plan et nous partons à pied, guidés par les lumières blanches accrochées aux chênes et les magnolias orange bordant les sentiers. L'air du soir, doux et lumineux, m'aide à me recentrer.

– Dans d'autres circonstances, ce serait un séjour dont j'aurais bien besoin, dit-il.

Puis il ouvre la porte. Et file vers les chambres pour choisir la meilleure des deux.

Je me tiens dans l'entrée et observe le salon. Il n'y a peut-être plus d'électricité, mais quelqu'un a allumé la cheminée et placé des bougies tout autour de la pièce, pour que nous n'arrivions pas dans l'obscurité totale. Il est difficile de ne pas avoir la sensation que j'entre dans une sorte de refuge – avec l'odeur réconfortante du feu de cheminée, l'éclairage tamisé.

Il est différent du cottage où je me souviens d'avoir séjourné enfant – différent du cottage où j'ai séjourné ado pour le mariage de Sylvia et de mon père. Et pourtant, il dégage la même ambiance cosy et rustique, un clin d'œil au mouvement Arts & Crafts, un mobilier et une déco qui lui confèrent l'âme d'un foyer plutôt que d'un lieu de passage.

Je comprends, avec mes yeux d'adulte. Je comprends pourquoi les gens pourraient avoir envie de disparaître ici quelque temps.

J'envoie un SMS à Jack pour lui dire où je me trouve – que je ne rentrerai pas cette nuit, finalement. Puis je pose mon téléphone sur la console, m'en vais prendre une douche et enfiler des vêtements propres pour la première fois depuis dix-huit heures.

Quand je reviens dans le salon, Sam est assis près de la cheminée, il porte un maillot et un short de sport, son attelle visible au poignet. Peut-être est-ce cette tenue, mais on dirait une version de lui petit garçon sur le point de partir à un match de base-ball, son sac bien trop grand pour sa corpulence.

Je m'assois sur le canapé en face de lui, il me regarde et hoche la tête dans ma direction.

– Toujours aucune nouvelle des Cooper, dit-il.

– C'est une question ?

Il fait signe que non.

– Pas vraiment. Je me suis permis de regarder ton téléphone.

– Je vais faire comme si je n'avais rien entendu.

Je me cale contre les coussins moelleux, m'installe en tailleur, quand je remarque les plateaux repas sur la table basse entre nous.

– Qu'est-ce que c'est ?

– J'ai commandé le dîner pendant que tu prenais ta douche, dit-il.

Il retire les couvercles des plateaux.

– Sandwichs salade-tomate, et bière.

Je regarde le plateau de sandwichs, incapable de cacher ma surprise. C'est exactement ce que mon père avait l'habitude de me préparer – de *nous* préparer, et à Sam aussi, les rares fois où nous nous étions retrouvés chez lui en même temps. Ça peut paraître bizarre comme sandwich, mais j'en raffolais gamine, du moins suivant la recette de mon père (qui était, accessoirement, celle de ma grand-mère) : des tranches épaisses de tomate sur du pain de campagne grillé, de la laitue romaine craquante, de la mayonnaise et du gros sel.

– J'adorais ça, petite.

– Je sais, c'est pour ça que je l'ai choisi, dit-il. Moi, je vais me contenter de la bière.

C'est tellement gentil de sa part – tellement gentil et tellement surprenant – qu'il sache que j'aimais ça, sans parler du fait qu'il l'ait commandé pour moi, que je ne sais pas comment réagir.

– Je n'arrive pas à croire que tu t'en souviennes.

– Comment j'aurais pu oublier ? Papa et toi, vous aimiez tous les deux le sandwich le plus ridicule du monde… dit-il. Pas de bacon ? Pas de dinde ? Tu ne sais pas ce que tu rates…

– Papa disait toujours que Grandma n'avait pas les moyens pour ça, dis-je en souriant, et qu'il était devenu très doué pour faire un sandwich sans.

– L'anecdote est mignonne, certes, dit Sam, mais ça ne pèse pas lourd à côté d'un bon cheeseburger…

J'attrape un sandwich et y mords à pleines dents, en fermant les yeux pour mieux le savourer. Le premier instant de joie de cette folle journée. Ce sandwich parfait : un mélange idéal de croquant, d'acidulé et de douceur. Aucun repas ne peut rivaliser.

Sam prend une poignée des frites aux oignons incluses dans le room service. Puis il s'ouvre une bière et se rassoit.

– Je me demandais, dit-il. Est-ce que tu vois un quelconque intérêt à essayer de reparler à Joe demain ?

– Je crains qu'il n'y ait rien de plus à en tirer, dis-je. Quoi qu'il sache, il n'a pas envie de le partager.

– Ouais, je pense que tu as raison, dit Sam.

J'essaie toujours de comprendre pourquoi. Est-ce qu'oncle Joe essaie de protéger mon père ? Ou est-ce qu'il essaie de se protéger, lui ? C'est déroutant de se demander ça à propos du meilleur ami de mon père, de son pilier. Personne n'était aussi proche de lui, du moins sur le plan professionnel, à part peut-être Grace, ou peut-être le directeur juridique. Son visage me vient en tête avant son nom : des yeux bleu glacier, des cheveux gominés. Il était arrivé dans l'entreprise bien après Grace et Joe, mais il était tout de même là depuis un bail. Depuis assez longtemps, certainement, pour avoir accès à des infos dont nous ne disposons pas.

Jonathan. C'est son nom. Je suppose que le secret professionnel mettrait fin à toute conversation avec lui avant qu'elle ne débute, mais j'ai le sentiment que ce serait différent avec Grace.

– J'ai beaucoup pensé à Grace depuis qu'elle est morte, dis-je. Et je ne sais pas. J'aimerais qu'elle soit là. Je ne dis pas qu'elle aurait nécessairement des réponses, mais je parie qu'elle nous aiderait si elle le pouvait…

– Je pense que c'est lui donner beaucoup de crédit. J'aimais bien Grace, mais elle n'était pas très bavarde non plus.

– Ce n'est pas l'impression que j'avais d'elle.

– Eh bien, loin de moi l'idée de minimiser les quatre fois où tu l'as croisée, mais je doute qu'elle nous parlerait, même si elle était là.

Je ne vois pas du tout les choses comme ça. Ce n'est peut-être pas arrivé très souvent, mais j'ai bel et bien vu Grace plusieurs fois au fil des ans. Et elle a toujours été ouverte avec moi – du moins en apparence. Mais, avant que je puisse réfléchir à l'intérêt d'en débattre, mon téléphone se met à sonner. Le nom de la fiancée de Sam, Morgan, s'affiche sur l'écran.

Je tends le téléphone devant moi pour que Sam puisse voir – qu'il voie par lui-même que c'est sa fiancée qui appelle.

– Ne décroche pas, lance-t-il. Elle essaie juste de me joindre.

– Qu'est-ce que tu en sais ?

– Parce qu'elle m'a appelé au moins huit fois.

– Je refuse de me retrouver entre vous deux, quoi qu'il se passe entre vous.

– C'est pour ça que je te dis de ne pas décrocher.

Je mets le téléphone en silencieux et le repose sur la console, pendant que Sam s'ouvre une deuxième bière.

– Qu'est-ce qui se passe, Sam ?

– C'est-à-dire ?

– Qui est l'autre femme ?

– Morgan.

– Non. L'autre femme.

– C'est Morgan l'autre femme, insiste-t-il.

Je le regarde, confuse.

– Je ne te suis pas.

– J'étais avec quelqu'un d'autre pendant longtemps avant qu'on commence à sortir ensemble. Elle s'appelait Taylor. Elle *s'appelle* Taylor. On s'est séparés il y a neuf mois environ…

– Que s'est-il passé ?

– Apparemment, elle avait des doutes sur mon engagement.

– Et donc… tu t'es fiancé à Morgan pour prouver que tu étais capable de t'engager ?

– Eh bien, dis comme ça…

Je sais qu'il essaie de prendre les choses à la légère, mais je vois bien que le sujet n'est pas du tout léger. Moi non plus. Je me sens prisonnière. Toutes ces questions au sujet de mon père me rongent comme les choses ont tendance à le faire juste avant qu'on réalise qu'elles sont pires qu'on ne le pensait.

Sam ouvre une autre bière, me la tend.

– Papa m'a dit que tu allais te marier, toi aussi ?

– Oui.

– Et ça te rend heureuse ?

– Très, dis-je.

Ça me rassure, de voir à quel point j'ai répondu facilement. Je ne devrais pas avoir besoin de ça pour être rassurée, mais c'est un rappel plaisant qu'être avec Jack est toujours une évidence.

– Qu'est-il arrivé au gars avec qui tu étais avant ? Celui qui avait un gamin. Il était vétérinaire, non ?

– Cardiologue pédiatrique.

– Chiens, enfants. Ça reste près du sol.

Je lui adresse un sourire.

– Elliot, c'est ça ? Il avait l'air… plutôt sympa.

Ils s'étaient rencontrés une fois. Par hasard. Sam entrant dans l'appartement de mon père alors qu'Elliot et moi en sortions.

– Pourquoi toutes ces questions sur lui ?

– Il a appelé pendant que tu étais sous la douche. Deux fois, ajoute-t-il en levant deux doigts.

– Ce n'est pas ce que tu penses.

Il balaie ma remarque.

– Tout ce que je sais, c'est qu'il a appelé deux fois.

Je pousse la nourriture pour m'asseoir au bord de la table, de son côté. Pour pouvoir le regarder droit dans les yeux.

– Sam, je ne veux pas m'en mêler… dis-je. Ta relation avec Morgan. Mais neuf mois, c'est plutôt court pour se rencontrer, apprendre à se connaître, se fiancer et déménager à Brooklyn.

– C'est quoi l'expression déjà ? Quand on sait, on sait…

– Et toi, tu sais ? Parce que je suis à peu près sûre que tu viens de dire le contraire.

– Ce que j'ai dit, c'est qu'il valait peut-être mieux que tu ne répondes pas.

Il se racle la gorge et prend une autre gorgée de bière.

– Mais, pour info, ça ne me dérangerait pas si tu…

– Si je quoi ? dis-je, un peu perdue.

– Si tu t'en mêlais, dit-il. Je commence à me dire que j'aurais bien besoin d'un coup de main.

Il paraît tellement sincère qu'il me prend au dépourvu. Je ne sais pas si c'est tout nouveau depuis la mort de notre père (ses émotions à vif et intenses) ou s'il a toujours été ainsi. Quoi qu'il en soit, on dirait que quelque chose a changé en lui, un revirement cataclysmique : il fait désormais exactement l'inverse de tout ce que j'ai toujours connu de lui. Il se rapproche de moi.

Et mon envie d'aller vers lui, de lui offrir une forme de protection, se manifeste de façon puissante et subite.

Je fais à mon tour un pas vers lui.

– Est-ce que tu te doutais que cette discussion allait nous amener à réaliser que nous étions dans le même bateau ?

– Quel bateau ?

– Celui qui coule.

– J'imagine que oui... dit-il en riant.

Il tire sur le scratch de son attelle, l'enlève et fait tourner ses doigts en l'air, pour les étirer. Paume de la main bien tendue.

– Tu sais, ça n'aurait pas été la pire des choses pour moi d'être plus proche de vous quand nous étions petits, dis-je. J'aurais aimé que papa ne ressente pas le besoin de...

– Nous tenir à l'écart ?

J'opine de la tête. Il sait aussi bien que moi que c'était le meilleur moyen pour mon père d'être présent pour nous. C'était plus facile pour lui de se concentrer sur chacun de nous, séparément, plutôt que de faire l'effort, plus coûteux, d'essayer de nous réunir tous – même si pour satisfaire tout le monde, il fallait sans cesse faire des concessions. Cette facette de lui, je la connaissais et je l'avais en grande partie acceptée, parce que j'avais compris qu'en insistant toujours pour ne montrer que son meilleur côté à chacun de nous, la personne qu'il trahissait probablement le plus, c'était lui-même.

Mais il y a une autre facette qui commence à se dessiner : peut-être qu'il cachait autre chose derrière le fait de ne pas mélanger ses enfants. Peut-être qu'il se disait que si chacun sortait de sa zone, nous allions commencer à parler. Et ça aurait dévoilé au grand jour une chose qu'il n'était pas prêt à voir – ou une chose qu'il ne voulait pas que ses enfants voient, ensemble. Cette version de lui-même qu'il avait besoin de garder secrète.

– Je pense que c'était plus pour lui que pour nous, dis-je. Mais ça ne change rien au résultat.

Il lève les yeux vers moi, soutient mon regard.

– Et donc, quand est-ce qu'on passe au moment où tu me dis ce que je dois faire ?

– Je ne peux pas te dire ce que tu dois faire, Sam.

– OK. Dans ce cas, ce n'est peut-être pas si mal que papa nous ait tenus à l'écart, dit-il.

*

* *

À 2 h 30 du matin, je sors du lit.

Je prends ma couette et vais m'asseoir sur la petite terrasse, la lune est brillante ce soir, le ciel si dégagé que je peux voir par-delà les collines, jusqu'à l'océan Pacifique qui scintille au loin.

Je prends une photo avec mon téléphone, en faisant la mise au point sur le miroitement de cet océan lointain. Les lignes bleues donnent l'impression de raser la moitié inférieure du cadre.

Ma professeure de l'école d'archi, celle dont j'ai racheté la maison, avait animé un atelier axé sur la neuro-architecture. Elle avait ouvert la première séance d'une manière dont je me souviens encore, elle avait abordé la façon dont les bâtiments pouvaient rendre les gens encore plus malades. Ou les aider à aller mieux. Et elle avait noté une question au tableau – une question qu'elle se posait toujours au début du processus de conception pour s'assurer d'œuvrer pour la deuxième option : par où entre la joie ?

Pour moi, la réponse tourne toujours autour de la lumière (ou de sa direction), c'est l'axe fondateur que j'essaie de mettre à l'honneur quand je conçois un espace quel qu'il soit. Je ne suis pour rien dans la conception de ce lieu, évidemment, mais l'espace d'un instant, je me réjouis d'imaginer qu'il a été construit autour de ce siège-là, de cette vue-là, pour le moment où quelqu'un en aurait besoin.

Parce que c'est ce à quoi je n'arrête pas de penser : que se passe-t-il si on se désaxe ? C'est ce que je ressens depuis la perte de mes parents. Comme si l'axe sur lequel je tournais, comme si la direction à suivre avaient disparu. Je ne le trouve plus. Je ne suis même pas sûre qu'il existe encore.

Je repense à la question de Sam à propos de Jack, ma réponse invariable et sincère. Et si c'était sincère, mais que pour le reste, c'était perdu d'avance ? Ce reste qui se tient entre nous maintenant – toute ma peine, toute sa souffrance – rempli de toute la distance que je ne parviens pas à franchir. Pour aller vers lui.

Je regarde mon téléphone et me laisse absorber par la photo, le flot de lumière – la beauté douce et délicate.

Jack est probablement déjà debout, en route pour le restaurant afin de commencer sa mise en place du matin. J'ai envie de l'appeler. J'ai envie de terminer notre conversation de tout à l'heure. Mais à la question de comment je vais, il voudra entendre une vraie réponse. *Je vais bien. Je me sens seule. Je me demande, chaque fois que j'entends ta voix, comment et quand je te perdrai toi aussi.*

Alors, je ne l'appelle pas. J'envoie un texto en joignant la photo.

Puis j'éteins mon téléphone et décide d'aller marcher.

*
* *

Je me promène dans la propriété. C'est étrangement silencieux, personne en vue, nulle part. Je passe devant les jardins paysagers et les plantations d'agrumes, je fais le tour d'un étang de nénuphars, des lanternes dans les chênes noueux éclairant mon chemin. Je me retrouve du côté de la réception, seul bâtiment où il y a de la lumière.

Le réceptionniste de nuit se tient derrière le comptoir. Il fait un signe de tête dans ma direction pendant que je traverse un petit salon peu éclairé. Un feu brûle paisiblement dans la cheminée en pierre.

Des photos encadrées recouvrent le mur derrière cette cheminée. Des articles encadrés sur l'établissement. Tous les établissements de mon père possèdent ce genre d'espace dédié à l'histoire du lieu, s'appuyant sur un événement marquant qui lui confère son caractère unique, ce qui le distingue.

Je commence à lire les articles, en particulier une couverture du *San Barbara News-Press*, annonçant la vente du Ranch à mon père. Il avait acheté le terrain à des producteurs d'agrumes qui récoltaient en moyenne cinq cent mille citrons et oranges par an. Il allait en faire un boutique-hôtel et promettait de sauvegarder la quasi-totalité des terres agricoles.

Mes yeux descendent le long du mur et repèrent la seule photo de moi à six ans, sur les épaules de mon père, non loin de cet endroit précis. Lors de ma première venue ici, peu de temps avant la séparation de mes parents. Ma mère n'est pas sur la photo. Peut-être qu'elle avait déjà compris. Peut-être qu'ils avaient déjà tous les deux compris ce qui allait se passer.

– Vous n'avez pas changé, dit-il.

Je me retourne et aperçois le réceptionniste de nuit ; il a quitté son bureau et s'avance vers moi.

– Pardon ?

Il désigne le mur, cette photo de moi.

– Vous n'avez pas changé depuis le temps, dit-il.

– Vous trouvez ?

Je me tourne, regarde la photo. Puis le regarde à nouveau, tandis qu'il vient se planter à côté de moi, les mains dans les poches.

– Votre père me parlait de vous. De vous et de vos frères. Il passait après avoir dîné dans le cellier et nous jouions aux cartes.

– Quel genre ?

– Gin rami. Poker parfois, mais seulement pour des bretzels.

Je lui souris. Comme c'est étrange – et comme c'est agréable – d'apprendre ça maintenant. D'imaginer mon père assis ici au milieu de la nuit.

– Comment vous appelez-vous ?

– Carmen.

– Vous travaillez ici depuis longtemps ?

– Longtemps, oui. C'était un bon patron, votre père, ajoute-t-il en montrant la photo.

– Je n'entends pas ça souvent.

– Oui, c'est vrai qu'il était dur. J'ai vu beaucoup de gens se faire virer au fil des années parce qu'ils ne s'impliquaient pas assez dans leur travail, dit-il. Mais il annonçait la couleur dès le départ. Et il se l'appliquait à lui aussi. Je me souviens d'une nuit où on jouait aux cartes, les toilettes ici ont commencé à déborder. Le plombier mettait longtemps à arriver, trop longtemps pour votre père, alors il a retroussé ses manches et a débouché ce fichu truc lui-même. Il est ressorti trempé des toilettes, sentant un peu la merde. Il m'a emprunté une chemise pour pouvoir finir la partie.

– C'est dégoûtant, dis-je en laissant échapper un petit rire.

– Oui, mais bon. Il était comme ça, non ? Et de mon point de vue, il était vraiment généreux. Et correct. Il fallait travailler dur pour gagner son respect, mais après, il aurait fait n'importe quoi pour vous.

– Comme quoi ?

– Ma femme a vécu une grossesse difficile, il y a quelques années. Il m'a donné neuf mois de congés, payé et tout. Pour que je puisse m'occuper des bébés à la maison.

Il sort son téléphone, commence à faire défiler ses photos.

– Elles viennent juste d'avoir trois ans, dit-il. Mais elles étaient si minuscules au début, à peine un kilo et demi. Et il n'arrêtait pas de me dire que tout irait bien. Il me montrait des photos de vos frères. Comme ils étaient petits. Comme ils avaient bien grandi.

Puis il me tend son téléphone, pressé de me montrer ses jumelles – ses filles –, si grandes, si fortes maintenant.

Je regarde les photos de ses filles, qui sont mignonnes – le mot est faible – et tellement joyeuses. Je commence à faire défiler les images. D'autres morceaux de son histoire.

Je pense à mon père se tenant ici, lui montrant mes frères. Son histoire à lui. C'est ce que nous voulons tous montrer, non ? C'est comme une preuve. Que nous les avons aidés à survivre. Qu'ils vont survivre.

J'ai un flash tout à coup.

Je me mets à trembler, son téléphone toujours dans ma main.

– Qu'est-ce qui ne va pas ? demande-t-il.

Parce que ça doit se voir sur mon visage – mon inquiétude.

– Peut-être rien, dis-je.

Mais je lui rends son téléphone et lui glisse un rapide au revoir avant de filer vers le cottage.

Une fois dans ma chambre, je m'éclaire à la lueur de la lampe torche de mon téléphone et vérifie le rapport de police pour m'assurer que j'ai raison.

Puis je vais directement dans la chambre de Sam et le secoue pour le réveiller.

– Où est son téléphone ?

Il se frotte les yeux.

– Quoi ? Mais de quoi tu parles ?

Je lui montre le rapport de police.

– Ils ont retrouvé son portefeuille, ses lunettes et un stylo dans sa poche avant. Mais pas de téléphone, dis-je. Pourquoi est-ce qu'il n'avait pas son téléphone ?

– Ouais, je ne sais pas…

– Il a appelé Cece cette nuit-là, pas vrai ? Ça, on le sait. On sait qu'il l'avait avec lui. Tu l'as vu quelque part à Windbreak ?

– Non… Je ne l'ai pas vu dans son bureau, dit-il. On peut demander à Clark de revérifier, mais je ne pense pas qu'il y était.

– C'est possible qu'il ait été emporté par les vagues, dis-je. Ou qu'il ait heurté la falaise pendant la chute.

Il se redresse, y réfléchissant.

– Ou peut-être que quelqu'un l'a pris.

Je regarde à nouveau le rapport de police, puis mon frère. Je sens qu'elle se précise, cette chose tapie dans un coin jusque-là, qu'elle entre en pleine lumière. Cette chose que je dois voir clairement pour nous permettre d'avancer.

– Peut-être que tu n'as pas complètement tort, dis-je.

– Évidemment que non. À propos de quoi ?

– Tu n'arrêtes pas de dire que papa n'aurait pas vendu l'entreprise, dis-je. Qu'il ne se serait jamais réveillé un jour avec l'envie subite de vendre…

– Visiblement, j'avais tort.

Je l'ignore et poursuis :

– On n'a pas regardé les choses sous le bon angle.

– OK…

– Et si ce n'était pas sa décision ? Si, pour une raison ou une autre, papa était contraint de vendre l'entreprise ?

– Contraint dans quel sens ? dit-il en secouant la tête, confus. La société se portait bien.

– Et pourtant, est-ce qu'il n'est pas possible qu'il se soit passé quelque chose dont tu n'aurais pas été informé ? Qui l'aurait poussé à vouloir partir soudainement ? Ça pourrait expliquer des choses. Les absences de papa. Pourquoi il était autant ailleurs.

Il me regarde.

– Comme quoi ?

– Je ne sais pas encore. Tout ce que je sais, c'est qu'à force d'essayer de le percer à jour et d'interroger tous ces gens, je me mets à soupçonner tout et tout le monde.

– Attention, tu commences à parler comme moi.

– Eh bien, oncle Joe, Cece, l'inspecteur O'Brien. C'est comme s'ils jouaient tous un double jeu, comme s'ils nous donnaient juste une petite pièce d'un puzzle qu'ils ne veulent pas qu'on résolve. C'est la seule chose dont je suis sûre…

Je marque une pause.

– Leur parler ne nous aidera pas à découvrir le fin mot de cette histoire.

– OK et à qui on devrait parler alors ?

Je repense à Carmen. Je repense aux photos de mon père sur le mur. Il se montrait toujours sous le même jour – malin, enthousiaste, la meilleure version de lui-même. C'est la seule version de lui qu'il m'a montrée – dans les bribes, les fragments qu'il me laissait entrevoir. Mais qu'est-ce qu'il ne voulait pas me montrer ? Qu'est-ce qu'il ne voulait partager avec aucun de ses enfants ? Et pourquoi ?

– Nora ? À qui on devrait parler ?

– À papa, dis-je.

Partie 2

« L'architecture apparaît pour la première fois
quand la lumière du soleil frappe un mur.
La lumière du soleil ne savait pas ce qu'était un mur
avant d'en toucher un. »

Louis Kahn

Voyage sans retour

Quelque part au-dessus du Colorado, nous échafaudons un plan.

J'étale le testament de mon père et les rapports de police sur nos tablettes, Sam allume son PC et tourne l'écran vers moi.

– On a beaucoup de fichiers partagés dans l'entreprise. J'ai accès à certains même à distance. Tu vois ? Les agendas et les plannings sont tous partagés. C'est comme ça que j'ai su à propos des réunions avec les avocats…

Il pointe une date sur l'écran.

– Et là, c'est l'événement d'Inez du mois dernier…

J'acquiesce.

– Donc tous les engagements de papa apparaissent ici ? je demande.

– Pas tous, mais la plupart, oui. Il manque sûrement ceux qui chevauchaient les rendez-vous majeurs chez Noone, dit-il. C'est possible qu'il y en ait plus sur son poste fixe, au bureau…

Je désigne l'ordinateur de Sam.

– Il avait un PC portable aussi ?

– Oui, tous les membres du comex en ont un.

– Il serait dans vos locaux ?

– Probablement, dit-il. En tout cas, il n'était pas à Windbreak. J'ai passé son bureau au peigne fin. Et maintenant, Clark aussi.

Il clique sur ses derniers iMessages. Clark nous a envoyé plusieurs photos prises dans le bureau de papa, ainsi qu'un inventaire détaillé des objets qui s'y trouvaient. Il confirme aussi nos suspicions : le téléphone de notre père ne se trouve pas à Windbreak non plus.

– Supposons qu'on ne le retrouve pas, dis-je. Où aurait-on le plus de chances de récupérer la toute dernière sauvegarde de son téléphone ? Sur les serveurs de l'entreprise ? Tu crois qu'on pourrait la restaurer depuis son ordi fixe, au bureau ?

Sam secoue la tête.

– Je ne sais pas. Si c'était sur le réseau de la société, je devrais y avoir accès d'ici, et ce n'est pas le cas.

– Qui y aurait accès ?

– À son PC portable ? Oncle Joe, sûrement. Mais c'est une impasse. T'as bien vu.

Il a raison. Je passe en revue dans ma tête le cercle de confiance de mon père, ses bras droits : Joe, qui ne dit rien, du moins à nous ; Grace, qui n'est plus là. C'est là que je repense au directeur juridique de mon père, Jonathan. Il ne travaillait pas pour mon père depuis aussi longtemps que Grace et Joe, mais tout de même. Certainement assez pour avoir accès à des choses qui nous échappent.

– Et Jonathan ?

– Une tombe, fait Sam en secouant la tête.

– Pourquoi ? Secret professionnel ?

– En partie. À chaque fois que j'ai essayé d'aborder le moindre sujet impliquant papa, il m'a répété qu'il n'y avait rien que je ne sache déjà…

– Paradoxal, non ?

– Tu l'as dit.

Il hausse les épaules, retourne à l'ordinateur.

– C'est un avocat, et il est plutôt doué dans son domaine. S'il avait connaissance d'informations sensibles, il ne nous laisserait jamais y accéder. Dis-toi que, dès le lendemain de la mort de papa, Jonathan a fait changer la serrure de son bureau et qu'il est le seul à en détenir la clé.

– C'est pas un peu extrême ?

– Bah, Jonathan est du genre extrême. C'est ce qui fait de lui un bon avocat.

Je griffonne une note sur le rapport de police au sujet du téléphone de mon père et de son PC portable.

– Tommy ne pourrait pas nous aider, sur ce coup-là ? je demande.

– En quoi Tommy pourrait-il nous aider ?

– J'en sais rien. Ils sont tous les deux avocats. Peut-être que ça les aura rapprochés. Tu sais s'ils s'entendent bien ?

– Autant qu'on puisse s'entendre avec Tommy…

Je me tourne vers lui et le toise.

– OK. J'en ai marre de tes sous-entendus déguisés. Il se passe quoi, entre vous deux ?

– Il est sur site, dans le Nord.

– C'était pas ma question.

Il n'ajoute rien. Évite même mon regard. Je me replonge dans le rapport de police, dépitée.

– Pourquoi est-ce qu'il y a tant de secrets dans cette famille ?

– Je ne sais pas, dit-il. On reproduit les schémas du passé.

– Qu'est-ce que tu veux dire par là ?

Et avant de me tourner le dos, Sam m'assène cette phrase :

– Tout ça, ça a démarré bien avant nous.

Quarante-trois ans plus tôt

– Je ne veux plus en parler, dit Cory. Tout a été dit.

– Tout, vraiment ?

– Tu travailles une centaine d'heures par semaine. Je ne te manquerai même pas.

– Tu me manques déjà, là, maintenant. Tu me manques déjà.

Ils se promenaient dans la librairie Strand, où Cory examinait la table des nouveautés. Cory fouillant parmi les livres, s'efforçant de l'ignorer, lui et les discussions qu'elle voulait à tout prix éviter, il le savait.

Elle avait raison, il bossait comme un fou. Depuis trois mois qu'il était chez Hayes, il avait déjà bossé plus d'heures que la plupart des salariés en un an. Personne n'avait d'ailleurs compris pourquoi il avait accepté cet emploi.

Il avait passé un été à travailler pour Bain Consulting, où tout le monde pensait qu'il prendrait un poste à temps plein, avec tous les avantages qui allaient avec : un appartement de fonction bien placé et un salaire à six chiffres dès l'embauche. Sauf que Liam avait été assigné à un projet chez Bain qui avait changé la donne. Il avait été amené à auditer un grand groupe hôtelier, des établissements trois et quatre étoiles aux quatre coins de la planète, plus de mille deux cents domaines. Il était censé trouver où opérer des coupes budgétaires, rationaliser les effectifs, proposer des aménagements pour tous les établissements du portefeuille pour une gestion plus efficace. Plus efficace au sens de moins chère. Monter en gamme n'était pas leur priorité.

C'est là que le projet de Liam avait commencé à prendre forme. Même s'il ne savait pas encore quels en seraient précisément les contours et les couleurs, Liam allait faire tout son possible pour créer exactement le contraire.

– Ne me dis pas qu'il n'y a aucun cours d'écriture potable à New York, dit-il.

Cory attrapa *L'Hôtel New Hampshire*, qu'elle ajouta sur le dessus de la pile dans ses bras déjà bien chargés, notamment d'un *Pieds nus dans le parc* tout neuf. Elle avait donné à Liam son exemplaire du livre, ainsi qu'un tas d'autre pièces de théâtre de Neil Simon. Elle était une inconditionnelle de Neil Simon.

– L'université de Californie du Sud a l'un des meilleurs cursus d'écriture du pays, fit-elle. Ils me proposent une bourse avec une prise en charge intégrale, je vais pouvoir me consacrer entièrement à l'écriture. Pas de job de serveuse, pas de baby-sitting.

– Tu me l'as dit, oui.

– Et c'est juste pour une année.

– Le temps, c'est pas censé être une vue de l'esprit ?

– Pourquoi tu en fais tout un plat ?

– Parce que. Ce sera pas juste pour un an.

– Comment le sais-tu ?

– Parce que qui serait assez stupide pour te laisser repartir ?

Elle ignora cette remarque, continua d'examiner les ouvrages sur la table.

– Cory…

– Tu veux bien aller te mettre dans la file à la caisse pendant que je termine ? fit-elle. J'ai vraiment pas envie qu'on soit en retard au ciné. Indiana ne va pas nous attendre pour sauver l'Arche d'alliance.

– Et si on se mariait ?

– Se marier ?

Elle éclata de rire. Si fort que la femme de l'autre côté de la table sursauta.

– Qu'est-ce que ça a de drôle ?

Elle adressa un « pardon » silencieux à la cliente.

Puis, elle se rapprocha de Liam.

– Pitié. Le mariage n'a pas sauvé mes parents. Ça ne nous sauverait pas plus.

– Qu'est-ce qui nous sauverait, alors ?

– Depuis quand on a besoin d'être sauvés ?

– J'ai envie d'être avec toi.

– Tu es avec moi. Et je suis avec toi. Pour l'essentiel.

– Oh, pitié, on va pas recommencer !

– Chacun est le témoin de la vie de l'autre, dit-elle. C'était le deal.

– Si seulement je ne t'avais jamais montré ce poème…

– … Pas de fuis-moi, je te suis, pas de promesses qu'il faudrait peut-être rompre. Juste des gens qui se connaissent. Qui s'aiment. Qui passent du temps ensemble. Des meilleurs amis. Des amants. Appelle ça comme tu veux. Avec ou sans étiquette, c'est dans la lignée de ce qu'on a toujours fait. On est sûrs de ne jamais se perdre, comme ça.

– Pourquoi le mariage exclurait tout cela ?

– Ça n'est pas le cas. Pas pour tout le monde. Mais en ce qui concerne certains individus qui nous intéressent, régulariser les choses trop tôt, ça détruirait tout. Crois-en mon expérience limitée…

– Tu penses que tu seras moins donneuse de leçons, avec l'expérience ?

Il eut droit à un sourire.

– Je crois qu'on peut essayer de graver dans le marbre un engagement avec un contrat officiel et des attentes. C'est dans la nature humaine, de rechercher ce genre de sécurité. Mais c'est aussi dans la nature humaine d'y résister. Parce que c'est tout ça à la fois, mais bien plus encore. Et on a la chance d'avoir ce « bien plus ».

– Tu compliques les choses, dit-il.

– C'est toi qui compliques les choses, répliqua-t-elle. Moi je constate, c'est tout. Si on est censés se marier, c'est pas pour tout de suite. Si on faisait ça aujourd'hui, tu le sais aussi bien que moi, ça ne marcherait pas.

– Et pourquoi ?

– D'abord, je pars étudier à mille kilomètres d'ici.

– C'est pas sûr.

– Ça l'est, dit-elle. Mais laissons ça de côté, je n'aurais plus droit à ça. À tout ce qui est bien.

– Qu'est-ce qui est si bien ?

– Toi.

Il y avait tellement d'amour dans son regard. Tellement de compréhension que, l'espace d'un bref, d'un merveilleux moment, il la crut.

Que disait Cory, déjà ? Être fidèle à quelqu'un, c'est lui raconter sa vie. S'il ne cessait jamais d'écouter ses confidences, finirait-elle par le croire quand il disait qu'être ici (avec elle) était la seule chose qu'il désirait réellement ? Qu'il ne se sentirait jamais pris au piège avec elle. Que c'était, à l'inverse, précisément cela qui le rendait libre.

– Et si je te disais que j'ai une bague ?

– Tu en as vraiment une ?

Il opina. Elle était au fond de sa poche. Elle y était souvent. Une alliance toute simple. Pas de quoi s'extasier, mais c'était ce qu'il avait à offrir. Sa preuve. Sa preuve qu'il saurait prendre soin de leur relation. Faire en sorte que ça dure.

– Alors je te dirais que j'ai pas besoin de bague. Et si tu insistes, je te rappellerais que ce ne serait pas un cadeau, de t'épouser.

– Eh bien merci.

– Je t'en prie.

Il l'embrassa sur la joue, et resta là, tout près.

– Alors… tu y réfléchiras ?

Elle esquissa un sourire, sa joue collée à ses lèvres.

– Tu me referas ta demande quand oui sera la bonne réponse.

– Et si je n'ai pas envie d'attendre si longtemps ?

– Dans ce cas, tu n'as plus qu'à jeter ta bague.

Coup de stress sur la 11e Avenue

Je me dirige vers la file d'attente pour les taxis à l'aéroport JFK de New York quand mon téléphone vibre.

Un numéro masqué s'affiche à l'écran. Suivi d'une voix que je ne reconnais pas.

– Nora ? C'est Meredith Cooper.

Je jette un coup d'œil à Sam et tient le téléphone entre nous, sur haut-parleur, pour qu'il puisse en profiter aussi.

– Meredith, je suis vraiment contente que vous me rappeliez…

– Pas de problème, si je peux vous aider… Mais je dois vous prévenir. Nous sommes en Toscane, avec très peu de réseau ; il se peut que ça coupe.

Sa voix est très hachée – je rate un mot sur cinq. Je commence à la remercier d'avoir essayé de porter secours à mon père, d'avoir été là au moment fatidique. Est-ce parce qu'elle ne m'entend pas avec ce réseau défaillant ou parce qu'elle n'a de temps à perdre avec ça ? Elle me coupe carrément la parole.

– J'ai tout revérifié avec mon mari, dit-elle. Lui et moi, on a essayé de se rappeler un détail quelconque au sujet de ce joggeur. Il faut dire qu'on était tellement focalisés sur votre père. Mais on se souvient tous les deux qu'il était grand et de type caucasien. Il portait un de ces pantalons cargo vert et un sweat. Une tenue de ce style.

Sam mime un « pour courir ? » silencieux. Je me disais pile la même chose.

– Et vous ne l'aviez jamais vu auparavant ? dis-je.

– Non. Jamais. Ça ne fait que quelques mois que nous sommes ici, mais c'est un coin où il n'y a pas foule…

– Vous voyez toujours les mêmes têtes ?

– Oui. On sort se promener quasiment à la même heure tous les soirs. Chacun ses petites habitudes, on fait tous ça.

J'adresse un regard appuyé à Sam, qui me le rend, comme si ça prouvait quoi que ce soit. Du moins cela prouve-t-il que l'homme en question – dont l'inspecteur O'Brien et la police n'ont pas réussi à retrouver la trace – n'était pas dans les parages aux alentours de vingt heures trente, d'ordinaire.

– Pensez-vous que si vous aviez une photo, ça aiderait ? Que potentiellement vous le reconnaîtriez ?

– C'est possible. Je ne sais pas. Il faisait très noir.

Sam fait le geste de porter un téléphone à son oreille, en articulant sans bruit : le téléphone portable de papa. Je fais signe que j'ai compris, rappel utile.

– Je peux vous poser une dernière question ? Vous souvenez-vous, par hasard, d'avoir aperçu le portable de mon père ?

– Non, à vrai dire… (Elle réfléchit un instant.) Non, je suis à peu près certaine qu'il n'était pas dans la poche de sa veste. Je l'aurais senti quand… quand j'ai voulu lui faire un massage cardiaque.

– Merci, ça nous aide beaucoup. Désolée, cette question doit vous paraître incongrue.

– Ne soyez pas désolée. Toutes les questions sont permises quand on a perdu un être cher, dit-elle.

La phrase me traverse. C'est si vrai. Et si gentil. Je reste plantée là, sur mon siège, estomaquée, et c'est là que la ligne coupe, un bip résonne et Meredith Cooper disparaît.

*
* *

Le Starrett-Lehigh Building – siège de Noone Properties – a toujours été un des bâtiments que je préfère à West Chelsea.

C'est un projet salué par la critique, surtout dans les cercles de la neuro-architecture, pour son esthétique expressionniste – chose rare dans les bâtiments de type industriel. L'espace génère une atmosphère, une sensibilité, les ouvertures horizontales en bandeau fonctionnent comme une invite, alternant entre briques et bandes de béton, de vastes décrochements en façade et un briquetage incroyable. L'ensemble est harmonieux et donne cette impression unique : ce bâtiment a beau, comme n'importe quel immeuble de bureaux new-yorkais, avoir toutes les raisons d'être impersonnel, on s'y sent accueilli comme dans un cocon.

Le siège de Noone Properties est au deuxième. C'est un open space avec des baies vitrées gigantesques donnant sur la West Side Highway et l'Hudson River juste derrière. La lumière de la fin de journée donne au fleuve une douce teinte blanche.

Nous sommes installés dans le bureau de mon père, auquel personne n'a encore touché : les plantes sur le rebord de la fenêtre sont en pleine forme, son ordinateur est branché. Sam et moi hésitons à l'allumer.

L'assistante d'oncle Joe fait les cent pas juste derrière la porte. C'est un petit bout de femme tendue, d'allure très classique, qui cache mal son souhait de nous voir expédier l'affaire. Comment le lui reprocher ? Vu l'insistance avec laquelle elle nous observe derrière la paroi vitrée, on peut sans mal affirmer qu'oncle Joe attend un rapport exhaustif de nos moindres faits et gestes.

Sam continue de passer en revue les dossiers sur le bureau. Il cherche quelque chose en lien avec Cece ou la vente, en attendant qu'arrive le responsable informatique de la boîte, Nate. Il est censé nous apporter des réponses au sujet du téléphone de notre père, nous dire ce qui est sauvegardé dans le cloud et où se trouve son PC portable.

Sam secoue la tête.

– Aucune piste à suivre dans aucun de ses mails… Ni dans aucun des mémos que je vois ici.

Il se penche sur l'écran.

– Ouais… A priori rien n'a été téléchargé de son téléphone. Il n'y a pas eu de partage de données, je ne trouve ni photos ni textos.

Cela ne me surprend qu'à moitié. Après la description que Sam m'a faite du système, j'avais compris que tout ce qui se trouverait sur l'ordi de mon père se retrouverait aussi sur celui de Sam.

– Donc ce n'est pas une super nouvelle… dit Nate.

Je me retourne en entendant sa voix. Nate passe le seuil en tapotant sur sa tablette et prend place sur un siège face à nous.

– La dernière fois que le téléphone de votre père a borné, c'était il y a dix-huit jours à Santa Barbara, en Californie…

Nate nous montre son écran pour que nous voyions par nous-mêmes.

Santa Barbara, en Californie. Ce n'est pas loin de Carpinteria, mais pas tout à fait proche non plus. Que faisait son téléphone là-bas ? Et pourquoi est-ce qu'il a réémergé il y a dix-huit jours – quasiment deux semaines après sa mort ? Si le portable avait été cassé durant la chute ou avait fini dans l'océan, on aurait perdu sa trace pour de bon ce soir-là. Ce qui signifie que soit l'appareil a survécu à la chute et quelqu'un l'a récupéré. Soit quelqu'un l'avait pris directement à Windbreak.

Le résultat est le même : il est entre les mains de quelqu'un qui ne devrait pas l'avoir. Sam se redresse sur sa chaise – est-il arrivé à la même conclusion que moi ?

Je pose la question :

– Donc, s'il a été reconnecté à Internet après sa mort, y a-t-il un quelconque moyen d'avoir accès à son activité ?

– En théorie, oui. En admettant qu'il y ait une activité. Mais pour ça il va falloir une réquisition légale, un mandat et tout un tas de procédures qui dépassent mes compétences.

– Et l'ordi ? tente Sam.

– Il n'est nulle part dans les locaux. Et la sécurité vient de me confirmer qu'il ne se trouve pas non plus dans son logement new-yorkais.

Son ordi et son téléphone – les deux seuls objets concrets qui pourraient un tant soit peu nous éclairer – sont les deux seuls qui manquent à l'appel dans cette pièce par ailleurs absolument intacte. Impossible que ce soit une coïncidence. Clairement, les seuls items de valeur (les seuls qu'il jugeait précieux) ont disparu de la circulation.

– Il devrait y avoir des sauvegardes de secours sur les serveurs d'une manière ou d'une autre, non ?

– Normalement, oui, dit Nate. Si vous pouviez remonter le temps pour aller dire à votre père d'autoriser les sauvegardes automatiques. Ces options ont toutes été désactivées à sa demande expresse.

– Donc vous me dites qu'il n'y a aucune sauvegarde du contenu de son téléphone ? dit Sam.

– Je ne dis pas qu'il n'y en a pas une quelque part. Mais au sein de l'entreprise, non, c'est exact. Il a demandé à ce que tout le stockage externe et les partages de dossiers soient suspendus pour son téléphone et son PC portable.

Ça semble un fait exprès. C'est forcément intentionnel, il a voulu que certaines choses demeurent confidentielles. J'en reviens donc à : Sam dans l'avion avec son portable professionnel, évoquant ce qu'il pouvait ou ne pouvait pas y trouver. Et je me demande s'il y a une chance qu'on trouve ce contenu d'une autre manière.

– Mais ça, c'était juste pour son ordinateur à lui ?

À cette question, Nate plante ses yeux dans les miens.

– Ça, c'est quoi ?

– Le partage de dossiers était-il désactivé uniquement pour son ordi à lui ou pour tous les ordinateurs du réseau ?

Nate examine sa tablette.

– On dirait que les ordis cinq à dix sont tous connectés au réseau. Ça inclut celui de Tommy et le tien, Sam…

Levant les yeux, il adresse un petit hochement de tête à ce dernier puis continue à chercher.

– Mais oui, cela dit, vous avez raison, le PC de votre père n'était pas le seul pour lequel ces options de stockage et de partage étaient désactivées.

Je rebondis aussitôt :

– Qui sont les autres ?

– Voyons… on a annulé l'option pour les PC un, deux, trois et quatre… Le premier, c'est celui de votre père. Le deuxième appartient à Joe, le troisième au directeur juridique et le quatrième à…

Sam et moi arrivons à la même conclusion en même temps :

– … Grace.

– Et si ces ordinateurs étaient reliés les uns aux autres, dis-je à Sam. Ils auraient accédé à ses dossiers.

Sam a une question pour Nate :

– Est-ce qu'on a encore le PC de Grace ?

– Non. Son ordinateur et ses autres appareils électroniques ont été livrés chez elle, en même temps que ses affaires personnelles…

– Pourtant ce n'est pas vraiment considéré comme un objet personnel, n'est-ce pas ? s'étonne Sam. Ça appartient à l'entreprise.

– Visiblement, c'est une nuance qui n'importait guère à votre père. Mais Terry pourra vous en dire davantage à ce sujet.

– Terry était la secrétaire de direction rattachée à Grace, m'explique Sam. Elle a pris sa retraite, après la mort de Grace.

Nate pianote sur son appareil.

– Je vois que Terry habite à Burlington, dans le Vermont. Je n'ai pas de mail, mais j'ai un numéro de téléphone.

Sam se lève.

– Vous voudrez bien m'envoyer ses coordonnées par SMS ? Merci. Numéro de téléphone et adresse.

– Pitié, ne me dis pas qu'on part dans le Vermont, lui dis-je.

– Ça dépendra de si elle décroche.

Nate et moi le regardons se diriger vers la porte. Il me jette un dernier regard par-dessus son épaule.

– Il plaisante, pas vrai ? demande Nate.

Maintenant, c'est mon téléphone qui vibre. Message d'Elliot.

Elliot : Tout va bien ?

Je lâche un soupir et me lève à mon tour.

– Rien n'est moins sûr.

Tous les chemins mènent à Cece

Coup de chance, Terry décroche.

Elle a tôt fait de confirmer que toutes les affaires de Grace, y compris ses appareils électroniques, ont été expédiées à son appartement de Brooklyn.

Sam et moi progressons d'un pas pressé dans la 10e Avenue, en direction de la station de métro la plus proche.

– Reste à savoir une chose, dis-je. À quoi exactement papa lui a donné accès.

– À bien plus de choses que moi, semble-t-il… Mais autant qu'à oncle Joe ? Ça je ne sais pas. Je dirais qu'à une époque, ça a dû être le cas, c'est sûr…

– C'est sûr mais… ? J'entends bien un mais ?

Sam secoue la tête.

– Disons que… elle a eu des ennuis cardiaques il y a quelques années et je crois qu'elle a même eu une crise cardiaque. Avant celle qui… bref, avant la crise fatale. Ce n'était pas grand-chose, mais elle a tout de même bien levé le pied, après ça, au boulot. Elle a continué d'aider papa pour des questions créatives et de stratégie, mais j'ignore quel était son degré d'implication au jour le jour. Joe s'est davantage impliqué, semble-t-il… du moins en façade.

– Il y avait des tensions entre eux ?

– Entre Joe et Grace ? Pas vraiment, non.

– Pas de dispute pour se démarquer auprès de papa ?

– Là, je crois que tu confonds avec Tommy et moi… répond Sam en souriant.

– Donc, en théorie, si ces ordinateurs étaient connectés, elle aurait pu avoir accès à tout ce dont personne ne semble vouloir nous parler…

– En théorie, oui, c'est exact.

Nous prenons à gauche, en direction de la bouche de métro. Le vent se lève, avec ce froid mordant de début de soirée, et je songe qu'il faut que je contacte Jack quand nous arriverons à Brooklyn. Jack à qui je n'ai pas parlé à l'exception de cette brève conversation dans la voiture, en chemin pour Santa Ynez. Il y a vingt-quatre heures. Il y a une vie.

– Et avec le mari de Grace, vous vous connaissez bien ?

– Je l'ai croisé deux ou trois fois, sans plus. De là à dire que je le connais…

– Donc ça ne peut que bien se passer ?

Nous descendons l'escalier et nous engouffrons dans la rame.

– De toute façon, au point où on en est, ça peut pas être pire…

*

* *

L'appartement de Grace est situé dans un bâtiment Beaux-Arts de Brooklyn Heights.

Cet immeuble est un peu un monument, à Brooklyn. Non loin de la promenade, on y a des vues ininterrompues sur le port de New York et la Skyline de Manhattan par-delà le fleuve, tout en ayant pour voisins les plus célèbres *brownstones* du quartier.

Je connais bien ces appartements. Jack a un ami qui vit au quatrième étage, nous y avons dîné il y a quelques mois. Je doute que le portier m'ait reconnue, mais il nous accueille aimablement et nous envoie aussitôt au numéro 8, attendant que nous soyons dans l'ascenseur pour prévenir le mari de Grace de notre venue.

Lorsque nous sortons de l'ascenseur, ce dernier ouvre justement la porte de son appartement, tout sourire.

Il dégage un je ne sais quoi de familier qui me perturbe. J'ai déjà rencontré la fille de Grace, mais lui, non, jamais. Non seulement sa tête me dit quelque chose, mais il en impose, en jean et chemise de coton, affûté, solide, expérimenté, avec ces yeux noisette inquisiteurs.

Qui sont actuellement braqués sur moi.

Il serre la main à Sam et nous conduit dans le vestibule – et là, la confusion se dissipe quelque peu. Les lieux ressemblent moins à un appartement qu'à un atelier d'artiste.

Le salon regorge de matériel photographique, les murs sont couverts de portraits magnifiques.

C'est pour *ça* qu'il m'est si familier. Je ne l'ai jamais rencontré en personne, on ne se connaît pas, mais je le connais tout de même. Il s'agit de Paul Turner, ce (célèbre) photographe de presse. J'avais une copine, à la fac, dont les murs de la chambre étaient intégralement recouverts de ses couvertures de magazine. J'ai vu ses expos photo à l'International Center for Photography et au Brooklyn Museum. Des tirages de ses clichés se trouvaient exposés dans plusieurs des appartements que j'ai rénovés, y compris chez l'ami de Jack quelques étages plus bas.

Je hoche la tête, manière de gagner du temps pour cacher mon trouble. Alors comme ça, Paul Turner était marié à Grace ? Ça me fait tout drôle de l'avoir ignoré. En même temps, pourquoi l'aurais-je su ? Turner, c'est un nom de famille banal. Et ce n'est pas comme si j'avais pour habitude de demander à mon père à qui étaient mariés ses collègues.

– Je ne crois pas que nous nous connaissions, me dit-il. Je suis Paul, Paul Turner.

Tout en me souriant, il se passe une main dans les cheveux. Une chose me frappe : il porte son alliance. Grace a disparu il y a bientôt un an et il porte toujours son alliance.

Je ne sais pas s'il a vu que mon regard s'y attardait, mais il plonge la main dans la poche arrière de son pantalon.

Je m'efforce de regarder ailleurs au cas où il l'aurait remarqué. Au cas où il en serait gêné, alors que pour moi, c'est tout l'inverse : j'ai le sentiment d'avoir été le témoin d'un geste plein de bienveillance. D'une forme de loyauté.

– Enchantée, dis-je. Je ne crois pas que Grace m'ait jamais dit qu'elle habitait dans cet immeuble.

– Elle n'y habitait pas vraiment. Nous vivions à Pierrepont. Ici, c'était simplement mon atelier. Mais depuis sa disparition, je passe l'essentiel de mon temps ici…

Il marque une pause, comme s'il y réfléchissait.

– Huit mois, déjà.

– Histoire de prendre un nouveau départ, quoi.

– On peut dire ça.

Il toussote, il a suffi d'une mention de Grace pour que sa voix se brise. Je voudrais être n'importe où plutôt que face à ce veuf éploré, qui porte encore son alliance.

– Écoutez, je suis désolé, je sais que je vous ai dit que vous pouviez passer mais ma fille est en ville, elle vient de m'appeler donc je n'ai pas beaucoup de temps devant moi. Elle est enceinte de cinq mois. Quand elle m'appelle, j'accours.

– Bien entendu, dit Sam. Nous nous demandions simplement si vous aviez encore les affaires de bureau de Grace ?

– Vous voulez dire les dossiers professionnels ?

– Terry nous a dit que lorsqu'ils ont vidé son bureau, on vous avait renvoyé son ordinateur…

Paul examine Sam, tête inclinée.

– Vous parlez de son PC ?

– Tout à fait, dit Sam.

– Puis-je savoir pourquoi ça vous intéresse ? fait Paul, tout en nous dévisageant tour à tour.

– Le téléphone portable de notre père a disparu, dis-je. Pour faire court. Il se peut que Grace ait eu accès au contenu de ce téléphone. Aux photos de famille, aux SMS, à d'autres échanges qui pourraient se révéler particulièrement précieux maintenant qu'il n'est plus… là.

– Et pourquoi trouverait-on tout ça sur le PC de Grace ?

– Apparemment, elle travaillait souvent de chez elle sur ce portable, surtout quand elle a commencé à venir moins au bureau, dit Sam. D'après le service informatique, elle avait sans doute des dossiers partagés sur cet appareil qui n'apparaissaient pas sur le réseau général de l'entreprise.

– Mais si ça n'était pas sur le réseau général, il devait y avoir une bonne raison, non ?

– Parce que c'était personnel, dit Sam.

Paul secoue la tête.

– Je suis un peu perdu. Ce que vous cherchez, ce sont des photos personnelles ou des données professionnelles ?

– Écoutez, reprend Sam, de toute évidence, nous ne souhaitons causer de tort à personne, ni à elle ni à vous…

– Pourquoi ça me causerait du tort ?

J'interviens précipitamment.

– Je crois que ce que Sam essaie de vous dire, grosso modo, c'est que nous ne savons pas trop ce qu'il peut y avoir sur cet ordinateur. Mais nous voudrions le vérifier par nous-mêmes. Nous comprenons fort bien que cette démarche puisse paraître étrange, à première vue…

Paul se retourne vers moi, semblant apprécier ma franchise.

– Pour le moins, oui.

– De toute façon, ça n'est pas la question, dit Sam.

Paul croise les bras sur la poitrine, son ton trahit un agacement croissant.

– Si vous me demandez d'avoir accès aux effets personnels de mon épouse, je crois que si.

– À vrai dire, poursuit Sam, il s'agissait d'un ordinateur de fonction. J'ai du mal à comprendre ce qu'il fait ici, pour commencer.

– Je vais aller droit au but : la situation m'échappe un peu et je vais éviter de m'en mêler, si vous voulez bien.

– Si vous souhaitez qu'on vous dédommage, nous nous ferons un devoir de vous remplacer cet ordinateur.

La phrase fait rire Paul.

– Je ne veux pas de votre argent.

– Que voulez-vous alors ?

– Pour l'heure, je veux surtout vous souhaiter une bonne soirée, afin de pouvoir sauter dans un métro et ne pas faire attendre ma fille dehors dans ce froid de gueux.

J'adresse un regard à Sam. La situation ne tourne pas à notre avantage. Je tente une autre approche.

– Bien entendu je comprends. Nous le comprenons tous les deux. Mon frère est simplement inquiet à l'idée, enfin, nous le sommes tous les deux, à l'idée qu'il soit arrivé un drame à notre père. Nous avons du mal à obtenir des réponses, personne ne veut rien nous dire à son sujet… (Une pause.) Et Grace… c'est vraiment une personne que je tenais en haute estime… Je me suis dit que si quelqu'un devait savoir ce que mon père traversait, c'était bien Grace. Enfin, ç'aurait pu.

Il se radoucit, mon argument fait mouche.

– Je comprends. Vous avez sans doute raison.

Il m'adresse un petit sourire, une lueur triste au fond de ses yeux me dit qu'il est sincère.

– Il y a peut-être un point sur lequel vous pourriez nous venir en aide, avant qu'on parte… dis-je. Grace a-t-elle jamais mentionné que Cece Salinger puisse être intéressée par le rachat de l'entreprise ?

Il s'efforce de rester impassible mais son visage trahit sa surprise.

– Tous les chemins mènent à Cece, on dirait ?

Je le dévisage, interloquée.

– Comment cela ?

– Ce serait trop long à expliquer maintenant dit-il. Mais oui, Grace l'a évoqué à un moment donné. Cece était intéressée, a-t-elle dit, mais j'ai cru comprendre que votre père ne l'était pas, en revanche. Tout ça c'est de l'histoire ancienne.

Il plante son regard dans le mien. Il est évident qu'il n'a aucune intention de nous en dire davantage, ni ce soir ni jamais. Grace devait en savoir plus au sujet de Cece, mais quoi exactement ? Vu la manière dont il me regarde, la question se pose aussi pour lui.

– Bon, pour être franc, je n'ai pas conservé la majeure partie de ses affaires professionnelles, ordi, téléphone, et tout le reste. Je n'ai rapporté que très peu de chose avec moi de Pierrepont. C'était plus simple de ne pas être confronté à tout ce qui me ramenait à elle.

Je balaie l'entrée du regard – et le salon dans l'enfilade. Sur la cheminée trônent des portraits de famille : on y voit leur fille Jenny ; Grace avec elle, bébé, dans les bras ; le mariage de Paul et Grace. À première vue, on dirait qu'il dit vrai. Mais après tout, qu'est-ce que j'en sais, de ce qu'il pense être la vérité ? Peut-être que ça – ces quelques photographies – le peu qu'il a choisi de rapporter ici, ça n'est qu'un échantillon. De toute une vie à deux.

– Le décès de votre père vous laisse un peu perdus, c'est tout naturel, dit-il. Je ressens la même chose, sincèrement, et pourtant je ne le connaissais pas si bien que ça. Mais je doute fort d'avoir cet ordinateur en ma possession. Comme je l'ai dit à Tommy, Joe a demandé à récupérer la plupart de ses affaires peu après que je les ai reçues et je lui ai tout réexpédié…

– Houlà, stop, fait Sam. Vous avez parlé de tout ceci à Tommy ? Mais quand, précisément ?

Paul nous regarde à tour de rôle.

– Je suis à peu près certain que c'est à votre frère que vous devriez poser la question.

Son portable vibre et JENNY s'affiche à l'écran. Sa fille. La fille de Grace.

Il relève la tête vers nous.

– Je vais vous dire, Grace travaillait énormément et n'en parlait guère quand elle était à la maison. À deux exceptions près. Elle me disait combien elle tenait à votre père. Et qu'il était quelqu'un de bien, quoi qu'on en dise. Ça, oui, elle me l'a dit.

J'enregistre l'information.

– Le hic, c'est que l'autre chose qu'elle m'a dite, c'est de me méfier de ses enfants.

À ces mots, il regagne la porte d'entrée, l'ouvre en grand et attend que nous quittions les lieux.

Quitte à sombrer, autant toucher le fond…

– Il parlait de Tommy et toi, c'est clair, pas de moi, dis-je.

Dans l'ascenseur qui nous ramène en bas, Sam a déjà dégainé son téléphone pour essayer de joindre Tommy.

– Ouais, on ferait mieux de se focaliser là-dessus… dit-il. Et puis Grace n'aurait jamais dit ça. Il voulait juste se débarrasser de nous.

Mon instinct me dit que Sam a raison. Mais pourquoi Paul était-il si pressé de nous voir partir ? Simplement parce qu'il craignait d'être en retard pour sa fille – ou y avait-il autre chose qu'il ne voulait pas nous dire ?

J'entends la tonalité du portable de Sam qui tombe sur la messagerie de Tommy.

– Dis donc, qu'est-ce que tu fous à parler avec Paul Turner ? dit Sam. Tu vas me dire ce qui se passe, Tommy, putain ?

Il raccroche et secoue la tête.

– Tu veux bien essayer de te calmer un peu ?

– Ça, c'est typique de lui. Je bosse avec tous ces gens et personne parmi eux ne veut rien me dire. Papa avait des tonnes de secrets et maintenant, nous, qu'est-ce qu'on a ? Joe qui se met à voler des PC ?

– On n'en sait rien, encore.

– Non, mais moi, je connais mon frangin. S'il a pris contact avec Paul, c'est qu'il a une idée derrière la tête.

Les portes de l'ascenseur s'ouvrent et Sam se précipite dans le hall. C'est tout juste si je ne dois pas lui courir après.

– Tu as parlé à Tommy, après l'accident de papa ? Il a peut-être atterri ici en suivant le même raisonnement que nous.

– Non, je ne lui ai absolument rien dit de tout ça. Il m'aurait pris pour un taré. Sans compter que Tommy ne s'occupe que de ce qui le concerne, lui, personnellement. Je sais que tu penses sans doute la même chose de moi.

– J'en prends pour mon grade, dis donc.

– Tout ça pour dire qu'il faut qu'on en discute en personne avec Tommy.

– Il vit pas très loin, si je me souviens bien ?

– Au nord de l'Hudson, confirme Sam. À trois heures de route, je dirais, maximum.

– Oh, bah, autant dire trois fois rien.

– Si je conduis, on peut y être en quasi deux heures, dit-il. On devrait y aller demain en tout début de matinée.

– Hors de question que tu me conduises où que ce soit.

Sam a l'air paniqué et épuisé. Et j'ai l'impression, pour ma part, qu'on fait fausse route, avec cette mission. Surtout quand je vois que Sam ne pense qu'à casser la gueule à Tommy.

– Bon, ça, c'est vraiment entre vous deux. Moi, je m'intéresse uniquement à ce qui est arrivé à papa ce soir-là.

– Sauf que tout est lié.

Vraiment ? Je me mets à dresser le bilan des événements, de tout ce qu'on a établi de manière certaine. Notre père était sur le point de vendre son entreprise, après une vie entière passée à refuser cette possibilité. Puis, pour de mystérieuses raisons, il a opéré un virage à cent quatre-vingts degrés et décidé de léguer la boîte à ses fils. Huit jours plus tard, il a passé deux appels à un ancien flirt, avant de chuter d'une falaise, alors qu'il connaissait les lieux comme sa poche.

Si tout est lié, qui aurait eu une raison de se trouver à ses côtés sur la falaise, ce soir-là ? Qui aurait eu une raison si ça ne l'était pas ?

– C'est quoi, cette tête ? demande Sam.

– *Pensais*. Je *pensais* la même chose de toi.

Sam me dévisage, perplexe.

– De quoi tu parles ?

– Tu as dit que Tommy ne s'occupait que de ce qui l'impactait personnellement et que je pensais sans doute la même chose de toi. C'est vrai, je le pensais. Et j'avais tort.

Nous débouchons dehors, dans la rue, et Sam acquiesce fugacement. Il essaie de ne pas le montrer, mais je vois combien ça le touche.

Demain est censé être le début d'une nouvelle semaine. J'ai une conférence téléphonique prévue pour un projet de grosse ampleur à Sag Harbor. J'ai une inspection sur site et un déjeuner calé de longue date avec une boîte qui fait de la décoration d'intérieur avec laquelle je collabore régulièrement. J'ai du boulot à rattraper – des masses de boulot –, ça ne m'arrive jamais dans ces proportions. Et puis il y a Jack. Priorité numéro un, Jack qu'il m'a paru plus simple d'oublier un peu ce week-end. Comme si la simplicité était un but en soi, comme si le but n'était pas de trouver comment retourner à nos habitudes. À l'intimité et à la profondeur qui caractérisent en temps normal notre relation.

Mais Sam est tellement en demande, c'est comme si une alarme sonore s'était enclenchée, que mon corps capte illico. Impossible pour moi de l'ignorer.

– C'est moi qui conduis. Sois en bas de chez toi à neuf heures trente tapantes demain matin, c'est compris ? Je te préviens, j'attendrai pas.

Aussitôt, tout retombe, son front se détend, son humeur se modifie et un sourire s'élargit sur son visage.

– Compte sur moi, dit-il.

J'ai déjà tourné dans Clark Street, en direction du métro, quand Sam m'interpelle :

– T'es prête à admettre que tu commences à m'apprécier ?

– Allez, bonne soirée, Sam.

– Au moins, un petit peu ? crie-t-il.

Je secoue la tête sans me retourner.

– Très bien, ça me va ! ajoute-t-il. On se satisfera de ce non-dit.

Lune rousse sur Ditmas Park

Quand j'arrive chez moi, tout est plongé dans le noir.

Il est vingt-deux heures, Jack est encore au restaurant. Au lieu de rentrer dans la maison déserte, je resserre mon manteau autour de moi et m'assois sur les marches du perron. La rue est silencieuse, à cette heure, sereine. Les Usher promènent leur chien, mais la plupart des voisins ne sortiront plus de chez eux – derrière les fenêtres éclairées, on voit des dîners tardifs et des lampes de chevet allumées, la lueur bleutée des téléphones.

Une des dernières fois où mon père est venu me voir à Ditmas Park, il était tard, c'était il y a un peu plus d'un an, peu après la mort de ma mère. Je m'en souviens parce que deux mois s'étaient écoulés. Deux mois pile. Je comptais encore les jours, à l'époque. Je les compte encore aujourd'hui.

Mon père revenait d'une soirée à Midwood. C'était rare, qu'il retourne là-bas.

Il m'avait mis un message pour me donner rendez-vous au Sheet Music, mais comme j'étais encore en train de bosser il avait dit qu'il viendrait et ferait en sorte que Sheet Music vienne à moi. On s'était assis sur les marches, dehors, et on avait partagé une tarte aux fraises sofrito et bu du champagne dans des mugs.

– On fête quelque chose ? avais-je demandé.

– Si j'ai appris une chose, dans la vie, c'est qu'on n'a pas besoin d'une raison pour boire du champagne.

Je lui avais souri.

– Mais s'il t'en faut une, j'étais censé aller à la réunion des anciens du lycée, ce soir… Puis je me suis souvenu que je n'étais plus obligé d'aller où que ce soit si je n'en avais pas envie.

– Voilà qui mérite d'être célébré, avais-je conclu en riant.

Tandis que nous mangions, il m'avait demandé sur quoi je bossais et je l'avais briefé sur un de mes projets en cours, dans le Connecticut. C'était une unité de soins spécialisée dans les troubles de la mémoire, que je concevais avec l'aide d'un spécialiste en gériatrie. Notre objectif était de créer un type d'espace à même de favoriser l'orientation des résidents et d'atténuer leur sensation de confusion. Nous penchions pour un concept de design biophilique qui permette aux résidents de se reconnecter à la nature, laisse beaucoup entrer la lumière naturelle, bref, un environnement apaisant.

Je craignais de l'ennuyer, mais il avait continué à me poser des questions, allant dans les détails. À me verser du champagne tout en m'interrogeant. C'était sa façon de communiquer : il n'aurait pas pu être plus fier de ce que je faisais. Sa curiosité pour ce qui comptait à mes yeux était sans fond.

Mais ce soir-là, ça cachait autre chose.

Comme si mon père voulait me dire un truc. Et qu'il reculait chaque fois au dernier moment. N'osant pas se lancer.

Je me suis demandé si ç'avait un rapport avec la distance que j'avais instaurée entre nous – essayait-il de trouver comment y remédier pour se rapprocher de moi ? Mais je ne crois pas que c'était ça. Plutôt comme s'il essayait de trouver comment me faire part d'une bonne nouvelle – une nouvelle qui le rendait heureux.

Je n'avais pas insisté. Même s'il n'était pas encore prêt à m'en parler, de cette joie nouvelle, ça me suffisait d'être en mesure d'en profiter comme ça, assise à ses côtés. Je le regrette, si seulement j'avais insisté. Je donnerais n'importe quoi, aujourd'hui, pour savoir exactement quelles pensées l'habitaient à cet instant.

J'extrais mon téléphone de mon sac. Et clique sur son nom avant de me laisser y réfléchir à deux fois.

Elliot décroche à la première sonnerie.

– Tes oreilles ont dû siffler, dit-il, Austin parlait justement de toi.

– Ah bon ? Et que disait-il ?

– Il voulait que je te rappelle qu'il a son récital de piano, mardi.

Mon cœur se serre en songeant au dernier récital d'Austin, au printemps dernier, sa concentration absolue sur le dernier morceau. Mon père m'avait accompagnée, avec une énorme boîte de cookies sur les genoux. Fier.

– Je serai là, dis-je.

– Donc tu es rentrée ?

– Je suis rentrée.

– Qu'est-ce que tu faisais en Californie ?

– Ce serait trop long à t'expliquer.

– Je viens de déposer Austin chez sa mère, dit-il, j'ai tout le temps du monde.

Je l'entends s'installer plus confortablement, sa voix se fait plus grave, comme s'il s'allongeait. Je l'imagine sans mal, le bras glissé sous la nuque, ses longues jambes qui dépassent du lit, les lunettes abandonnées sur la table de chevet.

– Je peux te demander un truc, d'abord ? dis-je. Tu te souviens de la dernière fois où tu as vu mon père ?

– Ça sort d'où, ça ?

– Ça fait partie du sac de nœuds.

Il prend le temps de réfléchir avant de répondre :

– On a dîné ensemble, il y a cinq ou six mois de ça je crois.

Je me redresse sur mon siège. Ça n'a rien de bizarre qu'Elliot et mon père se soient vus si récemment. Ils se croisaient souvent, dans l'immeuble. Ils étaient restés proches. Peu après notre rupture, mon père s'est assuré que je ne voyais rien à redire à leur relation amicale. Ça ne me posait pas de problème. Quand mon père ouvrait sa porte, comme il l'avait fait avec Elliot, ce n'était pas pour la refermer ensuite.

– Attends, dis-je. C'était deux mois avant sa mort, alors ?

– Grosso modo, oui. Pourquoi ?

– Tu te rappelles ce dont vous avez parlé ?

– Ce dont on a parlé ?

J'essaie d'être plus précise, de mieux cerner ce que j'attends qu'il me dise.

– Est-ce que vous auriez évoqué son travail, par hasard ?

– Pas tellement. Mais qu'est-ce qui se passe, Nora ?

– Il y a des détails qui clochent, dans la manière dont il est mort, alors j'essaie simplement de… de suivre toutes les pistes pour voir ce qui m'échappe. Ou ce qui m'a échappé avant.

– D'accord… fait-il d'une voix soucieuse. Eh bien, une chose est sûre, c'est que ton père m'a posé des questions sur Austin. On a un peu discuté de ce qui se passait à l'hôpital. Je crois qu'il m'a interrogé sur une de mes patientes…

– Il n'a pas mentionné un sujet qui le tracassait ?

– Il n'a pas tellement parlé de lui, à vrai dire. Tu connais ton père. Il voulait savoir ce qui se passait dans ma vie…

C'était la vérité. Mon père prenait toujours grand soin de s'intéresser à son interlocuteur, surtout quand c'étaient des gens qui lui tenaient à cœur. Mais soudain, je ne suis plus si sûre que c'était l'unique raison de son silence. Je ne saurais trop l'expliquer à Elliot ni lui expliquer à quel point j'ai l'impression de passer à côté… ce qui m'échappe dans ce qui est arrivé à mon père, à la toute fin. À quel point je suis de plus en plus convaincue que si je mets le doigt dessus, le reste de ce que je veux savoir à son sujet suivra.

– Je peux te poser une autre question ? Tu as un collègue à l'hôpital qui s'y connaît en chutes accidentelles ? Un pathologiste qui pourrait jeter un œil à un rapport d'autopsie et m'aider à déterminer si le défunt a été poussé ou a chuté tout seul ?

– Cette conversation prend une tournure vraiment étrange.

– Hello !

La voix de Jack me fait sursauter, j'en lâche le téléphone. Je tourne la tête. Il se tient sur le seuil, entre la porte ouverte et la moustiquaire. Tout ébouriffé, pieds nus. Dans son dos, la maison est plongée dans l'obscurité, et lui-même ressemble à une ombre, de là où je me tiens sur le perron. Je ramasse le portable et met fin à l'appel sans dire au revoir.

– Merde alors, dis-je. Tu m'as fichu une peur bleue.

– Ce n'était pas mon intention. Je viens en paix.

– Je te croyais encore au resto.

S'avançant sur le perron, il vient s'asseoir à mes côtés.

– J'ai fini plus tôt, je voulais être là quand tu rentrerais.

J'ai encore la respiration entrecoupée quand le téléphone vibre au creux de ma paume. Un nom s'affiche : ELLIOT. Je refuse l'appel. Le regard de Jack va de l'écran à moi.

Sans un mot.

– Désolée. Je suis un peu sur les nerfs, c'est tout.

– Je vois ça.

Il m'embrasse sur l'épaule et se rapproche de moi. Je me tourne vers lui et l'observe : son tee-shirt tout froissé, ses yeux vitreux, les traces de l'oreiller imprimées sur sa joue. Le visage que j'aime le plus au monde. Je tends la main pour le caresser.

– Tu t'es endormi sur le canapé ?

– C'est bien possible.

– Possible, mais pas certain ?

Il colle sa joue à mes doigts, je devine qu'il sourit. Heureux, semble-t-il, de partager ce sourire avec moi, pour un moment de communion sincère.

– Comment ça s'est passé ? demande-t-il.

– À Windbreak ? Pour tout dire, je commence à me demander si Sam n'a pas raison.

– Vraiment ?

Je confirme d'un signe de tête, la phrase prend une solidité nouvelle maintenant que je l'ai prononcée à voix haute.

– Je sais que tu penses que c'est le chagrin qui parle.

– Je ne dirais pas ça…

– Tu dirais quoi, alors ?

– Je pense que… que tu fais ce que tu as à faire. Que tu cherches à comprendre ce que tu as besoin de comprendre.

Il patiente un instant et reprend d'une voix encore plus basse :

– C'est quoi, que tu cherches ?

Je suis en train de comprendre que mon père cachait peut-être quelque chose. Que, je ne sais comment, ça s'aligne avec de mystérieux appels, sur un téléphone qu'on ne retrouve nulle part et qui pourrait être entre les mains d'un joggeur inconnu. Et puis il y a le reste.

Je suis en train de comprendre qu'il y a une raison au fait que je ne cesse de revoir en boucle le moment précédant la chute. Que peut-être, c'est parce que dans aucun des scénarios que je me fais je ne le vois seul.

Jack est là, devant mes yeux, et je ne lui dis rien de tout ça. Je lui fais part uniquement de ce que j'ai déjà compris.

Ce dont je suis déjà sûre.

– Au bout du compte, j'ai pas été une fille formidable, pour lui.

– Nora…

Sa voix est douce. Bienveillante. Il plonge ses yeux dans les miens, comme pour me promettre que c'est tout le contraire, et je dois retenir mes larmes.

Mais il n'ajoute rien. N'essaie pas de me convaincre que j'ai tort de penser ça. Au lieu de quoi, il se colle encore davantage à moi : cuisse contre cuisse, épaule contre épaule, sa main passe derrière mon dos pour venir chercher la mienne, ses doigts forts et réconfortants.

Je le sens. Je le sens sous ses doigts, qui pulse, comme un battement de cœur. Ce petit rien du tout, ce petit rien qui persiste entre nous. Un rappel bien vivant, frémissant, que nous appartenons l'un à l'autre.

Sous l'intensité de ce contact, je recule, avant même d'en avoir conscience. C'est un réflexe primaire, quelque chose en moi refuse cette proximité. Me pousse à me renfermer sur moi-même.

Jack le sent et, en réaction, retire sa main, s'excusant presque. C'est alors que mon portable vibre, ELLIOT, affiché de nouveau sur l'écran.

Je le fourre dans mon sac, que je repousse plus loin.

– Je croyais l'avoir éteint, dis-je.

Pour toute réponse, Jack a un petit rire.

– Non, dit-il. Bien sûr.

Il s'écarte de moi. Mais il soutient mon regard, encore un moment, je suis dans une impasse terrible. C'est pire que s'il venait de m'engueuler. Ne suis-je pas en train de le supplier de me reprocher le coup de téléphone, la distance, tout ce sur quoi je fais une croix ?

– Tu passeras le bonjour à Elliot, dit-il.

Puis il se lève et rentre à l'intérieur.

« The Acres »

Arrivés dans la Upper Hudson Valley, nous nous retrouvons au milieu des champs.

Je tape un mail tandis que nous voyons défiler des ponts sur le fleuve, des bureaux de poste, des drapeaux américains et des grosses caravanes gris métallique. Le paysage est encore couvert d'une neige ancienne. Je baisse la vitre pour laisser entrer un peu de la fraîcheur hivernale, un froid vif, mordant, qui n'empêche pas le soleil bas de briller.

Nous avons passé quelques coups de fil, en chemin, dans l'espoir de dégoter des personnes de confiance qui veuillent bien me donner leur sentiment sur le rapport de police et l'autopsie. Sur l'enquête à trous de l'inspecteur O'Brien. Je n'avais pas envie de faire de nouveau appel à Elliot, comme si ça pouvait réparer d'une manière ou d'une autre la conversation de la veille entre Jack et moi. Comme si ça pouvait m'aider à lui montrer qu'il pouvait avoir confiance en moi. Je me suis donc retrouvée à contacter une neuroscientifique avec laquelle je collabore souvent pour voir si elle pouvait me donner le nom d'un spécialiste. Elle m'a adressée à un neurocriminologue, qui m'a à son tour orientée vers deux biologistes spécialisées dans la médecine légale.

Sam a pris le volant pour que je puisse rédiger un message résumant toutes les informations dont je dispose à ces deux expertes, avec le rapport d'autopsie et le rapport d'enquête, un plan de la propriété de Windbreak et un rapport géologique sur la falaise. J'espère que, sous cet éclairage impartial, les conclusions bancales de l'inspecteur O'Brien prendront un tour nouveau.

– Un truc me turlupine, depuis hier soir, dis-je.

Sam tourne la tête vers moi :

– Ah bon, un seul ?

Je souris.

– À la mention de Cece, Paul a réagi plutôt vivement. J'ai le sentiment que ça pourrait avoir un rapport avec le fait que Joe ne voulait pas qu'on aille la voir.

– C'est-à-dire ?

– Oncle Joe était clairement inquiet à l'idée qu'elle nous dise des choses qu'on n'est pas censés savoir au sujet de papa. Et je persiste à croire que, si ça se trouve, Grace a dit la même chose à Paul à un moment donné… Il faut qu'on garde ça à l'esprit quand on sera avec Tommy.

– Pourquoi ? Qu'est-ce que ça a à voir avec Tommy ?

– Je crois que c'est la première chose qu'il faudra lui demander.

Sam s'engage sur un long sentier gravillonné. Un gigantesque panneau indique encore VERGER DE LA VALLÉE DES ROSES. Sur un panonceau de bois de dimensions plus modestes, pendu dessous, s'affiche en capitales noires :

THE ACRES

Nous dépassons une ferme flanquée d'un verger et d'un grand poulailler, autour de laquelle serpentent plusieurs sentiers de randonnée.

Parvenu devant un rond-point, Sam coupe le moteur. Je m'extrais du véhicule et admire le portail de la propriété, avec cette splendide allée de gravier gris qui mène à une immense demeure entourée d'une terrasse.

La maison est encore inachevée, mais la structure seule force l'admiration : des poutres de chêne de sept mètres de haut, en bois massif, et d'impressionnants arbres à l'intérieur, le tout organisé autour d'une cheminée centrale.

Mais le plus spectaculaire, c'est la vue – la vallée qui s'étend à nos pieds et la ligne de crête – le terrain agrémenté de cabanons de bois et d'acier, à divers stades d'avancement. Le soin apporté à ces édifices est patent, avec leur bardage en bois de récup et leur toiture à pignons décalés. Même à moitié finis, le tableau est frappant. Ils sont à la fois rustiques et familiers, s'insérant sans mal dans l'environnement, où ils trouvent même toute leur place.

L'ensemble du projet me frappe pour cette raison précise. Ce n'est pas si éloigné d'un projet sur lequel j'ai travaillé pas très loin d'ici, à Woodstock : une propriété familiale dont les propriétaires voulaient donner une nouvelle vie au corps de ferme original datant du XVIIIe siècle. J'avais imaginé plusieurs bâtiments vernaculaires, un foyer central pour réunir toute la famille – une maison de vacances à la montagne idéale, un havre de paix dans les Catskills.

– Ça te rappelle Woodstock ? demande Sam.

Je me tourne vers lui.

– Comment tu as deviné ?

Sam me tend un casque de chantier.

– Papa nous a montré la photo de ce projet paru dans *The Record* lors de la réunion pour définir les grandes lignes du concept. Et il a dit : « Un truc dans ce genre. »

J'enfile le casque et prends le temps de digérer ces paroles. Elles pèsent. La fierté que mon père éprouvait pour moi, pour nous, était inaltérable, y compris quand nous n'étions pas là pour le voir. Si je m'étais trouvée dans la pièce, aurais-je trouvé le moyen de lui dire ce que lui devaient tous ces projets qu'il appréciait tant ? Que si j'étais devenue ce type d'architecte-là, je le devais en partie à la manière dont je l'avais vu travailler ? La joie qu'il mettait à bâtir des espaces riches de sens, à ce que tout fonctionne harmonieusement. Je ne crois pas être devenue l'artiste que je suis sans son influence. Je ne le lui ai jamais dit. J'ai rendu hommage à ma mère. À l'attention portée au rythme et à la beauté. Mais ça me vient aussi de lui. C'était lui. L'idée qu'il ne m'entendra jamais le lui dire me déchire, subitement.

Sam me désigne un cabanon plus spacieux (abouti, celui-là), sur le côté de la prairie. Nous nous mettons en route.

– Tommy est installé là, dit-il.

– Tu n'as plus beaucoup de temps.

– Pour quoi ?

– Pour me raconter ce qui se passe entre vous avant qu'on y soit.

Il secoue la tête, comme s'il n'y avait rien à dire.

– Je t'ai dit qu'on ne s'est pas vraiment parlé depuis à peu près six semaines ?

Je suis sous le choc.

– Pas vraiment.

– C'est pas simple, fait-il d'un air blasé. Je ne crois pas qu'il était trop content d'apprendre que papa nous avait désignés responsables. Et pas juste lui.

– Tu lui as dit qu'on venait, quand même ?

Sam grimpe les marches du perron deux à deux.

– Presque.

– Presque mais pas… ? Sam ?

Avant qu'il ait une chance de répondre, la porte s'ouvre à la volée et la femme de Tommy, Kira, se matérialise sur le seuil. Kira, toujours magnifique et surtout très, très enceinte.

Son regard se pose tour à tour sur chacun de nous.

– Qu'est-ce que vous fabriquez ici ?

Je grimace en direction de Sam, qui choisit de m'ignorer.

– Pour commencer, dit-il, ton mari est un menteur.

– Tu m'apprends rien de très nouveau, fait Kira, avant de s'écarter pour nous laisser entrer.

– Ça va, Kira, comment te sens-tu ?

– Comme quelqu'un qui a deux bébés de deux kilos dans le ventre. Je croyais que les jumeaux, ça sautait une génération.

– Pas toujours, dit Sam.

– J'avais deviné, merci.

Puis elle se tourne vers moi et me dévisage de la tête aux pieds :

– Ça fait un bail

C'est exact. Je n'ai pas revu Kira et Tommy depuis leur mariage, il y a six années de cela. J'étais présente pour l'échange des vœux, mais je m'étais éclipsée avant la réception. (L'accueil glacial que m'avait réservé la mère de Tommy et Sam avait suffi à me rappeler que ma présence n'était pas souhaitée au-delà de la cérémonie.) Ils étaient ensemble depuis la fin de leurs études – Tommy et Kira – et la plus longue conversation qu'on ait jamais eue, c'était au tout début, quand Kira avait remarqué que la mère de Tommy cultivait à mon égard le même genre de mépris qu'elle lui réservait d'ordinaire. Kira, qui n'avait pas l'habitude de ce genre d'attitude, avait du mal à le comprendre. C'était une artiste, une jeune designeuse avec un beau début de carrière, un peu hautaine, très contente d'elle et amoureuse de Tommy. C'était tellement injuste, d'être si mal accueillie. Pendant une nanoseconde, Kira s'était montrée amicale avec moi.

– Tu as changé, dit-elle. Toi aussi tu es enceinte ?

Ce moment de rapprochement amical est fini depuis bien longtemps.

Je me force à sourire.

– Pas du tout, non.

– Je suppose que tu ne veux pas d'enfant.

– Je ne dirais pas ça.

Je ne développe pas. Je ne vais pas parler bébés avec ma belle-sœur, surtout dans un moment où ce sujet est particulièrement sensible. Nous voulons vraiment des enfants, Jack et moi, on en a déjà discuté. On en discutait, comme on discutait de mon souhait de développer l'entreprise, de voir Jack ouvrir un deuxième restaurant. On faisait tout un tas de projets d'avenir. Jusqu'à ce que je commence à craindre que ça me porte malheur, cette confiance que j'avais dans le déroulement de mon avenir, cette conviction que ma vie allait continuer comme prévu, indéfiniment.

– Eh bien, on a eu un mal fou à concevoir ces deux-là, dit Kira. Donc si je peux te donner un petit conseil…

– Ça ira, merci, dis-je.

– … ce serait de t'y mettre sans trop tarder, poursuit-elle sans me prêter attention. Le prends pas mal, mais l'horloge tourne, et plus pour toi que pour moi.

Sur quoi elle se dirige vers le salon. Je souris à Sam :

– Elle est charmante.

Sam laisse échapper un petit rire. Et nous la suivons dans la vaste pièce de vie, où elle se love sur le banc devant la fenêtre. Derrière elle, toute l'étendue de la chaîne des Breakneck Ridge brille au soleil, ses flancs escarpés couverts d'arbres semblant jaillir d'une vallée sans nuages dissimulée en contrebas.

– On se caille, ici. C'est la première journée où il ne neige pas, cette semaine.

– La vue est pas mal, c'est déjà ça, dis-je.

Fermant les paupières, elle se drape avec soin dans un plaid.

– Si tu savais comme je m'en fous.

Je n'ai pas l'impression que ça arrangerait les choses si je la complimentais sur la décoration de sa villa ou plus largement sur tout ce qui donne son cachet à The Acres, dont Kira est au moins partiellement responsable. C'est elle, la directrice du design chez Noone Properties, et tout ici porte sa signature : le mobilier ancien auquel elle donne une seconde vie, les pièces d'époque, les sérigraphies sur le thème de la botanique, tout est lumineux, luxuriant et florissant, à l'image des sommets qui servent d'écrin à l'ensemble.

Kira porte les mains à son ventre et soupire.

– Il y a de l'eau au frais. Je n'ai rien d'autre à vous proposer, hormis des sucettes à la cannelle.

– On est juste venus voir Tommy, dit Sam.

– Ils essaient de terminer les travaux du côté de l'aire de jeux naturelle pour les enfants. Tu sais où c'est, Sam, ou même pas ?

Il balaie sa pique d'un rire. Son insinuation qu'au lieu de Kira et Tommy, ce devrait être lui coincé ici. Ou que, du moins, Sam devrait être là, à faire sa part du boulot. Ce en quoi elle a peut-être raison, d'ailleurs.

Quoi qu'il en soit, Sam, selon moi, fait bien de ne pas relever. Si c'est ce qu'elle ressent, ça lui vient forcément de la personne qui lui tient ces propos : Tommy. Sam n'a aucune chance de la convaincre qu'elle a tort.

– Prends un plan avec toi.

– Je vois assez bien où c'est, merci, dit Sam.

– Quand t'auras fini de jouer les héros à la con, Sam. Y a un plan du domaine sur la caisse, dehors sur la galerie. Attention, spoiler : ça grimpe sec.

Et elle referme les yeux, visiblement elle en a fini avec nous. Je ressors de la villa, Sam sur mes talons.

– Waouh, ça faisait longtemps qu'elle n'avait pas été si gentille avec moi, dit-il une fois la porte close. À s'inquiéter que je me perde.

Je souris :

– Tu crois que c'était ça ?

– Aucun doute. Et puis, tu sais, comme elle s'est inquiétée pour toi.

Je lui jette un regard perplexe.

– Elle a raison. Tu ne rajeunis pas.

Mon sourire s'évanouit illico.

– Très marrant.

– Je dis ça je dis rien. Tu ferais peut-être mieux de te rabibocher avec ton vétérinaire. T'adore son môme et…

– Bon, tu la prends cette carte, oui ?

Des aires de jeux pour tous les goûts

Kira n'a pas tort. Les sentiers de la propriété ne sont pas encore bien balisés et la progression n'est pas simple, surtout avec le vent et le froid. Après avoir traversé la forêt et des côtes escarpées, nous trouvons enfin l'aire de jeux naturelle.

Malgré la température frisquette, nous arrivons tous deux en sueur, pantelants, après avoir parcouru la dernière colline et traversé la clairière, où une équipe d'ouvriers est à pied d'œuvre. Ils installent une tyrolienne dans les arbres, un mur d'escalade a été créé dans un rocher gigantesque et un trampoline scrupuleusement arrimé au sol.

Tommy, au beau milieu du cercle de toile noire, est en train de sauter, en doudoune et jean, tout en parlant au téléphone.

De loin, on pourrait croire qu'il s'amuse. Mais je le connais, Tommy ne croit pas à l'amusement. Il profite sans doute de l'opportunité de faire un peu d'exercice physique tout en bossant. Car ça, pour le coup, Tommy y croit : l'accomplissement de soi.

Il nous voit qui approchons. C'est scotchant, comme chaque fois. Ce regard qu'il me renvoie, si semblable au mien. Ce visage, identique au mien.

– Qu'est-ce qui vous amène, les gars ? lance-t-il. Quelqu'un est mort ? J'aurais parié sur papa si ce n'était pas déjà le cas.

Je secoue la tête, il m'insupporte déjà.

– C'est hilarant, Tommy.

J'ai droit à un demi-sourire.

– J'essaie simplement de briser la glace. Kira m'a prévenu que vous étiez hyper remontés. À moins qu'elle ait mal compris ? Que vous soyez juste venus voir comment j'allais ? Me présenter vos condoléances ?

– Arrête, Tommy, dit Sam. Qu'est-ce qui t'a pris, de parler à Paul Turner de Cece Salinger ?

Tommy se tourne vers Sam :

– Qui t'a répété ça ?

– Qui m'a répété quoi ? répond Sam.

– C'est tout ce que tu as à dire ?

Tommy ne sourit plus, yeux braqués sur Sam. Il descend du trampoline et s'adresse à moi :

– On va s'éloigner un peu si vous voulez qu'on parle de ça.

– On te suit, dit Sam.

Tommy fait un geste en direction de la caravane Airstream rondouillarde. Nous montons les deux petites marches et entrons.

À l'intérieur, il fait chaud et humide, un petit radiateur tourne à plein régime. Tommy retire sa doudoune, de larges auréoles sous les aisselles.

Il se sert une cannette de kombucha et s'assoit derrière son bureau improvisé, nous laissant trouver où nous installer sur le canapé bricolé, couvert de dossiers cartonnés et d'un nombre infini de caisses du fameux kombucha.

– Avant que vous me fassiez une scène, dit-il, c'est pas comme si papa m'avait raconté quoi que ce soit. J'ai découvert qu'il avait l'intention de vendre il y a quelques semaines à peine.

– Comment tu l'as su ? demande Sam.

– J'ai entendu un des avocats parler à Joe, après la lecture du testament, il disait un truc à propos de Salinger. Après, j'ai fouiné. Et plusieurs personnes en interne, côté Cece, m'ont confirmé la vente.

– Et tu ne t'es pas dit qu'il fallait m'en parler ?

– Que veux-tu que je réponde à ça ?

– Tu pourrais commencer par m'expliquer pourquoi tu m'as rien dit.

– T'es sérieux, tu vas vraiment me faire la morale ? Et t'étais où, toi ? T'es jamais là, merde.

– Depuis que papa est mort ? dit Sam. Ça me semble compréhensible.

– Ça ne s'est pas arrangé, c'est sûr. Mais tu veux qu'on se dise les choses… ? Très bien, dans ce cas, on va se parler franchement. Tu n'es pas exactement le partenaire que tu prétends vouloir être, sur ce projet.

– Quel ramassis de conneries, dit Sam. Tu aurais préféré qu'on te le confie à toi seul, c'est tout.

– C'est faux et tu le sais pertinemment. Tu es super doué pour ce job quand tu y mets du tien.

– Tu vas me faire rougir.

Sam soutient le regard de Tommy, l'échange est chargé : un mélange de colère, d'amour et de ressentiment. Sans qu'il soit besoin de le dire, ils se savent tous deux dans le même bateau, tout en étant, comme maintenant, en désaccord total.

Je ne saurais dire si les propos de Tommy sont exacts, mais ce qui est évident c'est que, face à lui, Sam se sent tout petit. Je me sens forcée d'intervenir et de le protéger.

– On n'est pas obligés de régler tous nos comptes, Tommy, dis-je. On essaie simplement de comprendre ce qui se passait avec papa.

– Je ne comprends même pas ce que vous venez faire ici, en fait.

– À vrai dire, on est deux.

Il se radoucit quelque peu.

– Il y a beaucoup de choses qu'on ignorait, au sujet de papa, dis-je. Tous autant que nous sommes…

– Comme le fait qu'il voyait Cece ? demande Tommy.

Comme le fait qu'il a peut-être été assassiné.

J'acquiesce.

– Entre autres, oui.

– Bon, ça vaut ce que ça vaut, mais Joe m'a affirmé catégoriquement que quoi qu'il y ait eu entre eux, ça remontait à loin, très loin.

Je suis curieuse :

– Comment, avec ça, t'en es arrivé à contacter Paul Turner ?

Il fouille dans son bureau et en sort un numéro de *Forbes Magazine* : depuis la couverture, Cece Salinger nous toise, bras croisés sur la poitrine.

Il me le tend, une des pages est cornée.

– Ça date d'il y a cinq mois. Page quatre-vingt-trois.

Ouvrant le magazine à la page concernée, je tombe sur un grand portrait de Cece marchant dans son vignoble de Los Alamos, le domaine où Sam et moi nous sommes fait jeter, avant-hier.

Je parcours les intertitres. L'accent est mis sur la success story incroyable de Cece, sur la manière dont elle a réussi à faire évoluer l'image des différentes marques du groupe Salinger, depuis son divorce, et notamment pour tout ce qui touche au domaine du lifestyle.

J'étudie la photo de près et lis à voix haute la légende :

– *La prochaine étape, pour Salinger, consistera à renforcer le secteur hôtelier en développant sa gamme de resorts, avec un accent porté sur les expériences de retraites bien-être exclusives, dans une optique de luxe.*

– Juste en dessous, dit Tommy. Après la ligne de blanc.

– *Bien que Salinger se soit refusée à évoquer sa vie personnelle dans les détails, elle a bien voulu nous confirmer qu'elle avait conçu la nouvelle maison qu'elle partage avec son compagnon actuel, dont elle dit avec fausse pudeur qu'il s'agit d'un vieil ami. « Mais ça c'est une autre histoire », a-t-elle conclu.*

– Ça te rappelle quelque chose ? fait Tommy.

– Ça pourrait être papa, dit Sam.

– Quel rapport avec Paul Turner ? dis-je.

– Devine qui était le photographe ?

J'interroge Tommy du regard. Qui confirme. Une info de plus, sur la pile grandissante des détails qui ne collent pas, à première vue du moins, ces détails flottants, balançant entre gêne et bizarrerie.

– Tu parles d'une coïncidence… dit Sam.

– Il bosse souvent pour ce magazine, apparemment, mais tout de même. Je me suis dit qu'il pourrait peut-être m'éclairer sur ce qui se passait entre papa et Cece. Et qu'il n'aurait rien à gagner personnellement à me le cacher.

– A-t-il confirmé ?

– Oui, mais pas là où je l'attendais. Il a semblé confirmer que, d'après le peu qu'il savait, ce qui avait pu se passer entre Cece et papa était de l'histoire ancienne. Que si elle avait une relation avec quelqu'un dans la boîte, il pensait que ça n'avait rien à voir avec papa.

Sam semble un peu perdu. Et c'est là que je rassemble les pièces du puzzle.

– Mais alors tu parles de Cece et oncle Joe ?

– C'est ce que j'en ai conclu, dit Tommy.

Je sens ma mâchoire se serrer. Je me crispe, Sam aussi.

– Paul a dit qu'ils étaient ensemble ?

Tommy fait signe que non.

– Non mais, par contre…

– Quoi ?

– Il ne m'a pas contredit.

Trente-neuf ans plus tôt

– Je l'aime beaucoup, dit Cory. Rachel.

Assis dans une sandwicherie près du bureau de Liam, en centre-ville, ils partageaient une part de tarte à la crème à la coco, et Cory suivait du doigt le contour de sa tasse de café.

Elle était là de nouveau, elle était rentrée. S'était réinstallée à New York, dans son quartier de Brooklyn. L'année s'était transformée en trois ans et demi, exactement comme il l'avait prévu. Si elle était rentrée, ce n'était même pas par choix, mais simplement parce que sa mère était malade, son père un bon à rien et qu'il fallait que quelqu'un s'occupe d'eux.

Apparemment, ce quelqu'un, c'était elle.

Elle adorait sa fac. Son programme de création littéraire, et passer du temps avec des gens qui n'avaient qu'une idée en tête : parler de livres, de théâtre et de poésie. Elle adorait l'appartement qu'elle partageait avec deux autres étudiantes. C'était une ancienne caserne de pompiers reconvertie en lofts spacieux, avec d'immenses plafonds cathédrales, et une vaste bibliothèque courant tout le long du mur du salon. C'était la première photo qu'elle lui avait montrée : l'image de cette bibliothèque sans fin, splendide, qui contenait tous ses livres, ses cahiers, tous ces livres d'occasion qu'elle chinait le week-end.

C'était écrit sur son visage : combien elle était malheureuse d'être rentrée chez ses parents.

Mais avait-elle le choix ? La retraite de sa mère ne suffisait pas. Son père était au chômage. Cory était à trois semestres de finir sa thèse et loin, bien loin d'avoir terminé le moindre livre. Elle ne pourrait pas décrocher un poste de professeur, ni même un emploi quelconque chez un éditeur new-yorkais. Ils étaient impossibles à obtenir, et payés au lance-pierre, du moins quand on démarrait.

Elle n'avait pas le temps de courir après tout ça. Elle passait un entretien pour un job dans une entreprise de marketing où travaillait son amie Sally. Elle allait être rédactrice. Le fait qu'elle ait un master leur plaisait. Et sans doute s'en vanteraient-ils auprès de leurs clients en le gonflant un peu, lui attribuant un doctorat. On n'était pas dans le marketing pour rien. L'essentiel, c'est qu'elle allait gagner un max et pourrait s'occuper correctement de ses parents. Le reste, elle verrait plus tard.

Liam lui prit la main. La voir si malheureuse lui fendait le cœur. Mais comment y remédier ? Elle ne voulait pas qu'il s'en mêle, de toute façon. Il n'était pas un artiste. Il n'avait pas ce genre d'obsession. Il savait qu'elle en avait parlé plus librement avec Rachel, alors même qu'elles venaient tout juste de se rencontrer. Rachel savait ce que ça faisait de renoncer à sa pratique artistique (ou, du moins, de s'écarter de l'idée qu'on pouvait vivre de sa passion) et de s'efforcer de se bâtir une autre sorte d'existence. Cette compréhension était l'une des raisons pour lesquelles elles s'étaient bien entendues.

Elles s'étaient sincèrement bien entendues. Pour Liam, ça compliquait encore les choses, d'une certaine manière.

Et voilà que Rachel avait pris un train pour rentrer à Croton et qu'ils se retrouvaient tous les deux. Seuls.

Cory ne cessait d'éviter son regard, gardait les yeux rivés sur cette fichue tasse, refusant de le laisser percer sa carapace.

– Je peux annuler le mariage, dit-il.

– Ne sois pas ridicule. Elle est adorable. Je l'aime bien. Et surtout, tu l'aimes bien. Il y a une raison si tu as envie de l'épouser.

– Je ne pensais pas que tu reviendrais.

– Et pourtant me voilà.

– Laisse-moi t'aider, dit-il. Avec tes parents.

– Tu me l'as déjà proposé et je t'ai dit non.

– Cory…

– Liam.

– Tu es vraiment têtue.

– Peut-être…

Elle sourit.

– … peut-être que tu n'as pas entièrement tort.

Elle haussa les épaules, comme si rien n'avait été dit, mais ça n'était pas possible, entre eux. Il savait, même si elle n'en dirait rien, que le tour que prenait sa vie n'était pas juste. Peut-être qu'elle ne se l'était pas totalement avoué à elle-même. Elle avait tellement l'habitude qu'il lui demande de l'épouser qu'elle ne songeait pas qu'un jour ses demandes cesseraient. Il n'avait aucune envie d'arrêter. Comment en étaient-ils arrivés là ?

– Je déteste la raison pour laquelle tu es revenue, c'est vrai, mais…

– Mais quoi ?

– … mais je suis aussi ravi que tu sois là. C'est égoïste, je sais bien. C'est même la chose la plus égoïste que je puisse dire.

– C'est sincère, c'est tout. De toute façon, je comprends.

– C'est vrai ?

Elle croisa enfin son regard.

– On ne peut plus rester séparés si longtemps.

– Non, dit-il, ça ne se reproduira pas.

– Mais comment on va faire ?

Il prit la parole mais elle le fit taire, secouant la tête.

– Tu n'as pas à répondre à ça. Ce n'est pas ce que je cherche.

– Mais qu'est-ce que tu cherches, alors ?

Il saisit sa main, sa douce main, l'enveloppa dans les siennes.

– Là, tout de suite ? À reprendre un peu de tarte.

Se perdre pour mieux se trouver

– Cece et Joe, dit Sam. Putain, mais évidemment.

– Ça pourrait être un début d'explication…

– Ça *pourrait* ?

Nous redescendons vers le centre du domaine où se trouve la voiture ; les joues, la peau battues par le vent, mordues par le froid.

Sam sort son téléphone et ouvre Google.

– Cece Salinger et son mari divorcent après trente et un ans de vie commune. C'était il y a huit mois, ajoute-t-il en me toisant. Les dates collent.

– Joe a sans doute convaincu papa de vendre à sa copine…

– T'as déjà vu papa se laisser convaincre de quoi que ce soit ?

– Ça expliquerait pourquoi papa était ailleurs, ces derniers mois, surtout si oncle Joe lui avait caché leur relation. Sacrée trahison, surtout après tout ce que papa a essayé de faire pour lui.

Je regarde Sam, me demandant de quelle trahison il parle. Le fait que Joe convainque notre père de vendre sa boîte à quelqu'un avec qui il sort ? Ou le fait que Joe sorte avec Cece en premier lieu ? Dans les deux cas, ça serait tirer des conclusions hâtives – et peut-être complètement à côté de la plaque. Parce que même si Paul (et Tommy) ont raison et qu'oncle Joe et Cece étaient ensemble, rien ne dit que mon père n'était pas au courant. Quel genre de passé commun fallait-il qu'il ait avec elle pour qu'oncle Joe ait eu besoin de le lui cacher ?

Nous passons une énième colline et le parking apparaît au loin. Sam tend la main pour que je lui passe les clés.

– Tout ça ne nous dit pas qui était au bord de la falaise avec papa, ce soir-là.

– Pas encore. Mais si Joe et Cece avaient ce secret vis-à-vis de papa, on est bien obligés de se demander ce qu'ils nous cachent encore maintenant.

– Sauf que, dans ce cas, pourquoi Cece nous aurait-elle dit qu'elle avait parlé à papa le soir de sa mort ? Ça allait nous pousser à faire exactement ce qu'on est en train de faire, non ? Nous poser plus de questions à son sujet, et non pas moins.

Il secoue la tête, comme si je refusais de voir l'évidence.

– Elle savait peut-être simplement qu'on l'apprendrait de toute façon.

– Ça ne colle pas, Sam. Et ça ne colle pas avec ce que j'ai ressenti en l'observant.

– À savoir… ?

Je songe à la tristesse de n'avoir pas pu répondre à ses appels que j'ai lue dans ses yeux. Surtout sachant que c'était la dernière chance.

– Elle tenait vraiment à papa.

– Ce n'est pas contradictoire.

Il s'installe à la place du conducteur.

Peu désireuse d'agacer Sam davantage, je grimpe à mon tour en voiture et claque la portière. Surtout, je me retiens de livrer la suite de mes pensées : si les deux ne sont pas contradictoires, alors dans quelle mesure notre père était-il impliqué ?

Sam pose les mains sur le volant, moteur éteint.

– Je n'essaie pas de jouer à qui connaissait mieux papa, dit-il. Je t'assure. Mais à force de bosser à ses côtés tous les jours, je crois qu'il se peut que, Tommy et moi, on ait perçu des choses au sujet de papa qui t'échappent.

– Comme quoi ?

– Le fait que cette boîte, c'était tout pour lui.

– Je ne crois pas que ce soit si simple, dis-je en me tournant vers lui.

– En tout cas, ce n'est pas beaucoup plus compliqué. Tous ceux qui le côtoyaient le voyaient. Sa joie quand il se rendait sur un site de chantier, sa concentration si singulière quand on inaugurait un nouveau projet. Même au bureau, il était content. Tout ce que je dis, c'est que c'était palpable. On sent quand quelque chose fait vibrer les gens. Et lui, c'était toujours dans ces moments-là.

Je dévisage Sam, soudain je me sens toute drôle. Est-ce que j'avais complètement raté ça, ce truc que Sam avait, lui, réussi à percevoir ?

Il a toujours les bras tendus comme un arc sur le volant. On n'a toujours pas démarré.

– Il y a un autre sujet sur lequel il n'a pas tort, fait Sam. Tommy…

– De quoi tu parles ?

– Ces derniers temps, je suis à côté de mes pompes, poursuit-il. Tu veux savoir pourquoi ?

– Si je dis non, tu vas te vexer ?

– Très marrant. Je voudrais te montrer quelque chose.

– Ça ira, merci.

– Ça fait un petit détour, je te le cache pas.

– C'est de pire en pire.

Sur quoi il tourne la clé et démarre.

*

* *

Après avoir traversé l'Hudson, nous roulons encore une heure environ, jusqu'à Kingston.

Ou plutôt Upper Kingston. Qui ressemble, et pas qu'un peu, à un décor de cinéma, surtout dans cette lumière hivernale, avec les décorations de Noël.

Cette ville a été la première capitale de l'État de New York, l'architecture y est demeurée figée dans cette époque, avec son mélange improbable de demeures coloniales en pierre, d'édifices colorés, de balcons en fer forgé. Le tout forme un univers unique, passionnant, bien qu'on m'ait amenée ici contre mon gré.

Sitôt que nous ressortons du centre-ville, tout redevient plus rural – étals de producteurs agricoles, saules pleureurs et camping-cars se multiplient.

Sam se gare sur le bas-côté, près d'une ferme magnifique, surplombant des étendues de pommiers sur des collines verdoyantes. Au-dessus du chemin y menant, une pancarte proclame : AUX BONS FRUITS DES FITZGERALD.

– Pourquoi on s'arrête là ? dis-je.

Sam désigne le pare-brise.

– Au départ, c'est ici que papa voulait édifier The Acres. Sur l'exploitation des Fitzgerald.

– D'accord…

– Deux cent quatre-vingts hectares, des érables grandioses, trois cultures fruitières différentes : pommes, pêches et cerises. Et quand je te dis que ce sont les meilleures pêches que j'ai jamais goûtées, je pèse mes mots.

– Qu'est-ce que tu me fais, là ?

– C'est moi qui avais déniché cette exploitation. Après des mois et des mois à visiter des fermes – j'en ai vu quatre-vingts dans toute la vallée de l'Hudson. Je suis arrivé ici, j'ai essayé de négocier la vente mais la famille n'était pas particulièrement intéressée – c'est toujours comme ça, au début, mais en général les gens changent d'avis quand on leur explique ce que deviennent les terrains que papa rachète. Quatre-vingts pour cent des terres restent en l'état, c'est garanti. On garde une petite exploitation en activité sur site, dont ils peuvent conserver la gestion s'ils le souhaitent. Et, bien sûr, ils peuvent continuer d'habiter sur place. On extrait cinq hectares du projet, qui leur sont dévolus sans limite de temps. Comme ça ils n'ont pas à bouger ni à déménager. En sus de quoi ils ont plus d'argent qu'ils n'en gagneraient avec une vie passée à exploiter les terres.

Il marque une pause.

– Leur fille, qui vivait sur l'exploitation, était avocate. On l'a convaincue assez rapidement, mais elle avait des frères et sœurs que ça n'intéressait pas du tout… en fin de compte, la famille a décliné l'offre. Mais c'est comme ça qu'on s'est rencontrés.

– Je ne te suis pas.

– Taylor. Je parle de Taylor. C'est la ferme de sa famille.

Je me tourne vers lui :

– Ton ex ?

– Et c'est même pas le plus fou, dans cette histoire. On s'était déjà rencontrés, avant. Quand j'étais entraîneur de base-ball, à Hotchkiss, dans le Connecticut. Le règlement obligeait tous les coachs à enseigner au moins une matière, donc j'étais chargé d'un cours de psychologie des sports, pour un public de scientifiques. En gros, j'expliquais à une bande de gamins pourquoi ils devaient avoir un mental d'acier.

Ça me fait sourire.

– Bref. J'avais la nièce de Taylor dans ma classe. Une boursière, hyper brillante. Taylor venait sans arrêt la voir. Et je sais pas… Elle m'a… Elle m'a tout de suite plu. Mais bon, hors de question d'être le prof gênant qui drague la tante de son élève, donc je n'avais rien tenté. Et voilà qu'on se revoit, des années après, dans un contexte totalement différent. Quelle était la probabilité que ça arrive ?

– Faible, j'imagine ?

– Et comment.

Il se dirige vers l'allée menant à la maison.

– Qu'est-ce que tu fais ?

– Je vais te faire visiter. C'est sublime. Il y a un lac.

– Sam.

– C'est plutôt une mare, à vrai dire.

– C'est carrément gênant.

– Pourquoi ? On s'entend bien, avec Taylor. Et puis de toute façon elle n'est pas là. Elle bosse. Elle est avocate en droit de la famille. Tellement intelligente et sympa. Elle est encore au tribunal, ajoute-t-il après un regard à l'horloge du tableau de bord.

Il se tourne vers moi, une étincelle dans le regard. Il a une idée derrière la tête.

– Tu veux faire sa connaissance ?

– Sam…

– Allons la voir.

*
* *

On roule vers le centre-ville, il a recommencé à neiger.

On passe devant le parlement et le tribunal du comté d'Ulster, Sam suit la voie commerçante – les boulangeries, les librairies, les petits cafés – avant de s'engager dans une rue plus tranquille et de se garer devant une maison de brique grise, sur laquelle une plaque en laiton indique FITZGERALD, AVOCATE, seul indice qu'il s'agit d'un cabinet et non d'une habitation.

Sam descend de voiture :

– Tu veux tester le meilleur donut de ta vie ?

– Qu'est-ce qu'on fait ici ?

– Elle va quitter le tribunal dans une minute ou deux. Avec un peu de chance, je vais la doubler. Mais attends ici au cas où.

D'un geste, il me désigne les marches du perron.

– Dans la neige ?

– T'es pas en sucre. Y a trois flocons à peine.

Et Sam disparaît au coin de la rue. Je m'extrais à mon tour du véhicule, m'assois sur les marches et contemple les environs. Un autre cabinet d'avocats, une église, un groupe d'enfants adorables qui passent à vélo, après une journée d'école.

Je préviens le bureau de mon retard et passe en revue mes messages. Jack m'a laissé un court message, et quelques textos. Il partait pour le restaurant, m'a-t-il dit, et voulais voir comment j'allais et savoir à quelle heure je rentrais.

Jack : J'aimerais vraiment qu'on se parle.

Pour moi, c'est un coup de poignard en plein cœur, sachant que c'est inévitable et que je n'ai pas envie que ça le soit.

Je m'apprête à répondre quand arrive un mail : c'est l'une des deux expertes en analyses médico-légales. Plus exactement, c'est son assistant, qui me prévient que sa cheffe est retenue à Seattle par un procès jusqu'à la fin de la semaine. Il reviendra vers moi sitôt que ce sera fini.

Puis, aussi vite qu'il avait filé, Sam réapparaît, un sac de donuts et trois boissons orange dans les bras.

Il s'assoit à côté de moi, me tend un beignet et un gobelet.

– Thé à la mangue, dit-il. Taylor y trempe son donut.

– Ça a l'air dégueu.

– Tu trouves ? Salade et tomate ? Et même pas de fromage.

Je lui souris et prends le verre qu'il me tend.

– C'est pas vrai !

Nous levons les yeux. La femme qui vient de lâcher cette exclamation se dirige vers nous – venue du coin de la rue, la direction du tribunal.

Elle a un joli visage, reposé – et aussi l'air un peu décontenancé. Ses cheveux humides sont retenus par un chignon serré, sa grosse doudoune lui glisse des épaules, elle tient une tonne de feuilles volantes dans les bras, malgré sa grande besace en cuir.

Sam se fend aussitôt d'un grand sourire radieux.

– Je pensais justement à toi, Samuel.

– Et que pensais-tu ?

– Pas que je te trouverais devant chez moi.

Elle l'observe, et je vois qu'elle analyse la situation. Ce que peut signifier la présence de Sam, assis là, devant elle. Mais j'ai du mal à me concentrer sur sa réaction vu celle de Sam, mon frère. On n'a pas passé beaucoup de temps séparés ces dernières soixante-douze heures et pourtant, c'est la première fois que je suis confrontée à un sourire approchant celui qui est plaqué sur son visage. Cette sorte de joie.

Il se lève pour la saluer correctement, pique un fard, les yeux brillants. Bombe le torse. Comme si un but primait sur tout : l'impressionner.

– On revient justement de The Acres, dit-il.

– Vous étiez dans le coin alors ?

– Oui, dans le coin.

– Mais pas non plus tout près.

Elle fourre ses papiers dans son sac et tend le bras pour lui caresser la joue.

– Tout va bien ?

Et elle baisse les yeux. Ils baissent tous les deux les yeux, comme s'ils venaient de remarquer qu'il y a une autre personne assise là.

Je lui fais un petit salut de la main.

– Bonjour. Désolée d'être indiscrète. Je suis la sœur.

– Ah. La normale des deux, dit-elle en m'adressant un sourire sincèrement chaleureux. On aurait dû se croiser depuis longtemps…

Sam ouvre le sac de donuts tièdes et le lui présente.

– Je me suis dit qu'un peu de nourriture ne ferait pas de mal.

– Bon ben merci, dit-elle. On dirait que tu savais que j'en aurais bien besoin aujourd'hui.

Elle attrape un beignet, le plonge directement dans le thé, l'y trempouille et reprend, la bouche pleine :

– Mon dossier dérape complètement. La partie adverse est en train de nous réduire en bouillie. Des gens de la ville, vous voyez.

– Tu n'en fais pas partie, maintenant ?

La remarque la stoppe net, à mi-bouchée.

– J'imagine que si.

Elle repose le donut à côté d'elle et regarde Sam – je ne sais pourquoi – avec une mimique désolée. Puis elle se rapproche de lui.

– Je suis navrée pour ton père, Samuel. J'ai voulu t'appeler dès que j'ai appris ce qui lui était arrivé mais en même temps je… je n'avais pas trop envie de te contacter.

Il la regarde et, l'espace d'un instant, on le croirait sur le point de lui dire ce qu'il n'a voulu que je dise à personne. Qu'il soupçonne que la mort n'est pas accidentelle, mais volontaire.

Au lieu de quoi, Sam ravale tout ça et se force à sourire.

– Merci d'y avoir pensé. Et de ne pas l'avoir fait.

Elle opine. Ils se regardent, longuement, au point que je dois détourner les yeux. Parce que le visage de mon frère laisse tout transparaître. On peut appeler ça de la vulnérabilité. Du manque. Ce qu'elle représente pour lui se lit sur son visage, partout, tout le temps.

C'est peut-être trop pour Taylor aussi, parce qu'elle se racle la gorge pour mettre un terme à la scène.

– Il faut vraiment que je rentre, dit-elle.

– OK…

Je me lève, dans l'idée de faciliter son départ. Un départ pour lequel Sam n'est clairement pas prêt. Et qui semble vital pour Taylor.

– Ravi d'avoir fait ta connaissance, dis-je.

Elle se penche, me pose une main sur l'épaule.

– Moi aussi.

Et, baissant soudain la voix pour n'être entendue que de moi elle ajoute :

– Fais attention à lui.

Elle l'a soufflé si bas, si vite, qu'un temps je crois avoir mal entendu. A-t-elle dit « Attention à lui » ou « Fais attention à lui » ? Mais avant que je puisse lui faire répéter – et de toute manière, avec Sam planté à mes côtés, comment poser une question pareille ? – elle s'est déjà écartée.

– Tu vas me manquer, dit-elle à Sam.

Elle conclut en lui claquant un baiser sur la joue. Et, l'instant d'après, elle est partie.

Encore une chose à faire

Sam dépasse la voiture et continue de marcher.

J'essaie de le suivre. Il tourne dans Green Street, puis dans Crown Street. Il semble savoir où il va et fonce tête baissée jusqu'à s'engouffrer dans Rough Draft Books, une boutique qui fait à la fois bouquiniste et bar, visiblement, étant donné qu'il laisse les travées de livres derrière lui pour aller commander deux IPA au comptoir.

– Je n'en veux pas, moi.

– Ça tombe bien. Les deux sont pour moi.

Il pose vingt dollars devant lui, prend les deux verres et va s'installer à une table haute pour deux personnes.

– C'est moi qui conduis, si je comprends bien.

Remarque qu'il ignore.

– Qu'as-tu pensé d'elle ?

– Qu'est-ce que ça change ?

– Je suis curieux, dit-il.

Sauf que ce n'est pas de la curiosité. Il est raide dingue d'elle, au sens où rien d'autre n'a d'importance.

J'essaie donc de comprendre quel est le véritable sens de sa phrase. De réfléchir à ce qu'elle a voulu me dire. *Fais attention à lui* ou *Attention à lui.*

– Je crois que si tu n'as pas envie de rompre définitivement avec elle, il m'a semblé qu'il n'était peut-être pas trop tard.

– Si, c'est trop tard.

Le caractère définitif de sa réponse me surprend.

– Comment tu sais ?

– Elle s'est mariée il y a deux semaines, pour commencer.

– Quoi ?

– Le type est un copain d'un copain de son grand frère. D'après elle, ça n'a pas commencé avant qu'on rompe, mais je ne sais pas. Je ne sais pas trop ce qu'elle entend par commencer… Il est orthodontiste, il s'appelle Sherman. Et il est carrément vieux. Plus vieux que toi.

– Ça fait toujours plaisir.

– Tu veux le rencontrer ? Il bosse juste au coin de la rue.

– Non, aucune envie.

– Il a des enfants, des ados. Elle les adore. Elle l'adore. Elle s'est installée chez lui après m'avoir dit qu'elle ne quitterait jamais la ferme. (Une pause.) Je croyais que c'était moi, le problème, tu sais ? Que notre famille était trop dysfonctionnelle, pour elle, ou qu'elle n'avait pas envie de vivre en ville, ou que j'avais attendu trop longtemps pour lui demander sa main… mais j'étais complètement à côté de la plaque.

– Comment ça ?

– C'était tout ça et en même temps rien de tout ça. Simplement, c'est lui qu'elle voulait.

Je sens dans ma poitrine, dans mon propre cœur – ce qui le déchire. Ce qu'il a perdu. Ce qu'il se demande même, apparemment, s'il l'a jamais connu.

Deux semaines. Il a dû encaisser la nouvelle il y a deux semaines – deux semaines et demie après avoir perdu son père. Deux semaines après avoir conclu que la disparition de notre père cachait quelque chose.

Je pose la question, avec douceur.

– Et donc, pourquoi voulais-tu qu'on passe par ici ?

– C'est plus fort que moi. Elle est toujours là où j'ai envie d'aller.

*
* *

Sam regarde le paysage défiler.

Il est perdu dans ses pensées. Et n'a clairement aucune envie de discuter.

Je suis concentrée sur la route, la neige a redoublé d'intensité, un manteau blanc couvre désormais les champs et embue le pare-brise. On roule tout doucement, mais il ne faudrait pas que je perde trop de temps. Je n'ai pas envie de déposer mon frère sans avoir été là pour lui. Parfois, être là pour quelqu'un, ça peut vouloir dire se taire. Mais parfois, ça exige de lui dire ce que personne ne l'a aidé à comprendre.

– Est-ce que les gens te disent que papa t'accompagne toujours ?

Il garde les yeux rivés sur la fenêtre, sans répondre.

– Parce qu'on n'arrête pas de me le dire. Qu'il est à mes côtés. Parfois ça m'aide de l'entendre mais à d'autres moments, ça me rappelle juste combien je me sens seule depuis qu'il n'est plus là, comme si j'avais jusque-là eu un immense filet de sécurité sous moi et qu'on me l'avait retiré…

– Je crois qu'on fréquente pas les mêmes personnes.

– Ce que j'essaie de dire, c'est qu'on ne prend pas toujours les meilleures décisions quand on est en plein deuil.

– Qu'est-ce que tu insinues ? Que j'aurais pas dû me pointer chez mon ex nouvellement mariée tout à l'heure ?

– Entre autres, oui. Et que peut-être tu pourrais te retenir d'envoyer des invitations de mariage tant que tu n'es pas sûr que c'est vraiment ce que tu veux.

Cette fois, il se tourne vers moi :

– Je croyais qu'on était d'accord pour dire que tu n'étais pas la mieux placée pour me donner des conseils ?

– C'est pas vraiment des conseils, dis-je. Plutôt un genre de constat.

Comme par un fait exprès, mon téléphone bourdonne pile à ce moment-là. Un rappel d'agenda : *Elliot/Austin. Récital de piano d'Austin, village Auditorium, demain 11 h 30.*

Je retourne le téléphone mais pas assez vite : Sam a le temps de repérer le prénom Elliot.

– Tu crois que ça appelle un constat, ça aussi ? fait-il.

– Moi aussi, je dois régler deux-trois trucs, dans ma vie. J'en ai conscience, tu peux me croire. Mais ça ne signifie pas que j'ai tort à ton sujet.

– Compris. Donc ton constat, c'est que je ne devrais pas passer à autre chose dans ma vie parce que papa est mort ?

– Non, pas du tout. Mon constat, c'est que je crois que tu t'engages dans une vie dont tu n'as pas réellement envie.

J'essaie de réfléchir à la manière de le formuler, pour qu'il comprenne ce que je vois quand je le regarde.

– Je crois que tu n'as aucune envie de travailler dans le groupe. Et encore moins d'y consacrer ta vie.

– Je suis bon dans mon boulot.

– Je n'en doute pas. Mais ce n'est pas la même chose que le faire pour les bonnes raisons.

– De quoi tu parles ?

– Et si je pouvais te promettre que papa s'est toujours moqué que tu reprennes la boîte ? Tu voudrais toujours y rester ? Parce que je te le dis, moi, il se fichait que tu travailles là-bas. Ou que tu travailles avec lui. Ce qui lui importait, c'était de t'avoir près de lui.

– Tu n'en sais rien…

– Si, je le sais. Je sais aussi qu'au bout d'un certain nombre d'épreuves il faut se montrer plus prudent, il faut savoir renoncer. Ta blessure, ta rupture avec Taylor. Et maintenant, papa. Quand vas-tu dire stop, ça suffit, j'ai assez souffert.

– Tu trouves que c'est motivant, comme discours ?

– Je dis simplement, et le plus gentiment possible, que je crois que Morgan fait partie de ce même désir. De te bâtir une vie stable. Mais je ne suis pas sûre que la stabilité soit une option, en ce moment, pour toi et moi.

La remarque ouvre une brèche en lui, je le sens partagé, il n'a pas du tout envie d'aller sur ce terrain-là. C'est compréhensible. Je suis dans le même bateau. Sur ce plan, au moins, on est vraiment dans le même bateau. Quand on enchaîne les épreuves trop rapidement, on ne peut plus se permettre le moindre échec supplémentaire.

– Je vais te parler à cœur ouvert : la peur est mauvaise conseillère, je le crois sincèrement, dis-je. Ça vaut ce que ça vaut, comme conseil. Mais j'ai le sentiment, à mon sens, qu'une part de toi moins craintive aspire encore à autre chose.

– Et cet autre chose serait… ?

– Une vie différente.

Je m'attends à ce qu'il proteste. Qu'il me dise que j'ai tort, qu'une fois de plus je suis à côté de la plaque. Mais il reste un moment sans parler.

– Tu sais, peu de temps après qu'on a commencé à se voir, Taylor m'a demandé comment c'était, ma vie de sportif, reprend-il. Je me suis lancé dans une longue explication, j'ai raconté que quand j'avais trois ans, papa entraînait mon équipe de tee-ball, j'ai parlé des équipes semi-pro dont j'avais fait partie toute mon enfance et dit qu'à dix ans je savais que ce sport serait toute ma vie.

Je me tourne vers lui.

– Mais je n'avais pas compris que ce n'était pas un récit circonstancié, qu'elle voulait. L'histoire. Elle me demandait ce que je ressentais quand je jouais. Personne ne m'avait jamais posé cette question, du coup j'ai pas compris.

Secouant la tête, il ajoute :

– Et maintenant, chaque fois que je la vois, j'ai envie de lui dire que ça y est, j'ai la réponse. Comme si ça pouvait changer quoi que ce soit.

– Vas-y. Dis-moi.

– C'est comme si c'était une preuve. Je sais que ça a l'air cucul, mais c'est ce que je ressens. Pas une preuve d'un truc énorme comme Dieu ou la mort, mais c'est pas si éloigné non plus. Comme la preuve qu'un tournant s'opérait. Ce sont mes bras, c'est mon souffle, et que vais-je en faire ? Comment vais-je me débrouiller pour aller de là à là ? J'avais toujours une réponse.

Sans faire d'effort, ça venait tout seul. Et après ma blessure, je me suis mis à chercher ce genre de certitude partout. Je ne sais pas. En étant avec Taylor, je ne me suis jamais senti aussi près de l'obtenir.

Je médite là-dessus tandis que nous nous engageons sur la West Side Highway, avec le New Jersey en ligne de mire par-delà le fleuve, et Manhattan presque en vue.

– Sauf que maintenant c'est tout le contraire, dis-je.

– Qu'est-ce que tu veux dire ?

– Que quand elle t'a quitté, tu t'es retrouvé chargé de te le prouver à toi-même. Qu'elle et toi, ça comptait.

Il soupire.

– C'est vraiment une tannée, ce trajet.

Je rigole, tandis qu'il regarde de nouveau par la fenêtre, guettant les premiers signes de Harlem, les lumières de la ville de New York pétillant derrière le pare-brise, au loin.

– Je ne sais pas pour toi, mais papa ne m'a jamais trop donné de conseils, pour mes histoires de cœurs – logique, hein, avec ses trois divorces et tout. Mais quand on s'est séparés, avec Taylor, il m'a emmené dîner, on a un peu trop bu et il m'a fait tout un laïus comme quoi il ne fallait pas laisser passer sa chance.

– Sa chance de quoi ?

– De réparer ses erreurs.

La phrase me fige. C'est tellement vrai.

– Il a dit ça, papa ?

Sam confirme. J'essaie de me représenter notre père en train d'affirmer ça. Notre père qui évitait de se mêler de nos vies privées. Du coup, je me demande s'il voulait parler de la vie sentimentale de Sam, ou si, avec l'abus d'alcool, il soliloquait tout haut. Et si oui, quelles erreurs pensait-il avoir faites ? Qu'il n'avait toujours pas réussi à réparer ?

Je secoue la tête, ne sachant trop comment trouver la réponse à tout cela.

– Ça ne ressemble pas tellement à papa, dis-je.

– C'est bien pour ça que ça m'a marqué.

Trente-quatre ans plus tôt

– Il te plaît. Ça se voit.

Elle avait un nouveau copain. Liam et Rachel les avaient croisés devant le bureau de Liam, il fallait tout de même le faire. Cory et le copain en question revenaient d'une séance de théâtre en matinée. *Lost in Yonkers*, la dernière pièce de Neil Simon. Si Cory l'y avait emmené, c'est qu'il comptait pour elle. Mais à quel point ? Et lui, qui faisait de grands discours pour expliquer en quoi ça ne lui avait pas plu, qu'est-ce que ça signifiait ? Liam avait du mal à se concentrer sur ses arguments. Et du mal à se concentrer sur tout ce qui n'était pas la main du type, tenant Cory par la taille, fermement rivée à sa hanche.

Et voilà que, deux jours plus tard, ils se retrouvaient pour déjeuner à Central Park. Elle refusait de lui en dire grand-chose.

– Et il veut se marier ? fit Liam.

– On n'en parle pas encore, il n'y a que toi qui penses à ça.

– Je croyais que tu ne croyais pas au mariage.

– Ce n'est pas ce que j'ai dit. Je n'ai jamais dit ça.

– Si, tu l'as dit.

– Ce que j'ai dit, c'est que le mariage n'allait pas nous sauver, toi et moi. C'est juste un papier officiel, appelle ça comme tu veux. Il n'y a qu'un truc qui peut sauver deux personnes, toujours le même.

– Qui est… ?

– C'est d'être présent.

– Je suis présent.

– Exactement, dit-elle. Alors pourquoi tu t'inquiètes ?

Elle se rallongea dans l'herbe, le visage en plein soleil, faisant briller ses épaules dénudées, sa chevelure. Il la regarda fixement.

– Comment peux-tu sortir avec quelqu'un qui n'aime pas Neil Simon ?

Elle se protégea les yeux avec l'avant-bras.

– Je peux me tromper, mais je crois qu'il y a plus dur, à surmonter.

– Cory… dit-il.

– Plus personne ne m'appelle Cory… C'est un vieux surnom.

– OK, comme tu voudras. Peu importe ton nom.

Elle rit.

– Ça a l'air d'être un type bien, ajouta Liam.

– Il n'en dit pas autant de toi.

Elle haussa les épaules, comme si ça n'avait aucune importance. Et de fait, quelle importance ? Elle ôta son bras de devant ses yeux et se redressa sur les coudes.

– Le truc, c'est que… je ne lui ai jamais menti. Au sujet de nous deux, je ne lui ai rien caché. Simplement il me semble que… Ce serait plus correct pour lui, et pour moi, si on pouvait faire évoluer notre relation en conséquence.

– Dont acte.

Il n'y eut pas d'hésitation de sa part. Il n'y en aurait jamais. C'était comme ça, entre eux, après tout. Il fallait trouver le stratagème permettant de se ménager une place dans la vie de l'autre. Même s'il savait – et elle le savait sûrement, elle aussi – que ç'aurait dû fonctionner dans le sens inverse. On pouvait bien débattre, mais pour l'essentiel, ça marchait.

De toute façon, ça n'avait aucune importance. Tout ce qui n'était pas eux n'avait aucune importance, aux yeux de Liam. Quoi que veuille Cory – quelle que soit la place qu'elle comptait lui faire dans sa vie – il se rendrait à ses arguments. Toujours.

– Je ne veux que ton bonheur, dit-il.

Elle se pencha, lui effleura le visage. D'abord avec le plat de la main, puis avec le dos.

– N'en fais pas trop, dit-elle. Ne commence pas à mentir maintenant.

Qui j'étais avant

Quand j'arrive à la maison, il est vingt-trois heures et notre chambre est allumée.

J'entre, pose mon sac, vais me chercher un verre d'eau à la cuisine et m'installe à ma table à dessin. Je trie mes mails, réponds à tout ce qui me semble urgent. Je reprogramme quelques réunions, calme quelques clients, pour autant qu'on puisse le faire avec un mail si tardif.

Je fais au plus vite, mais quand je monte, la lumière dans notre chambre s'éteint. Au moment où j'entre, Jack est allongé sur le flanc, dos à moi.

Je gagne la salle de bains à pas de loup. Je me déshabille, fait ma toilette. Puis je me glisse dans notre lit, à ses côtés. Je suis soulagée d'être rentrée après tout ce froid, d'être auprès de lui.

Je sais qu'il ne dort pas. Je le sens, au rythme de sa respiration. Je le sens à sa peau.

Peut-être qu'il tente de m'épargner une conversation qu'aucun de nous deux n'est assez vaillant pour mener. Mais on dirait surtout un test – un ultime test – pour voir si je vais me lancer. Pour la première fois depuis longtemps. Si je vais faire un pas vers lui.

Même les premiers temps, je franchissais la distance sans tergiverser. D'instinct. Je voulais simplement être tout près de lui. Je le veux toujours, mais pas au point de me faire violence. Une part de moi insiste pour demeurer immobile.

Ça ne me plaît pas, de penser au début – à nos débuts. Selon mon expérience, en général, c'est le signe qu'on approche malgré soi de la fin. Comment se fait-il que les débuts et la fin soient aussi liés ? Peut-être parce qu'ils sont des opposés ? Ils ont le même ADN. Ce sont les deux choses que nous essayons tous de réparer.

Quoi qu'il en soit, je ne fais pas un geste vers lui. Quoi qu'il en soit, c'est le début de la fin.

*
* *

Je rêve de mon père.

Si j'avais d'autres croyances – si je m'y autorisais – je dirais que c'était moins un rêve qu'une apparition.

Je sens son odeur. Son odeur bien à lui. Café fraîchement moulu, avec une note poivrée et forestière, grâce au savon qu'il utilisait toujours. Dans le rêve, il porte un jean (il en mettait rarement) et s'est laissé pousser la barbe.

Je tends la main pour la toucher. Elle est hirsute, très longue mais soyeuse. On ne dirait pas du tout que c'est la sienne. Il m'embrasse sur le front.

Coucou, mon amour, dit-il.

Il me semble que nous sommes sur la terre ferme, pourtant l'eau arrive à toute vitesse, nous monte aux chevilles, gagne nos genoux. Nous sommes ensemble sur la falaise. La falaise de Windbreak. Et mon père me prend la main et commence à marcher vers le bord.

Papa ? dis-je. Je le tire vers moi. *Papa, fais pas ça.* *De peu*, dit-il. *Il s'en est fallu de peu.*

Moi : *Je suis tellement heureuse d'être arrivée à temps.*

Lui : *De peu, Nora-nu. Tu as failli me rater.*

Et lui de continuer : *Tu n'allais pas rater ça aussi.*

Comment se dire adieu ?

Le matin, je trouve Jack dans la cuisine.

Il m'attend, vêtu d'un jean, sans chemise, les cheveux encore humides de la douche. Je sens un regain d'amour, rien qu'à le regarder, et le désir de faire un pas vers lui, passer mes doigts dans ses cheveux, me coller à sa peau. Mais je sens aussi le poids de sa demande muette de la veille, il voulait qu'on parle et je n'ai pas donné suite, le poids du fait que, pour le moment, il ne vient pas vers moi, lui non plus.

Je m'assois et il dépose une tasse de café brûlant devant moi, une assiette de toasts saupoudrés de cannelle à partager.

– Tu as dormi longtemps, c'est bien, dit-il. Tu en avais besoin.

Il demeure de l'autre côté de l'îlot central. Mais il se penche vers moi, qui entoure de mes mains la tasse, prends une gorgée.

– Tu as toujours l'intention d'aller en ville, aujourd'hui ?

– En ville ?

– Ce n'est pas ce matin, le récital d'Austin ?

– Comment le sais-tu ?

La remarque a fusé sur un ton trop agressif – je suis sur la défensive.

– C'est sur l'agenda.

Je secoue la tête.

– Désolée. Ouais, je lui ai promis de…

– Tu as fait une promesse à Austin ?

C'est une question mais pas uniquement.

– Oui, Jack. J'ai promis à Austin.

Il hoche la tête, sur le point de faire un commentaire, mais s'abstient. Du coup je me dis que je vais le faire à sa place.

– Ce récital, c'est pour soutenir Austin, dis-je. Ça n'a rien à voir avec Elliot.

– Ah bon ?

C'est dit avec moins de jugement et d'hostilité que de curiosité.

– Oui.

– Alors il s'agit de quoi, avec Elliot ?

Il attend une réponse. Une réponse concrète. Mais je suppose qu'il sait déjà que cette réponse ne nous aidera en rien. Pas maintenant. C'est sans doute pour ça qu'il s'éclaircit la gorge et reprend la parole.

– Écoute, j'avais simplement besoin que tu saches que j'ai pris une décision. Je vais aller aider Becker…

Il me faut une seconde pour prendre la mesure de ses paroles. Becker est une copine de l'école hôtelière, qui a un restaurant étoilé au Michelin dans le nord de la Californie, c'est elle qui a demandé à Jack de la remplacer le temps de son congé maternité.

Et Jack a décidé d'accepter cette mission. À quatre mille kilomètres d'ici.

– Je cherchais le bon moment pour te l'annoncer, mais il n'y a sans doute pas de bon moment pour ça.

– Tu pars combien de temps ?

– Je ne sais pas. Longtemps.

– Longtemps comment ?

Il secoue la tête.

– Il faut qu'on ait une période de tuilage pour qu'elle me montre tout et me présente l'équipe, et elle en est à trente-trois semaines, donc c'est pour bientôt…

Mon cœur palpite si fort que j'ai du mal à comprendre ce qu'il me dit. Du mal à ne serait-ce que croire que nous en sommes là. Pourtant nous y sommes bel et bien. C'est moi qui nous ai menés là, pas vrai ? Acculés dans une situation dont nous voulons tous les deux nous extirper.

– Allez, Jack, dis-je. Il ne s'est rien passé avec Elliot. Je ne te ferais jamais une chose pareille. Je ne nous ferais jamais ça.

– Il ne s'agit pas d'Elliot. Je veux dire, c'est sûr que ça n'aide pas, mais je ne me sens pas menacé par lui. Et je comprends. Toute cette peine. Ta mère a laissé un immense vide en toi. Et même en moi, putain. Et maintenant, ton père. Ça fait trop d'un coup. Ça ferait trop pour n'importe qui, c'est pas gérable.

– Donc toi, confronté à ça, tu décides de partir.

– Non, de te laisser de l'espace. Parce que tu ne t'en sors pas, là, avec moi.

– Ce n'est pas vrai.

– Ce sera peut-être plus simple pour toi de… prendre un grand virage… Ou un nouveau départ.

– Mais je n'en ai aucune envie.

– Mais de quoi as-tu envie ? Parce que je veux que tu l'obtiennes. Peu importe ce que c'est.

Du temps. Ce serait ça, la réponse la plus honnête. J'ai besoin de temps. Pas seulement pour aller mieux, pour ne plus me sentir seule dans un monde qui m'échappe. Je veux également le temps qu'il ne peut pas me donner, que personne ne peut me donner, le temps qui ne reviendra pas. Avec mes parents, encore une fois. Avec Jack, quand l'aimer, quand l'amour en général était quelque chose de léger. Quand je n'avais pas simultanément cette sensation au creux des os, cette peur primale, si tangible à présent. Cette sensation que je vais le perdre, lui aussi.

Les larmes me montent aux yeux, je résiste. Il fait le tour de l'îlot pour venir s'asseoir près de moi. Il reprend d'une voix plus basse, encore plus douce que d'habitude, comme si ces paroles requéraient toute son énergie. Pour nous deux.

– J'ai envie de croire que c'est juste une mauvaise passe, dit Jack. Du moins, c'est ce que je me disais. Mais je me suis beaucoup menti. Parce que de toute façon, ça ne change rien, si tu te fermes, avec moi.

– Jack, je vais faire des efforts, dis-je.

– Je n'ai pas envie que tu fasses des efforts. J'ai envie que tu en aies envie. Autrement, ça ne m'intéresse pas.

Ce n'est pas une menace. C'est le contraire d'une menace. Il n'y a ni culpabilité ni honte. C'est simplement une promesse.

Il me prend la main, ses doigts viennent s'entrelacer aux miens.

Je baisse les yeux, trop embués pour deviner quels doigts sont les siens ou les miens.

– Je n'ai vraiment pas envie que tu t'en ailles, dis-je.

– Ce n'est pas la même chose que d'avoir envie que je reste.

Chutes mortelles

Une fois Jack parti au restaurant, le silence retombe.

Je m'assois sur le lit, les yeux fixés sur les photos qui s'alignent sur le manteau de la cheminée. Dans les cadres, des portraits candides, des Polaroid, des bandes de Photomatons, un méli-mélo d'instantanés de nos dernières années ensemble : nous deux dans notre jardin, à des mariages de copains, en virée à vélo dans le nord de l'État avec ma mère. J'ai même une photo encadrée de nous à treize ans. J'avais déniché un exemplaire de notre album de promo de quatrième et voilà le résultat : une photo de classe en cours de menuiserie. Nous étions aux deux bouts du premier rang. Jack souriait à l'objectif, et moi je regardais dans sa direction. Jack aimait à plaisanter que je regardais plus loin, vers Hudson Ricci, le gamin à sa gauche sur lequel tout le monde craquait. Mais moi je le sais. C'était Jack. À l'époque, déjà, je le savais.

Je peux aller le voir, me dis-je. Je peux tout arrêter. Il faut juste que je me lève. Mais mon téléphone sonne, m'arrêtant en plein élan. Appel masqué. Un bref instant, je parviens à me dire que c'est Jack, qui m'appelle de la ligne fixe du restaurant. Jack qui me dit qu'il ne part pas.

Qu'on va trouver un moyen de s'en sortir. Ne bouge pas. Reste où tu es. J'arrive.

Mais c'est une femme, au bout du fil. Un ton sérieux, laconique.

– Docteure Susan Clifton à l'appareil. J'ai reçu votre mail, je travaille avec Lanie Robertson.

Docteure Susan Clifton. La seconde légiste.

Je me redresse, concentrée.

– Bonjour docteure. Merci de me rappeler, c'est vraiment très aimable à vous.

– Je vous en prie. Même si je ne sais pas dans quelle mesure je vais pouvoir vous aider. J'ai jeté un œil aux documents que vous m'avez envoyés. Je vais être parfaitement sincère avec vous : la plupart des aspects de la chute de votre père peuvent donner lieu à de multiples interprétations.

– OK…

– Je crois que les enquêteurs ont eu raison d'exclure le suicide, dit-elle. La trajectoire de la chute est cohérente avec celle d'une chute par inadvertance, tout comme l'angle de l'impact. Vous me pardonnerez la brutalité de ces propos. Mais je dois dire que les autres conclusions me semblent un peu prématurées. Dans les chutes mortelles, il est relativement difficile de déterminer avec un degré suffisant de certitude si une chute d'une grande hauteur est accidentelle ou criminelle, parce que les trajectoires sont semblables.

– Alors pourquoi ont-ils conclu qu'il n'y avait pas homicide ?

– Ce serait la question que je poserais moi aussi. À moins qu'ils aient eu accès à des informations dont je ne dispose pas. Il ne semble pas y avoir d'analyses toxicologiques ni d'analyses des projections de sang. Votre père a été incinéré, c'est bien cela ?

– Tout à fait, oui.

– Hélas, cela nous limite considérablement dans nos conclusions. Il y a généralement un scénario qui émerge. Mais sans corps, je ne vous serai pas d'une grande aide.

Un scénario émerge. Le vocabulaire m'arrête net. Et autre chose aussi.

– Docteure Clifton, dis-je, à quels aspects faites-vous référence ?

– Pardon ?

– Vous avez dit que la plupart des aspects menaient à de multiples interprétations. Mais d'autres sont plus éloquents ?

– Disons qu'il y a quelques éléments dont je dirais qu'ils…

– Sont suspects ?

– Qu'ils requièrent des analyses complémentaires.

– Lesquels, par exemple ?

– On a trouvé un ADN inconnu sous ses ongles, qui aurait pu s'y déposer lors d'une altercation. Si nous avions eu accès à la dépouille, j'aurais suivi cette piste. La vitesse supposée de la chute laisse plutôt penser qu'on l'a poussé, plutôt qu'à une chute spontanée. Avec une chute accidentelle, je m'attendrais à ce qu'il ait atterri plus près du bord de la falaise… Je dirais aussi que l'élément le plus probant, à mes yeux, pour l'heure, c'est le fait que tout le monde s'accorde pour tirer des conclusions très certaines à partir d'une situation très incertaine.

– Donc, en l'absence de corps, que me reste-t-il à faire ?

Elle marque une pause, dans un silence pesant.

– En tant que clinicienne, je ne sais pas. Mais en tant que fille ? Vous pourriez avoir envie de retourner une nouvelle fois sur les lieux de la chute. Parfois, il émerge des choses qu'on n'a pas vues lors d'une première voire d'une deuxième visite.

– Et vous pensez que ça en vaut la peine ?

– Je ne peux pas vous garantir que ce sera fructueux, mais oui.

Je prends le temps de poser mes mots.

– Mettons que ce soit votre père, et que vous fassiez une hypothèse en l'état des connaissances, vous pensez qu'on l'a poussé ?

– Voilà ce que je vais vous dire. Je ne peux pas affirmer qu'il ne l'a pas été.

*
* *

J'appelle Sam sur son portable. Morgan décroche et démarre au quart de tour :

– Dieu merci c'est vous, j'ai besoin de vous !

– D'accord, mais d'abord il faut que je parle à Sam. C'est relativement urgent.

– C'est urgent ? Mais moi aussi, c'est urgent ! Il faut qu'on vous retrouve à la mairie sans attendre. Sam veut avancer le mariage.

Je crois mal entendre. Mon esprit ressasse encore les propos de la docteure Clifton. Sur la trajectoire du corps de mon père lors de sa chute.

L'angle.

– Vous et moi, il va falloir qu'on priorise, dit Morgan. On se concentre sur le toit-terrasse, tous les préparatifs qu'il va falloir. J'ai besoin d'un plan détaillé de l'éclairage. Et peut-être, qu'on pourrait aussi… bâtir un escalier extérieur, ou une échelle, pour que les gens puissent monter ?

J'essaie de traiter l'information :

– De quoi s'agit-il ?

– Vous voyez, pour que les invités n'aient pas à passer par la maison en travaux. Je voudrais m'épargner les jugements.

– Sam est là ? Morgan, vous pouvez me le passer, s'il vous plaît ?

Elle l'appelle.

– Sam, c'est pour toi, Nora au téléphone !

Je l'entends répondre depuis une autre pièce de l'appartement, avec de l'écho.

– Ça tombe mal !

– Ça tombe mal ? je répète, comme s'il pouvait m'entendre. Dites-lui de venir me parler.

– Il est déjà à moitié parti, dit-elle. Je vais vous envoyer des photos pour vous donner des idées. Demain, dix heures à la mairie, d'accord ?

Et elle raccroche.

*

* *

Je m'assois devant ma table à dessin, l'esprit obnubilé par les paroles de Clifton : *Un scénario émerge*. Sous bien des aspects, c'était ce que j'avais appris à mes débuts sur la manière de concevoir un espace. Une colonne n'était pas une simple colonne. Un pilier pas un simple pilier. Il ne fallait pas seulement que ça interagisse avec le reste du bâtiment, mais aussi avec le récit de la fonction que devait endosser le bâtiment. Qui, au bout du compte, espérais-je sauver avec ce bâtiment ? Qui voulais-je y accueillir ?

J'examine une fois de plus le testament de mon père, passant en revue l'acte et les documents de propriété de Windbreak. Qu'est-ce qui m'échappe ? Qui mon père essayait-il d'accueillir ? Je me concentre sur le nom de Jonathan qui figure au bas de plusieurs des papiers. Jonathan Reed, directeur juridique de Noone, qui avait visiblement accès à tout. Jonathan qui est la seule personne légalement tenue au secret et à la confidentialité.

Je lui envoie un mail à tout hasard, lui demandant de me rappeler sitôt arrivé au bureau : j'ai des questions au sujet de Windbreak, et des démarches en vue pour en prendre possession. Ce ne sont pas les questions que je me pose, mais celles auxquelles il ne pourra éviter de répondre. Auxquelles, me semble-t-il, il en va de son devoir fiduciaire de répondre de son mieux.

Puis je descends dans le métro, en route pour le récital d'Austin.

Arrivée à Bleeker Street, ma station, mon portable sonne. C'est Jonathan au bout du fil.

Je l'écoute me saluer, avec ce ton qui sonne faux, tout en marchant vers l'école d'Austin.

– Dans l'ensemble, c'est assez simple. Vous êtes libre de prendre possession des lieux dès que vous serez prête. Ou, si vous envisagez de vendre, je peux vous mettre en contact avec un agent immobilier local pour que nous préparions la vente à distance.

Je n'ai aucune intention de vendre, mais je n'ai pas non plus envie de me lancer dans cette discussion. Parce qu'il voudra savoir ce que je compte faire d'une maison à l'autre bout du pays et que je n'ai rien à répondre à cela, pour le moment. Je sais simplement que je ne suis pas prête à renoncer au seul fragment de mon père sur lequel j'ai encore prise.

– Jonathan, y a-t-il parfois eu quelqu'un d'autre ?

– Comment cela ? rétorque-t-il.

Ma question, c'est : qui tenait à Windbreak autant qu'y tenait mon père ? Qui a pu se trouver là ce soir-là avec lui ? Qui pouvait se trouver là parce que mon père comptait pour lui ou elle d'une manière si profonde, si douloureuse que ça a fini au bord de cette falaise ?

– Je vous demande si mon père a toujours eu l'intention de me léguer Windbreak ou si ça aussi, ça a pu changer.

Il ne dit rien, silence d'acier. Et je me demande si c'est moi qui l'imagine ou si elle est bien présente, dans ce silence. La panique.

– Nora, je ne suis pas réellement autorisé à vous révéler toute l'histoire.

– Dois-je comprendre que c'est un oui ?

Je suis arrivée devant l'école d'Austin. La porte de l'auditorium s'ouvre, famille et amis s'y engouffrent. J'aperçois Elliot qui se précipite vers l'entrée, toujours en blouse d'hôpital, un cadeau pour Austin à la main.

– Si ça peut vous aider, dit-il, sachez que votre père a toujours voulu prendre soin de vous.

– Ça ne répond guère à ma question.

– Je n'ai pas de meilleure réponse à vous faire. Votre père voulait le meilleur, pour vous, pour vos frères. Pour tous ceux qu'il aimait. Votre père était on ne peut plus fidèle.

Un enseignant entreprend de refermer les portes de l'auditorium. Je raccroche et fonce à l'intérieur.

Ce n'est qu'une fois le rideau levé, Jonathan hors de portée, que la question que je voulais poser me vient. La question à laquelle personne ne veut répondre.

Fidèle, mais à qui ?

Trente-deux ans plus tôt

– Tu peux voir ça comme un nouveau départ, dit Liam.

– Un nouveau départ pour… ? répliqua-t-elle.

Ils étaient à Windbreak. Il avait acheté la maison l'année précédente, mais Cory la découvrait seulement maintenant. Debout dans le salon vide, ils contemplaient les lieux.

– Tu vas pouvoir la retrouver, dit-il. Ta Californie. Tout ce dont on t'a privée.

– On ne m'a privée de rien.

– On pourra vieillir ensemble, ici.

Elle rit. C'était plus fort qu'elle.

– Tu es timbré.

– Je ne dis pas qu'on sera là tous les jours…

– Ah vraiment ?

Il choisit d'ignorer son ton moqueur.

– Je dis simplement qu'au moins, ça sera là, ça existera.

Elle lui décocha un regard lourd de sens et s'abstint de commenter. Il y aurait eu trop à dire. Elle était mariée depuis un peu plus d'un an. Et Liam avait une petite fille qu'il adorait. Il n'aurait rien fait, rien qui risque de l'éloigner de Nora.

À bien des égards, Cory et lui n'avaient jamais été si loin de vivre ensemble dans cette maison. Et malgré tout, à être ici aux côtés de Cory, Windbreak n'avait jamais paru aussi réel.

Elle avança jusqu'au centre de la pièce et désigna du doigt la baie vitrée ouvrant sur la pelouse, l'océan et tout le reste.

– Si c'était chez moi ? C'est ici que je mettrais la bibliothèque… dit-elle. Des rayonnages bien profonds, tout blancs, qui viendraient encadrer cette fenêtre, et je resterais assise là toute la journée.

Il s'adossa au mur, bras croisés sur la poitrine. C'était le moment qu'il attendait et il s'efforça de dissimuler son sourire.

– C'est déjà commandé.

Elle vit volte-face et l'interrogea du regard.

– Tu mens.

Il balaya sa remarque d'un air désinvolte.

– Une bibliothèque sur mesure, blanche, comme sur la photo que tu m'avais montrée.

– La photo, quelle photo ?

– Celle de ton appartement à la fac. La bibliothèque que tu avais à l'ancienne caserne. Celle que tu adorais, disais-tu.

Elle resta silencieuse mais il vit des larmes perler au coin de ses yeux.

– Celle-ci sera un peu plus jolie, mais c'est l'idée.

Elle le rejoignit, un geste vif, délibéré. Se réfugia dans ses bras.

– J'ai flingué tout le budget meubles dans cette bibliothèque, dit-il. Alors ne m'en veux pas si tu dors par terre, ce soir.

Elle éclata de rire. Il la sentait sourire contre son épaule, un sourire mêlé de larmes. Des larmes de joie, mais enfin, des larmes tout de même.

– Tu es insupportable quand tu es content de toi.

– Je sais, répondit-il.

Elle était toujours dans ses bras, sa joue dans le creux de son cou. Il lui frotta le dos et refoula ses larmes. Était-ce de la voir si heureuse ? Il aimait tant la rendre heureuse. Mais il y avait aussi l'autre face – la tristesse qu'il y avait entre eux désormais, sur laquelle il n'avait aucune prise, plus maintenant. Le fait de ne jamais savoir quand ils se retrouveraient de nouveau seuls tous les deux, comme là.

Il s'interrompit, s'enivra de son parfum.

– Ils m'ont dit que dormir par terre, c'est excellent pour le dos, c'est déjà ça.

– Qui ça, ils ?

– Les types qui m'ont vendu la bibliothèque.

Interlude musical

Après le récital, un cercle se forme aussitôt autour d'Austin.

Ils sont nombreux à être venus le soutenir. Sa mère est là, avec son compagnon, une brochette de cousins et d'amis. Je le prends dans mes bras et le devine qui, par réflexe, cherche du regard mon père derrière moi. Mon père qui, en temps normal, aurait dû m'accompagner.

– Tu es toute seule ?

Avant que j'aie ouvert la bouche, Austin rougit jusqu'aux oreilles, gêné d'avoir oublié que mon père est mort. Ou simplement un peu confus à cette idée. Je me penche, le regarde dans les yeux et l'embrasse sur le front. *Ce n'est rien*, dis-je en silence. Moi aussi, il m'arrive d'oublier. Tous les adultes oublient ce dont ils n'ont pas envie de se souvenir.

– Alors, t'en dis quoi ? Un chocolat chaud mardi prochain ?

Il acquiesce et son visage s'éclaire de nouveau.

– Marché conclu.

Je m'apprête à m'éclipser quand une main dans mon dos m'arrête. Elliot. Il est d'une beauté saisissante, même en blouse d'hôpital, même mal rasé, avec les cernes témoignant de sa garde de nuit.

Nous sortons ensemble.

– Tu as le temps de prendre un petit café rapide ? demande-t-il.

Je songe à sa main dans mon dos, à mon désir de m'enfouir dans le réconfort qu'il m'apporte.

Puis je songe à ce que cette simple pensée m'a déjà coûté et secoue la tête.

– Je ne peux pas.

Et peut-être est-ce la manière dont je le regarde, le caractère définitif, qui l'arrête.

De fait, il incline la tête et semble comprendre que je ne parle pas que du café. Mais de tout le reste. De ce pas de deux que nous exécutons depuis qu'on a repris contact, de l'éventail de possibilités qui s'offre à nous.

J'ai besoin que ça s'arrête tout de suite. Au moins pour cette raison. Même si je ne sais pas comment retourner vers Jack, pas encore, même s'il devait être trop tard, le moins que je puisse faire, pour nous tous, c'est d'arrêter de mettre de la distance entre nous.

Elliot s'assoit sur un muret. Ça fait tout bizarre, de le voir là, pour autant qu'on puisse avoir l'air bizarre quand on a une telle prestance, une telle beauté, ses jambes tendues prennent la moitié du trottoir, les bras serrés autour de son torse.

– Ça cause des ennuis ?

– C'est sans rapport avec toi, dis-je.

– Moi je pense que si, au moins en partie.

Je ne sais pas trop s'il essaie de se blâmer pour m'avoir contactée après la mort de mon père ou pour avoir mis fin à notre relation en premier lieu. L'un ou l'autre, peu importe. C'est ma faute, à moi, et à personne d'autre.

Je m'installe à côté de lui, pesant mes mots. Il y a ce qu'il sait déjà. Ce que je lis dans ses yeux est si réconfortant. Notre tristesse commune au sujet de mon père, son ami. Le même désarroi, face à l'absence. C'est pour tout ça qu'il s'est avéré plus simple, plus gérable de lui parler que de me confier à Jack. Elliot connaissait mon père sous son meilleur jour. J'avais envie de rester encore un peu à proximité de ça.

Et puis, il y a l'autre versant, la part que je commence tout juste à comprendre moi-même.

On a parfois le sentiment de n'avoir pas fini de dire adieu. Ça a été le cas pour mes adieux à mes parents. Tous deux ont disparu brutalement du jour au lendemain. Sans crier gare. Et, d'une certaine manière, la première fois qu'Elliot et moi on s'est quittés a eu ce goût d'inachevé. Certes, je commençais à comprendre que nous étions faits pour être amis, mais ça s'est surtout fini parce que nous avons voulu faire au mieux pour sa famille. Sa femme voulait qu'ils se donnent une seconde chance, j'ai laissé faire. Alors c'est peut-être ça que nous sommes en train de faire. Rectifier les adieux inachevés tant que c'est possible.

Cela ne signifie pas pour autant que nous avons eu tort de nous quitter ni la première fois, ni celle-ci. D'une façon ou d'une autre, nous devions en arriver à ce moment. Nous étions censés en arriver là. À dire de nouveau adieu à l'idée de nous deux, d'une manière définitive.

– Je peux te demander un truc ? dis-je.

Il lève les yeux vers moi.

– Tu sais, quand je t'ai appelé l'autre jour, je t'ai posé des questions sur la dernière fois que tu as vu mon père. J'ai eu l'impression que tu ne voulais pas me dire ce qui s'était vraiment passé. Ce dont vous aviez vraiment parlé. Je me trompe ?

Son expression prend un tour plus sérieux, sa mâchoire se crispe malgré lui.

– Nora, dit-il après un temps, ce n'est pas ce que tu crois…

– D'accord, alors dis-moi ce que j'ignore.

– Alors… on a un peu parlé de toi. Il savait que tu avais besoin qu'il te laisse de l'espace. Lui aussi il avait un peu le cœur brisé…

– À cause de ma mère ? dis-je, confuse.

– Non, autre chose. Mais il comprenait. Sincèrement… J'explique mal les choses parce que je ne peux pas entrer dans les détails. Pour des raisons d'éthique.

– D'éthique ? Il était malade ? Qu'est-ce que c'est que cette histoire ?

On voit à son regard qu'il se retient de dire ce qu'il ne se croit pas autorisé à révéler.

– Il n'était pas malade. Ce que j'essaye de… ce que j'essaye de dire c'est qu'il savait combien tu aimais ta mère. Il savait combien tu étais loyale envers elle. Et ça comptait beaucoup pour lui.

Les paroles de Jonathan me reviennent à l'esprit. *Votre père était on ne peut plus fidèle.*

– Je crois que l'essentiel, c'est qu'il t'aimait tellement, Nora. Il ne te reprochait rien.

– Alors à qui en voulait-il ?

– Au bout du compte ? À lui-même et personne d'autre.

Trente ans plus tôt

– Tu t'éloignes du sujet, dit Cory. Elle est atroce.

– Dis-moi plutôt comment tu te sens, vraiment ?

Ils étaient attablés dans un petit restaurant près du Rockefeller Center, la fenêtre donnait sur la patinoire noire de monde et l'immense sapin tout illuminé. Cory venait de faire la connaissance de Sylvia. Sylvia, qui avait interviewé Liam pour une pastille sur le tourisme de luxe dans l'émission matinale et avec laquelle il passait depuis beaucoup trop de temps. Ça n'avait pas été une rencontre programmée, entre Cory et Sylvia, bien entendu. Ça ne se serait pas mieux passé si ç'avait été le cas.

– Sans vouloir enfoncer le clou, c'est toi qui as décidé qu'on ne devait pas être ensemble, dit Liam. Se marier, faire les choses de manière classique.

– Épargne-moi ça, tu veux ? Je n'avais pas envie de t'épouser vu la manière dont tu envisages le mariage. Apparemment, j'avais vu juste. Sylvia n'arrive pas à la cheville de Rachel. Waouh, tu es un tel cliché.

– J'ai jamais été comme ça avec toi.

– Uniquement parce que je ne t'ai pas laissé faire.

Elle repousse son assiette de côté. Ils partageaient une portion de pâtes aux fruits de mer avec un pichet de vin. Elle y avait à peine touché. Elle s'était fait un chignon rapide et ses yeux gonflés trahissaient sa fatigue. Ainsi que sa colère, désormais. Mais même dans cet état, qu'elle était belle ! Il la trouvait d'une beauté impossible, chaque fois qu'il avait la chance d'être assis en face d'elle. S'il y avait bien un cliché dans l'histoire, c'était ce qu'il ressentait pour elle.

Elle se penche vers lui.

– Tu ne le vois pas, mais je t'assure, Sylvia te court après. Et tu vas plonger du côté obscur avant même d'avoir compris ce qui t'arrive.

– On devrait être ensemble, vraiment ensemble.

– Tu plaisantes, j'espère ?

– Pas du tout, je suis très sérieux.

– Toi, sérieux ? Écoute, je suis mariée, et toi aussi, et tu es obsédé par ta nouvelle amie qui ne va pas tolérer que tu restes marié encore longtemps. Soyons clair, je n'en veux pas à Sylvia. C'est toi qui laisses tout ça arriver. Correction : c'est toi qui fais en sorte que tout ça arrive. Parce que c'est plus simple que de l'admettre.

– Que d'admettre quoi ?

– Ne compte pas sur moi pour le dire.

– Admettre quoi, Cory ?

– La raison pour laquelle ça marche. Si ça tient entre nous, c'est parce que tu ne me dois rien. On ne se doit rien.

– C'est là que tu as tort. Pour la première fois, peut-être, Cory, tu as véritablement tort. On se doit tout.

Elle fit signe à la serveuse d'apporter l'addition. Elle en avait sa claque. Elle connaissait la suite par cœur.

– Où vas-tu ?

– Au Carlyle. Boire un cocktail digne de ce nom.

– Je pense que c'est toi, dit-il. Je pense que c'est toi qui préfères qu'on en reste là. Parce que c'est moins risqué. Parce que tu as décidé que c'était moins risqué. C'est si facile, d'être là, face à moi, de juger mes choix alors que le seul choix qui compte vraiment à mes yeux n'est pas une option.

– Oh comme c'est pratique pour toi.

– Allez, rassieds-toi, s'il te plaît.

Elle enfilait déjà son manteau. S'écartait déjà de lui.

– Non. Avec toi, les disputes, c'est toujours ennuyeux, dit-elle. Je t'aime trop pour rester ici à me battre.

– Alors écoute-moi.

Il tâche de réfléchir à la manière de présenter les choses pour que ses paroles portent. Elle n'a pas envie d'entendre ça. N'en a plus envie. Qu'il est temps pour eux de s'y prendre autrement.

– Et si je te garantis que tu peux me faire confiance, cette fois ?

– Ton palmarès ne plaide pas en ta faveur.

– Et si je suis prêt ?

– Prêt à cesser de te disputer ?

– Cory…

– Dans ce cas, tu peux m'accompagner boire un verre.

Retour aux sources

Je ne rentre pas chez moi.

J'essaie de nouveau de joindre Sam. Comme il ne répond pas, je prends le métro jusqu'à Newkirk Plaza.

L'ancien quartier de mon père.

Mon père avait eu hâte de laisser Midwood derrière lui, il ne s'en était jamais excusé. Il trouvait amusant que sa fille unique ait choisi d'habiter si près d'un décor qu'il avait tant voulu quitter. Et que ça me plaise tant.

Mais il avait beau l'avoir fui en quatrième vitesse, mon père semblait adorer certaines choses, à Flatbush, aussi. Ça se voyait à la manière dont il s'éclairait quand il parlait de Midwood. Il aimait bien me faire visiter son territoire d'avant, m'amener là où oncle Joe et lui avaient traîné, dans leurs repaires du quartier.

Tandis que j'avance dans Bedford Avenue, seule, je m'efforce de convoquer les souvenirs. Je passe devant son lycée à l'heure de la sortie. Sur le trottoir d'en face se dresse Brooklyn College, un bâtiment charmant bordé d'arbres. Oncle Joe y a étudié. C'étaient les deux premiers de la famille à aller à l'université – mon père est allé à Yale, Joe à Brooklyn College, quelques années plus tard.

Une fois diplômés, ils se sont retrouvés et ont habité ensemble à Manhattan. Ils ont toujours su se retrouver et auront passé leur vie, d'une façon ou d'une autre, au côté l'un de l'autre. *Votre père était on ne peut plus fidèle.*

S'il a été fidèle à quelqu'un, c'est bien à Joe, non ?

Je tourne dans la 28e Rue, en direction de la maison où mon père a vécu enfant. La petite maison jaune aux volets verts, avec ses plantes en pot sagement alignées sur le perron.

Je n'y suis jamais entrée mais, cette fois, je vais sonner à la porte. Une jeune maman m'ouvre, en débardeur, arborant un tatouage de rose sur le bras gauche, un bébé calé sur l'autre hanche. Elle me regarde de haut en bas, cette visite imprévue est sans doute la dernière chose dont elle avait besoin aujourd'hui.

Entre nous, la porte-moustiquaire est restée fermée.

– Si vous avez des trucs à vendre, vous avez sonné à la mauvaise porte, dit-elle.

– Non, non, pas du tout. Je suis désolée de vous déranger comme ça, mais mon père a habité ici, enfant.

– Oh. Vous êtes la fille de M. O'Malley ?

– Non, de Liam Noone. C'est sa famille qui a vendu aux O'Malley.

– Il y a quoi, trente ans ?

Je confirme. On est plus proche de vingt ans, mais je ne corrige pas. Une des premières choses qu'a faites mon père, quand il en a eu les moyens, a été de rembourser le prêt immobilier de ses parents. Puis, quand les genoux de son père ont trop flanché, il l'a convaincu de prendre sa retraite et les a relocalisés (ainsi que la mère de Joe) entièrement – dans une résidence face à la mer, à Naples, en Floride. Laissant enfin, et pour de bon, Midwood derrière lui.

– Cela vous ennuierait si j'entrais un instant ? Pour voir sa chambre.

– Un peu, oui.

J'ai déjà tourné les talons. Mais j'entends la porte grincer.

– Mais venez quand même.

*

* *

À l'étage, il n'y a que deux chambres.

Je glisse un œil dans la plus petite, celle du bébé et de son grand frère. J'essaie de me représenter ce à quoi ça devait ressembler du temps de mon père – le lit superposé à la place du berceau, un petit bureau en bois à la place du lit en forme de camion. La fenêtre ne laisse pas entrer beaucoup de lumière. Mais elle donne sur l'allée, on voit un panier de basket rouillé et deux gamins en pleine partie, qui se donnent à fond, pas de place pour une voiture qui voudrait s'y garer.

La porte du dressing est ouverte, une forte odeur de savon pour bébé et de couches propres s'en dégage. Je remarque de petits traits sur la cloison. Des repères de taille. Ce pourrait être mon père, ou les enfants qui ont vécu là après lui. Aucune initiale pour indiquer de qui il s'agit, aucune précision le long des marques. Je passe néanmoins les doigts le long des marques, jusqu'à la plus haute.

Et c'est là que je le vois, juste au-dessus du repère le plus haut. Un petit dessin gravé au crayon. Deux petits cœurs encadrant les noms écrits en lettres rondes :

Cory & Liam

Je fais courir mes doigts le long du tracé, le long du nom de mon père.

Depuis le seuil, la jeune femme se racle la gorge.

– Je viens de vérifier. Votre père a bien vécu ici.

– Vous craigniez que je vous mente ?

– Je trouvais que vous restiez drôlement longtemps.

Je désigne les marques sur l'encadrement de la porte.

– C'est génial, que vous ayez gardé ça en l'état. Avec toutes ces mesures.

Elle hausse les épaules.

– C'est cher, de refaire une pièce.

Je voudrais lui proposer quelque chose : je lui concevrais un nouveau dressing, je l'installerais, et en échange je récupérerais la baguette de bois. Les mesures qui appartiennent ou non à mon père.

Le petit graffiti amoureux qui lui appartient indéniablement. Mais ce n'est pas juste un bout de bois, que je veux. C'est l'atmosphère du lieu, de la pièce. Ce qui vit sous la surface, gravé dans l'histoire – bien qu'il se soit enfui très loin, très loin d'ici. C'est lui.

– Le visage de votre père m'est familier, dit la jeune femme. Je crois qu'il est venu un jour, lui aussi. Il n'y a pas si longtemps d'ailleurs.

Je me tourne vers elle :

– Quand ?

– Il y a six mois de ça ? Plus, peut-être. Je ne sais plus trop. Et je ne peux pas jurer que c'était lui, mais il me semble bien.

– Il est venu voir la maison ?

– J'imagine. Il ne s'est pas présenté, cela dit. Il est resté sur le trottoir devant la maison un certain temps. Et il était avec une femme.

– Une femme ?

Elle acquiesce.

– Puis ils sont partis.

Je jette un dernier regard au dressing, pour graver ce Cory & Liam dans ma mémoire. J'essaie d'imaginer ce que mon père faisait là. Et avec qui.

La femme toussote.

– Mon aîné va bientôt rentrer du foot et je vais avoir besoin de changer le bébé, dit-elle. À moins que vous m'offriez une chambre dans un des hôtels de votre père pour la nuit ?

Toutes les maisons ne sont pas des foyers

Je décide de rentrer à pied.

Je remonte Ocean Avenue et zigzague dans les petites rues attenantes. Arrivée près de chez moi, je vois que les lumières sont éteintes, Jack ne m'y attend pas. Alors je continue.

C'est peut-être de savoir Jack encore au restaurant. Ou de ne pas savoir s'il rentrera ce soir. Ça lui ressemble, après tout. Une fois assumée la partie difficile – m'informer de son projet –, il pourrait décider de ne pas rentrer si je suis là moi aussi. Il ne fera rien qui nous rende les choses plus difficiles.

Alors, je mets le cap sur Tilden et hèle un taxi. Nous prenons le tunnel et remontons Manhattan vers Perry Street.

Et me voilà devant chez mon père.

Le portier, une fois vérifié que je suis sur la liste des visiteurs autorisés, me conduit à l'étage et m'ouvre la porte.

L'appartement est tout en ouvertures sur l'eau, avec des vues somptueuses sur l'Hudson. Mais les lieux en eux-mêmes donnent un sentiment de vide. Dans la penderie, les vêtements de mon père sont toujours suspendus, mais aucun bibelot ne traîne sur le comptoir de la cuisine, ni aucune photo de famille nulle part. Les tableaux au mur sont neutres, les meubles impeccables. L'appartement dégageait-il cette ambiance quand il y vivait ?

On entend tourner la clé dans la porte d'entrée et Inez, la troisième femme de mon père, entre en tirant une petite valise. Elle est toujours splendide, mais particulièrement ce soir, avec son tailleur-pantalon, toute maquillée et sa longue queue-de-cheval.

– Nora ! s'écrie-t-elle. Je ne savais pas que tu étais là.

Elle abandonne son sac contre un mur et s'avance vers moi, bras grands ouverts. Inez n'habite plus ici depuis qu'ils se sont séparés, avec mon père. C'est pourquoi je suis un peu surprise de la trouver là. Mais pas entièrement non plus. Inez et mon père étaient restés très bons amis. Pourquoi cela l'aurait-il embêté qu'elle vienne quand elle voulait ?

Elle me serre dans ses bras, puis se détache et m'observe. Nous n'avons jamais été spécialement proches, quand ils étaient ensemble. Sans doute en partie le contrecoup de Sylvia. Mais ça a changé quand ils ont décidé de rompre – et que j'ai, ensuite, fait la connaissance de celle qui est aujourd'hui sa femme, Elizabeth. J'ai passé plus de temps avec elles en couple, qu'avec Inez et mon père à l'époque.

– J'avais un dîner en ville, dit-elle. Je reste juste une nuit.

– Bien sûr, je peux te laisser tranquille.

Elle balaie ma remarque d'un geste.

– Rien ne presse. Je vais nous servir à boire.

Elle gagne la desserte et nous sert deux petits whiskys.

– Luna a un peu mal au ventre alors Elizabeth la garde. Mais je n'adore pas être seule ici, pour tout t'avouer.

Elle me tend un verre et prend une longue gorgée.

– Je me disais la même chose juste avant que tu arrives, dis-je. J'avais un souvenir des lieux un peu différent.

– Comment ça ?

– Est-ce que quelqu'un a débarrassé les affaires de mon père ? Tout est si…

– … déprimant ?

Je ris.

– J'allais dire épuré.

– Eh bien, je sais qu'il ne venait pas beaucoup ici, les derniers temps.

– Il était surtout à Windbreak ?

– Surtout à Windbreak, oui. Du moins pour ce que j'en sais.

– Inez, je peux te poser une question ? Est-ce que mon père t'a déjà parlé de Cece Salinger ?

– Pas beaucoup. Elle s'était pas mal intéressée au groupe il y a quelque temps de ça, si je me souviens bien.

– Mais lui, il avait des sentiments pour elle ?

– Pour Cece ? J'en sais rien. Je ne crois pas. Ton père m'a toujours dit que c'était de l'histoire ancienne. Que ça remontait à leurs vingt ans. À moins qu'il y ait quelque chose qu'on ignore. Ce qu'on ne peut jamais exclure, avec ton père.

Elle me regarde avant d'ajouter :

– Pourquoi tu me demandes ça ?

– J'essaie juste de comprendre pourquoi il passait tant de temps à Windbreak. Elle vit là-bas. Je me disais que ça avait peut-être un rapport…

– Écoute, j'en doute fort. Pour autant que je sache, il préférait être là-bas, c'est tout. Ça a toujours été le cas, au fond, non ? C'était son refuge.

Son refuge avec qui ? ai-je envie de demander. *Et que suis-je censée comprendre du fait qu'il m'appartient désormais ?*

Elle s'aperçoit que je gamberge.

– Ça va aller ?

– Oui.

– Parce qu'on ne dirait pas.

Je soutiens son regard.

– Il n'avait pas quelqu'un d'autre à la fin ? Quelqu'un dont je n'aurais jamais entendu parler ?

– Ton père ?

J'acquiesce. S'il avait une nouvelle histoire, Inez et Elizabeth l'auraient forcément su avant que mon père me le dise. Elle s'apprête à me répondre puis s'interrompt, secouant la tête.

– Quoi ? dis-je. Parle-moi, s'il te plaît.

Elle repose son verre et s'avance vers moi, me prend doucement la main.

– Je vais te dire ce que te dirait ton père s'il était parmi nous. Ton père t'aimait. Il nous aimait tous, du mieux qu'il pouvait. Je crois qu'il vaut mieux s'en tenir à ça.

– Ça vaut mieux pour qui ?

Elle hausse les épaules.

– C'est l'éternelle question.

Tout est une question de proportions

– Je croyais qu'on se retrouvait demain à la mairie, fait Morgan.

Je suis sur le seuil de leur loft, à Sam et elle. Elle est prête pour la séance photo, dans une mini-robe smoking, maquillage parfait, juchée sur des bottes bleues.

– Je cherche juste Sam, dis-je. Il est là ?

– On allait sortir, pour tout dire.

Sur ces entrefaites, Sam apparaît derrière elle, lui passe un bras autour de la taille. Lui aussi est sur son trente et un, en costume bleu nuit, avec un gilet. Tout dans son allure traduit le repos et la sérénité. Je lui en veux d'autant plus de ne pas m'avoir rappelée. Après cinq appels en absence.

– T'es toute transpirante, comment ça se fait ?

– Je suis venue en courant, dis-je.

– Depuis Flatbush ?

Je croise les bras sur la poitrine et lui décoche un regard assassin. Morgan nous observe à tour de rôle.

– Morgan, tu veux bien nous laisser seuls une minute, s'il te plaît ? dis-je.

Il l'embrasse doucement sur la joue. Tendrement.

– Je serai prêt dans cinq minutes, ma puce.

Une fois Morgan rentrée, Sam se tourne vers moi.

– Qu'est-ce qui te prend ?

– Et toi alors, qu'est-ce qui te prend ?

– Pourquoi tu ne m'as pas rappelé de la journée ?

Il fait un geste en direction de Morgan.

– J'étais pas mal occupé. On doit partir, on va à un gala de charité et…

J'ignore sa remarque. Et lui avec.

– Il faut qu'on retourne à Windbreak, dis-je.

– De quoi tu parles ?

– L'appart de papa est complètement vide. Il y a deux-trois photos de famille, mais sinon, rien, strictement rien de personnel. Les albums, les photos, tout ce qui faisait qui *il* était, en dehors de nous, des familles, tout ça se trouve à Windbreak. Il gardait toutes ses affaires personnelles là-bas.

– On y est allés.

– Et on n'a rien vu.

– Tu es encore pire que moi.

– Il faut qu'on y retourne.

– Écoute, je t'appelle demain, d'accord…

– Je suis aussi allée à Midwood, dis-je. Et tu sais le plus fou ?

– Le fait que tu sois allée à Midwood ?

– La présence de papa était plus tangible là-bas, dans cette maison où il n'a plus mis les pieds depuis son adolescence. Sa présence était plus tangible que dans l'appartement où il habitait il y a encore un mois. Ça ne te paraît pas absurde ?

– Si, complètement, dit Sam. Surtout vu comme il a détesté son enfance à Midwood.

– Je ne vois qu'une explication.

– Laquelle ?

– On rate le fil. Celui qui prend racine tout là-bas et se termine sur cette falaise, la nuit fatidique.

– Tu délires. Ça ne me semble pas une raison suffisante pour…

– Et ça, ça te semble une raison ? La légiste m'a contactée. Elle pense que tu pourrais avoir raison. Elle aussi elle a des soupçons. Plus que des soupçons.

– Nora.

– Sam, je ne sais pas ce que c'était, je ne sais pas sur quelle part de son histoire il n'arrivait pas à tirer un trait, mais c'est là que se trouve la clé de tout le reste. J'en suis certaine. C'est ce qui se cache derrière ce qui s'est passé, sur la falaise, cette nuit-là.

Il secoue la tête.

– Tu ne comprends pas. J'avais tort. C'est toi qui avais raison. J'ai essayé de comprendre qui était papa. Ou peut-être que tout simplement je n'arrivais pas à accepter le fait que je ne l'aurai pas connu comme je l'aurais voulu de son vivant. Mais il ne s'est rien passé, sur la falaise, ce soir-là.

– Tu y crois vraiment ?

– Je crois que je me suis fait des films.

– Des films sur quoi ?

– Sur tout ça…

Il se tait, comme si c'était trop douloureux, comme si je lui faisais mal, à lui faire dire tout ça. À le forcer à voir des choses dont il préfère feindre qu'elles n'existent pas.

– J'ai pas fermé l'œil de la nuit, la journée d'hier m'a complètement retourné. Toutes ces conneries que tu m'as sorties, dans la voiture. J'essaie de faire ma vie, tu sais ? Ça fout tout en l'air.

– Oh et maintenant ça va être de ma faute ?

– Non, c'est la mienne, mais je ne peux pas continuer comme ça.

– Pourquoi ? Pour que tu puisses épouser quelqu'un que tu connais à peine ? Faire un job qui t'amuse mille fois moins que le base-ball ? Te bourrer la gueule à des soirées chicos en faisant comme si tu ne détestais pas ça ?

– Qui es-tu pour me dire ce que je déteste ?

– Une personne qui t'écoute.

C'est là qu'il essaye de me refermer la porte au nez. D'un geste, je bloque le battant et l'en empêche.

– Non. Ça ne se passera pas comme ça. C'est toi qui m'as embringuée là-dedans et maintenant tu veux laisser tomber ?

– Et ça te surprend ? C'est pas le moment où tu me dis que ça ne te surprend pas ?

Je le regarde et, soudain, ça me saute aux yeux. Toutes ces années où on est restés à distance l'un de l'autre et où je n'ai pas fait d'effort pour aller vers lui – pour lui tendre la main –, lui aussi jouait un rôle. Le rôle dans lequel il était le plus à l'aise. Le rôle de celui qui s'en fout. Alors je tente une autre approche.

– Écoute, on va faire ça autrement, d'accord ? On n'a qu'à décider qu'à partir de maintenant on va procéder différemment. Pour tous les deux. Et pour papa.

Son regard s'est radouci. Je me dis que je l'ai touché. Que j'ai touché mon frère. Mais il secoue la tête et, tournant les talons, il dit :

– Je peux pas faire plus.

Sur quoi il referme la porte, me plantant là dans le couloir, seule, toute seule.

Vingt-quatre ans plus tôt

– Ça s'annonce mal, dit Liam.

– Je crois qu'on ne t'a pas sonné.

Liam rit alors que Cory faisait gicler son pinceau dans sa direction. Ils étaient à Windbreak, à la fin d'une grosse averse. Ils étaient tous deux de passage à Los Angeles pour raisons professionnelles et avaient trouvé un alibi pour se dégager quelques jours ensemble ici. (Mais est-ce que ça ne finissait pas toujours avec un prétexte pour se retrouver ici quelques jours ?) Cory posait du papier peint dans le salon. Un papier avec un motif d'oiseaux.

Elle ne voulait pas de son aide, alors Liam se cantonnait à l'observer, au pied de l'échelle, tandis que le mur se couvrait de papier peint. Il ne lui plaisait pas particulièrement. Sa mère n'avait-elle pas coutume de dire qu'un oiseau dans la maison, ça portait malheur ? Peu importe. Ça plaisait énormément à Cory, donc on en couvrirait les murs.

Cory monta au barreau supérieur et réajusta le niveau.

– Je trouve que ça rend bien.

– T'es bien la seule.

Elle lui sourit en tendant la main vers le cutter.

– Tu sais, dit-il, les livres, le panorama, ces oiseaux hideux … On dirait la pièce parfaite pour que tu y écrives.

Il la sentit se crisper.

– Ça pourrait, j'imagine. Mais ce n'est pas chez moi.

– Le papier peint tend à prouver le contraire.

Elle éclata de rire.

– Tu ne songes jamais à écrire ?

– Liam…

– Quoi ?

– Ne crois pas que je ne te vois pas venir, dit-elle. Ce n'est pas parce que Sylvia passe un temps déraisonnable avec son coach personnel…

– Ce n'est pas son coach personnel. C'est celui de sa copine.

– Pardon. Ce n'est pas parce que Sylvia joue les Sylvia que ça t'autorise à questionner mes choix de vie.

– Je les adore, tes choix de vie. J'adore tous les choix qui font que tu es ici à mes côtés, dans cette pièce, sur cette échelle, dans cette adorable salopette et avec ces lunettes de vieille mémé. Qui font que tu n'en as par miracle pas encore fini avec moi.

– Oh, crois-moi, la fin approche.

Il lui sourit. Il savait qu'il devait marcher sur des œufs. Le travail de Cory était une source de disputes, entre eux. Mais quand elle avait passé l'entretien avec Sally, c'était censé être temporaire. Le monde de l'entreprise, les journées à rallonge, le stress qu'on lui mettait sur les épaules – il n'avait jamais été question que ça dure. Elle avait gagné beaucoup d'argent, suffisamment pour faire ce qui lui plaisait. Pourquoi ne se lançait-elle pas ?

– On pourrait être tenté de dire que j'ai touché une corde sensible, dit-il.

– Pas de quoi être fier, dit-elle. Et puis, qui te dit que j'ai arrêté d'écrire, d'abord ?

À cette remarque, il se figea.

– C'est vrai ?

– Oui, c'est vrai.

Il vint se planter devant elle.

– Comment ça se fait que je n'étais pas au courant ?

– Il y a plein de choses que tu ignores à mon sujet.

Il posa les mains sur l'échelle. Elle descendit de quelques marches et se tourna vers lui, de sorte qu'il avait désormais les deux mains pile au-dessus de sa tête, l'enserrant. Leurs visages se touchant presque. Rien qu'eux deux, respirant le même air, comme un halo, comme une soupape de sécurité.

– Je prie chaque jour pour que ça change, dit-il, sincère.

– Oui, eh bien…

Elle le regarda droit dans les yeux.

– … Tu te souviens de Mme Dixon ?

– Mme Dixon ?

– La prof d'anglais du lycée. Elle avait tout un attirail pour les tortues dans sa salle de classe.

Il ne l'avait jamais eue, mais il fouilla sa mémoire pour la resituer. Être fidèle à quelqu'un, c'est lui raconter sa vie. C'était important, visiblement, qu'il se souvienne d'elle.

– Une rousse, c'est ça ? C'est grâce à elle que Joe s'est impliqué dans la revue littéraire, elle l'avait menacé de lui mettre un zéro.

– Exactement. Elle avait invité un type du *New Yorker* en cours, un auteur de nouvelles, il s'était assis par terre face à nous et nous avait raconté que ses histoires étaient comme une lettre d'amour adressée à une seule personne. Et que les autres étaient simplement des voyeurs... J'y repense encore aujourd'hui quand j'écris et la pression s'envole.

– Quelle pression ?

– La pression du regard extérieur. Alors que je n'écris pour personne à part moi.

– Et la personne destinataire.

– Oui, et cette personne.

– Et c'est qui, alors ?

Elle sourit mais s'abstint de répondre.

– Ne perds pas de vue l'essentiel.

– Fort bien. C'est quoi l'essentiel ?

– Je sais que ton passe-temps favori, c'est de focaliser sur ce qui aurait dû être, mais moi je n'aime pas ça. C'est du gâchis. Pour être franche, ça fait comme un obstacle en plus qui m'empêche de le trouver. De m'y accrocher.

– À quoi ?

– Au bonheur.

– À quel moment s'est-on mis à faire mon procès ?

– C'est toi qui m'as interrompue dans mon papier peint.

– Donc tu n'y penses jamais, à cette autre vie ? Celle où, ajouta-t-il un peu gêné, je t'ai à mes côtés tous les jours, au milieu de tous les bébés qu'on a eus et qu'on élève ensemble. Tu écris dans cette pièce jour et nuit. Et moi je t'apporte le thé, et je m'assois sur ce fauteuil, ici. Et je te regarde travailler.

– Ma vie me plaît, dit-elle. Sans compter que tu me regardes en ce moment même. Et que c'est assez agaçant.

– Ce n'est pas une réponse.

Elle l'embrassa dans le creux du poignet, au bord de la paume.

– On va avoir un coucher de soleil magnifique quand la pluie aura cessé. Pourquoi tu n'irais pas nous trouver un bon spot sur la falaise et, quand tu m'agaceras moins, je viendrai peut-être t'y rejoindre.

– Tu m'envoies en exil ? Sous la pluie ?

– Tu as des bottes.

Elle lui tourna le dos et remonta sur son échelle.

Levant les yeux vers elle, il dit :

– Pour ce que ça vaut, je suis heureux. Je suis toujours heureux quand je suis avec toi.

– Tant mieux, allez, ouste.

– Je suis sérieux, Cory. Ça fait combien de temps ? Trente ans et il n'y a toujours rien qui me rende aussi heureux que ta présence.

– Oh, tu vas arrêter. Ça finit toujours comme ça quand on vient ici.

– Normal, c'est parce que c'est notre endroit.

– Pourtant ça ne l'est pas.

Il se dirigea vers l'extérieur, vers le coucher de soleil, pour la satisfaire.

– Si tu dis vrai, alors compte sur moi pour arracher ce papier peint sitôt que tu seras partie.

On ne gagne pas à tous les vols

Je suis assise à la toute dernière rangée.

Pour partir par le premier avion, c'était la seule option. À ma gauche, côté hublot, une mère qui berce un bébé en pleurs, et côté couloir, un homme qui s'enfile de la vodka pure (à huit heures du matin) et jette des regards furibonds à l'enfant, comme si ça allait arranger les choses.

– Si je pouvais attraper sa tétine de secours, ça aiderait peut-être, dit-elle. C'est au moins la troisième… Les autres sont par terre.

– Je vous la tiens le temps que vous cherchiez ça, pas de problème. Je me permets de…

Je n'ai pas le temps de finir ma phrase qu'elle m'a fourré le bébé dans les bras. Je la serre contre moi, caresse sa tête toute douce tandis que sa mère déboucle sa ceinture, m'enjambe puis passe comme elle peut par-dessus les jambes du voisin qui ne se décale pas d'un pouce.

La mère farfouille dans son sac à langer dans le compartiment à bagages, en quête de la tétine. Puis se refaufile jusqu'à son siège. Comme par miracle, le bébé s'est assoupi paisiblement dans mes bras.

– Waouh. Impressionnant.

– La chance du débutant.

Elle tend les bras vers sa fille mais je la sens craintive : elle a peur que le bébé se réveille.

– Vous savez, ça ne me gêne pas de la garder tant qu'elle dort. Si vous n'y voyez pas d'inconvénient…

– Vous êtes sûre ?

Je m'apprête à confirmer quand notre compagnon de voyage revêche braille :

– Oh pitié, oui. Gardez-la !

– On ne vous a pas sonné, vous, dis-je en le fusillant du regard.

Il secoue la tête et s'en tient là. Je me retourne vers la mère :

– Franchement, ça ne me gêne pas du tout.

La mère acquiesce, avec un geste tendre sur le bras du bébé.

– Merci, fait-elle, et pour la première fois depuis que nous sommes à bord, elle souffle.

Puis, avec un sourire reconnaissant, elle me demande :

– Vous avez des enfants, j'imagine ?

– Pas encore, non.

– Mais vous en voulez ?

Je confirme :

– Tout à fait.

– Hum. Vous avez trouvé la bonne personne ?

– Je crains d'être en train de le perdre.

– La discussion devient un peu glauque.

– Pourtant on a à peine commencé…

Elle glousse. Sans doute un peu trop fort – le rire de sa mère annonciateur de tant de bonnes choses – parce que le bébé se met à gigoter contre moi. La mère pose la main sur son dos et l'enfant se calme.

– Le papa de la petite a du mal à se faire à sa nouvelle vie de père, donc je vais passer quelque temps chez ma sœur. Pour le laisser souffler.

– Ça va vous faire un bien fou.

– Je croise les doigts. Ma sœur est grosso modo la personne la plus intelligente que je connaisse, c'est elle qui m'a dit de sauter dans l'avion. D'après elle, si on ne trouve pas les réponses aux questions qu'on se pose, il faut changer de questions.

La phrase me percute.

– Elle a l'air d'avoir beaucoup de recul.

– Disons qu'elle vit en coloc avec six personnes dont pas une ne bosse… dit-elle. C'est un drôle de numéro.

Je souris, réajuste le bébé dans mes bras, pour qu'elle soit bien.

– Et donc, cette nouvelle question, alors ?

– Est-ce qu'il redeviendra lui-même, en mon absence ?

J'opine du chef. On en est tous là, non ? On se bat contre ce qu'on ne reconnaît pas en l'autre. Ce qu'on essaie d'apprivoiser. Je crois que les questions qui me travaillent, aussi vastes et insolubles qu'elles soient, en reviennent toutes à ça. Qu'est-il arrivé à mon père que je n'étais pas là pour voir ? Qu'est-ce que j'ai raté, à son sujet ? Où est-ce que tout ça se rejoint ?

Et puis aussi : quelle autre question devrais-je me poser ? Qui me donnerait un tableau plus lisible de ce qui s'est passé sur la falaise ce soir-là. Qui m'aiderait à progresser. Je songe à Meredith Cooper : *Toutes les questions sont permises quand on a perdu un être cher.* À Jonathan : *Votre père était on ne peut plus fidèle.* À Inez : *Il nous aimait tous, du mieux qu'il pouvait.*

À ma mère : *Oh, pour l'amour du ciel, ma chérie. On dirait que tu ne connais pas du tout ton père.*

Peut-être. Ou pas. Peut-être qu'il ne s'agit pas simplement de savoir qui était mon père. Mais plutôt de répondre à cette autre question : qui, au bout du compte, mon père aurait-il voulu être ?

– Bon, dit-elle, maintenant que je vous ai raconté toute ma vie, à vous. Qu'est-ce qui vous a poussée à traverser le pays à la dernière minute ?

– Comment savez-vous que c'est à la dernière minute ?

– Sinon vous ne seriez pas sur le siège du milieu. Je m'y connais, en urgences. Alors qu'est-ce qui se passe ?

Mais sur ces entrefaites, le bébé se met à gazouiller de plus en plus fort et soudain elle est réveillée, m'aperçoit – cette femme qui n'est pas sa mère – et se met à s'agiter pour retrouver les bras auxquels elle appartient, ses pleurs se muant bientôt en hurlements désespérés.

– Oups, on oublie. Priorité au direct ! On en parlera une autre fois.

Les secrets d'une plage en hiver

À Windbreak, je descends sur la plage.

Je pars de Loon Point et me dirige vers l'est, comme si j'étais le joggeur. Puis je longe la propriété des Velasquez et oblique vers Windbreak, comme l'ont fait les Cooper, essayant de reconstituer la scène telle qu'ils l'ont vécue. J'examine l'emplacement exact où l'on a retrouvé mon père, sur le sable sec, à cinq mètres du pied de l'escalier bancal qui mène à son jardin. Je lève la tête vers la paroi de la falaise, contemple la volée de marches, le haut mur d'enceinte clôturant la propriété voisine, la modeste palissade côté paternel.

J'essaie de tout recréer. Le motif d'ensemble. L'ordre.

Que s'est-il passé exactement ce soir-là ? Si on l'a poussé, il a bien fallu s'échapper ensuite, si la personne n'a pas pris ces escaliers, a-t-elle sauté, elle aussi ? A-t-elle escaladé les murs séparant Windbreak des propriétés voisines ? On l'aurait vu à l'image. Si la personne était ressortie par le portail, ça aussi on l'aurait vu. À moins que la personne ait su comment effacer ces images ?

– Nora ?

Je fais volte-face et me trouve nez à nez avec un monsieur plus tout jeune arborant une casquette marquée

Yale, une moustache blanche assortie à la chevelure qui dépasse sous la casquette. Deux gros chiens s'agitent autour de lui, dessinant de larges cercles.

Il me rappelle vaguement quelque chose, mais je ne parviens pas à le resituer avant qu'il porte la main à sa poitrine en guise de présentation.

– Benjamin King, dit-il.

Ça me revient. Je souris. C'est Ben, le vieux copain de fac de mon père. La raison pour laquelle mon père s'est retrouvé à Padaro Lane il y a quarante ans de cela. Pour laquelle il a pour la première fois posé les yeux sur Windbreak.

– Mais oui, bien sûr, Ben. Désolée de ne pas vous avoir reconnu.

– Ça ne fait rien, répond-il. Ça remonte à quelques années. Je crois que vous terminiez vos études.

– Alors ça fait plus que quelques années.

– Au bout d'un moment, on ne compte plus, dit-il gentiment, soulignant sa remarque d'un geste un peu désolé.

Puis, souriant, il ajoute :

– J'étais vraiment désolé quand j'ai appris, pour votre père. J'espère que vous n'êtes pas trop effondrée…

Il rougit, d'une manière qui m'est familière depuis que j'ai perdu ma mère. Comme, je l'ai remarqué, nous sommes si nombreux à le faire quand nous essayons d'offrir quelques mots de condoléances, comme si la simple mention du chagrin pouvait le faire apparaître, pouvait être responsable de raviver une souffrance que l'on pourrait sinon oublier. Je trouve ça d'autant plus gentil quand les gens prennent le risque et tentent tout de même une parole réconfortante.

– Je vous remercie, dis-je. C'est gentil à vous.

– Vous restez ici quelque temps ?

– Uniquement ce soir, je crois.

– D'autres l'ont dit avant vous. Cet endroit a vite fait de vous séduire.

Je réponds d'un sourire. Et il reprend sa progression sur la plage, ramassant au passage un bâton qu'il lance à ses chiens. Lesquels démarrent à fond de train, se chamaillant pour l'avoir.

Je l'observe un moment, cet homme, lui si détendu, si heureux. N'est-ce pas l'homme que voulait être mon père ? Un homme à son image, un type qui ne s'en fait pas pour ses vieux jours. Dans une maison perchée sur la falaise, ayant fait une croix sur son ancienne vie (les anciennes versions de lui-même), abandonnées loin derrière, comme après une mue. Mais ce ne pouvait pas être ça, l'histoire de qui voulait être mon père, tout de même ? Pas de la part de quelqu'un qui aimait aussi intensément que lui ? Qui avait pris Joe sous son aile. Qui restait proche de toutes ses familles. Qui était on ne peut plus fidèle à tous.

Non. L'histoire devait davantage ressembler à ça : celle d'un homme se cramponnant de toutes ses forces et mettant la même énergie à fuir. Mais se cramponnant à quoi ? Et c'est là que je percute.

À Cece. Cece a fini non loin d'ici, sur le littoral, n'avait-elle pas mentionné que son mari y vivait encore, pas trop loin d'oncle Joe ? Pas trop loin de mon père ? Ça fait beaucoup de coïncidences.

Je sors mon téléphone et cherche qui est son ex-mari. Davidson Salinger. Un site de référencement des entreprises l'associe à une adresse sur Sand Point Road. À cinq minutes d'ici en voiture. Davidson Salinger, un type originaire de Los Angeles, diplômé de Yale, où il avait rencontré sa première épouse, Cece Kayne.

Yale. Ça ne devrait pas me surprendre. Cece avait dit qu'ils avaient été ensemble en cours, mais j'étais parti du principe qu'elle parlait de Midwood. Du lycée. Pourquoi avais-je cru ça ? Parce qu'elle avait dit qu'ils avaient grandi au même endroit. L'avait-elle vraiment dit ?

Je remonte vers la villa, avalant les marches deux à deux, avant de verrouiller le portillon derrière moi. Je traverse le jardin en courant. Une fois à l'intérieur, je referme la porte en hâte.

La maison est gelée, et dans le noir. J'ai appelé Clark pour lui demander de venir tout allumer. Il a la clé d'un compteur électrique qui n'est pas accessible. Je dois apprendre à le faire moi-même.

Mais soudain, je ne me sens plus d'attendre. Je me précipite dans le salon, fonce droit sur la bibliothèque, retirant divers éléments du coin des affaires plus personnelles : certaines factures, les albums de promo, une partie des albums photo. J'apporte le tout devant la fenêtre, en pleine lumière, dans la tiédeur du soleil de la fin d'après-midi.

Il y a un album de son année de terminale à Midwood, un autre intitulé La Banderole de Yale de sa dernière année d'université. Je parcours l'index, en quête de photos où figurerait mon père. Je n'en trouve aucune, excepté son portrait. Je passe aux albums photo à la place. La date est inscrite sur la couverture, je cherche tout ce qui pourrait remonter aux années 1970, époque où il terminait ses études.

Dans le deuxième album que je feuillette se trouve une photo de groupe grand format. Plusieurs de ses bons copains y figurent, mais pas Ben King. Personne que je reconnaisse au premier coup d'œil, à l'exception de mon père, qui a l'air si solide, si jeune, avec ses bras croisés sur la poitrine, son sourire immense, ravi. Qui ressemble tant à Sam que j'en suis frappée.

Je tourne la page. Autre portrait de groupe. Mon père est au centre, entouré de plusieurs amis. Sur cette photo, j'en reconnais deux. Tout à gauche, c'est mon oncle Joe. Et, à droite, seule femme de tout le groupe : une jeune et très belle Cece Kayne. Elle se tient près de mon père, mais ce n'est pas lui qui a le bras passé autour de sa taille. C'est peut-être ce Davidson Salinger. Ou une tout autre personne.

Quoi qu'il en soit, Cece est penchée vers mon père, malgré le fait que cet autre homme est penché vers elle.

Je retire la photo de l'album, la tiens dans ma main et examine un à un les visages. J'approche l'image de mes yeux, ça y est, il est tout près, et me demande ce que je suis à deux doigts de voir.

Dix-huit ans plus tôt

– Je ne veux plus en parler…

Ils se trouvaient au bout du quai 28 à Grand Central Station. Cory attendait le train de dix-sept heures cinquante-cinq pour Dobbs Ferry, où son mari et elle habitaient depuis quelques mois. Elle enseignait temporairement à l'université Sarah Lawrence, et ils avaient loué une vieille demeure victorienne pour le semestre. Cory adorait cette maison, située dans une rue où elle songeait à emménager de manière définitive. Elle travaillait moins. Elle suivait un cours du soir de poésie pour son plaisir. Elle montait dans ce train pour regagner un endroit qui la rendait plus heureuse que ne le faisait Liam, pour l'heure. Il avait treize minutes pour la faire changer d'avis.

– Il n'y a rien entre Cece et moi, dit-il.

– Ah arrête. La question n'est pas là.

Elle était suffisamment énervée pour qu'il sache qu'elle ne s'en moquait pas complètement, même si elle ne l'admettrait pour rien au monde. Ni à lui, ni à elle-même. Cece avait été un sujet de tension entre eux depuis qu'elle et Cory s'étaient croisées, durant la dernière année de fac de Liam. Cece et Liam vivaient dans la même résidence, sur le campus, depuis la troisième année et étaient brièvement sortis ensemble avant que Cory et Liam se revoient. Ils étaient restés proches. En toute amitié, mais proches.

Cory n'était pas jalouse, de nature, mais Liam voyait bien qu'elle avait du mal avec Cece. Pas simplement parce qu'elle était (fort probablement) la plus belle femme que Cory ait jamais vue en personne. Ou parce que Cece ne faisait rien pour cacher qu'elle avait encore des sentiments pour Liam, bien qu'elle ait commencé à fréquenter quelqu'un d'autre. C'était surtout le dédain que Cece lui avait témoigné. Elle avait été dédaigneuse, ou menaçante, ou les deux.

En un mot, elle n'avait pas été sympa. Pas cette fois-là, et pas davantage lors des rares rencontres qui avaient suivi.

Et – il fallait que ça tombe aujourd'hui – aujourd'hui, Cory qui était en avance à la gare vit Liam et Cece qui prenaient un verre à l'Oyster Bar. Assis un peu trop près, buvant leurs Martini, Cece penchée vers lui.

– Cory. Elle m'a fait une offre pour l'entreprise. Il fallait que j'écoute ce qu'elle avait à proposer.

– Et ?

– Et j'ai décliné.

– Et tu t'attends à ce que je te félicite ?

– Non, bien sûr que non.

Cory secoua la tête.

– C'est une perte de temps.

– Le mien ou le sien ?

– Aucun des deux.

Puis, le fusillant du regard :

– Le mien. Je croyais que tu ne rentrais pas avant la semaine prochaine de San Francisco.

C'était le plan initial. Il inaugurait un complexe à deux pas de Pfeiffer Beach, un lieu épatant, une vingtaine de cabanes perchées dans les arbres face à l'océan, offrant des vues sans équivalent sur les rochers, les vagues et ce littoral si rude, si sauvage. Et, tout aussi important, la cachette parfaite. Vis-à-vis de Sylvia, qui serait bientôt son ex-femme, et vis-à-vis de la deuxième famille qu'il avait laissé tomber. Il se cachait même de Cory. Autant dire qu'il se cachait de lui-même.

– J'ai essayé de t'appeler sitôt que j'ai atterri, dit-il. Vérifie ton téléphone.

– Je ne vérifie rien du tout. Si tu dis que tu m'as appelée, c'est que tu m'as appelée.

– Je suis venu pour le match de Sam, demain. Ils sont qualifiés pour le championnat inter-États. Je ne pouvais pas rater ça.

Elle marqua une pause, le temps de l'étudier, comme pour déterminer si elle devait le croire. C'était le pire, dans toute cette histoire.

– Pas de secrets l'un pour l'autre. Ça a toujours été le deal.

– Ça l'est toujours, dit-il. Si je n'ai pas mentionné Cece, c'est uniquement parce que c'est un non-sujet.

– Parce que, soyons clairs, tu peux vendre à Cece, ça m'est bien égal, mais ce qui m'ennuie, en revanche, c'est que tu m'aies dit que tu ne vendrais jamais à personne. Une entité aussi corporate que le groupe Salinger va s'emparer de tout ce que tu as bâti et le dénaturer.

– Je sais.

– Je ne devrais pas avoir à te le rappeler. Personne ne devrait avoir à le faire.

La conversation tournait au vinaigre. Mais Liam ne voyait pas comment l'arrêter. Parce qu'il s'agissait de Cece mais pas uniquement. Il s'agissait des choix que Liam faisait en ce moment, préoccupé (qu'il était) par la mort annoncée de son deuxième mariage.

Il y eut une annonce, l'embarquement commençait. Cory se prépara à partir. Il lui attrapa le bras, voulut l'en empêcher. Elle ne se laissa pas faire.

– Tu ne veux pas prendre le prochain ? On peut en discuter ?

– Tu comptes me dire pourquoi tu buvais un verre avec elle ?

– Quoi ?

– Les gens disent non au téléphone, Liam. C'est même à ça que ça sert.

Il ne répondit rien. Que dire ? Elle avait raison. Et il devait maintenant se l'avouer. Une part de lui, une minuscule part, avait envie de voir ce que Cece avait à dire.

Cory réajusta la bandoulière de son sac sur son épaule et tourna les talons.

– Reste, s'il te plaît, dit-il tandis qu'elle s'éloignait sur le quai.

Il savait qu'elle dirait non. Il le savait avant même que les mots aient franchi ses lèvres.

– Je ne compte pas rater mon cours, dit-elle. En plus, tout ça ne nous mène nulle part…

– J'essaie justement d'y remédier, dit-il.

Elle s'éloigna encore.

– Parfait, dit-elle. Peut-être qu'un de ces jours tu arrêteras de vouloir t'attaquer aux mauvais problèmes.

À la fois trop tôt et trop tard

Je suis en train de contempler le coucher de soleil depuis la galerie de derrière quand Cece appelle.

J'écoute le bruit des vagues, une tasse de thé dans les mains. Je n'ai aucune raison de me sentir sereine, et pourtant c'est le cas, au point que je n'entends d'abord pas le téléphone sonner. Je suis tout au bruit du ressac, à mes pensées qui vont vers Jack. Je regrette qu'il ne soit pas à mes côtés, il trouverait tout cela tellement apaisant, lui aussi. Je songe un instant à l'appeler, mais je ne m'y sens plus autorisée. Il me manque, mais ça ne suffit pas. Il faut d'abord que j'ai une autre réponse à lui apporter.

Le téléphone sonne de nouveau, et une seconde je crois que c'est lui. Mais sur mon écran, c'est un appelant anonyme qui s'affiche, c'est Cece qui veut me parler.

– Votre oncle Joe m'a appris que vous étiez à Windbreak, dit-elle.

– Et comment le sait-il, oncle Joe ?

Pas de réponse, elle se tait.

– Je me disais qu'on pourrait dîner ensemble, demain soir ? Pour parler un peu de tout ça.

– Il viendra aussi ?

– Je ne lui ai pas dit que je vous contactais, à vrai dire, fait Cece. J'espérais qu'on pourrait se parler en tête à tête…

J'entends qu'on frappe au cadre de la porte-moustiquaire. Levant les yeux, je découvre Clark planté sur le seuil.

– J'allais partir.

– Écoutez, Cece, je vous rappelle dans une minute, d'accord ?

Je raccroche et me tourne vers Clark.

– Merci de t'être déplacé.

– De rien. Ça fait plaisir de voir la maison occupée, de nouveau.

Je lui souris et me lève pour le rejoindre. Plongeant la main dans ma poche arrière de mon pantalon, j'entends encore la voix de Cece résonner en moi, sa peur.

– Avant que tu partes, je pourrais te montrer quelque chose ?

– Bien sûr.

Je lui tends le portrait de groupe où figure mon père et oncle Joe. Et Cece.

– J'imagine – et je comprendrais que tu veuilles rester discret, mais… est-ce que papa venait parfois ici passer du temps avec cette femme ?

Il saisit la photo, à contrecœur d'abord, se râclant la gorge. Puis il l'étudie attentivement, passant en revue chacun, jusqu'à arriver (semble-t-il) à mon père.

– Waouh, Liam fait tout jeune, là-dessus.

– Je sais.

– On dirait tellement ton frère Sam.

– Je suis bien d'accord.

Il porte la photo à hauteur de ses yeux et se concentre. Puis secoue la tête.

– Mais la femme… je ne peux pas dire que je la reconnais.

– Je peux te trouver une version plus récente sur Internet.

– Non. Inutile, dit-il en me rendant le document. Pour être franc, je ne l'ai jamais vraiment vu avec qui que ce soit, ici. Les enfants, parfois, mais, le plus souvent, ton père venait seul…

J'acquiesce.

– Oui, c'est bien ce que je pensais.

Clark pose la main sur le cadre de la porte, y fait courir ses doigts. Puis me tourne le dos, s'apprêtant à quitter les lieux. Dos tourné, d'une voix si basse qu'elle en est presque inaudible. Il ajoute :

– Il parlait de toi. Il serait heureux de te savoir ici.

– Merci, ça me fait chaud au cœur de l'entendre.

Je baisse la tête, reconnaissante, trop, à vrai dire. Ça me touche trop. D'entendre que mon père souhaitait ma présence. Que cette partie de sa vie comptait à ses yeux.

– Il n'y a qu'une femme qui soit venue ici avec lui.

Je le regarde de nouveau, doutant d'avoir bien entendu.

– Pardon ?

Un coup d'œil par-dessus l'épaule, et un geste évasif.

– Du moins il n'y en a qu'une que j'ai croisée. Et c'est tout.

Je soutiens son regard, mon pouls s'accélère. Il ne dit pas la suite parce que c'est inutile. Il veut dire : une femme en dehors de ses épouses, une femme en dehors de ses différentes familles, une femme qui, sans doute, n'avait rien à faire là.

Je le lis dans ses yeux. Il ne sait pas trop si c'est une trahison de me le dire ou à l'inverse s'il a bien fait – ou, bizarrement, les deux à la fois.

– Je ne l'ai pas croisée souvent, et je n'étais pas sûr qu'il s'agissait d'une amie.

– Ça en avait l'air ?

– Oui et non.

– Vous connaîtriez son nom, par hasard ?

Il n'hésite pas une seconde. Maintenant qu'il a été jusque-là, il le dit sans trembler.

– Cory. Il me l'a présentée comme ça.

Cory. Pourquoi ça me dit quelque chose ? C'était le nom gravé dans le dressing. Cory & Liam.

J'en suis certaine. Se pourrait-il que ce soit la même Cory ?

Clark tapote l'encadrement de la porte, comme si toucher du bois pouvait le prémunir du mauvais sort après avoir trahi un secret.

Je lui touche le bras.

– Je te remercie.

Et je m'écarte de lui – regagne le salon, la baie vitrée et les oiseaux sur le papier peint, tous ces albums photo, ces factures et ces albums de promo étalés au sol, qui attendent que je les remette à leur place.

Cory & Liam.

Je rappelle Cece, mais elle ne répond pas. Je laisse un message.

Puis, je prends les albums les plus anciens – tout ce qui semble remonter au lycée, ou à avant.

Et je m'y plonge.

Onze ans plus tôt

Dehors, il faisait moins dix degrés.

Liam l'attendait au coin de la rue. Le vent qui soufflait devait être à moins vingt, les bourrasques de neige ne cessaient pas, mais il l'attendrait jusqu'à ce qu'elle arrive. Il venait de sortir du St. Regis où il avait rendez-vous au bar, et était encore fébrile, effet conjugué du whisky et de l'espoir qu'il la verrait bientôt. Il savait quelle ligne de métro elle prenait pour regagner son appartement depuis le centre. Il l'attendait à l'entrée de la station la plus proche de son bureau.

Puis elle apparut : fonçant tête baissée vers lui dans un long trench-coat et un bonnet en cachemire, d'où jaillissaient une flopée de boucles, les joues rosies par le froid glacial.

– Qu'est-ce que tu fiches là ? Tu veux finir en glaçon ?

Mais elle se fendit d'un sourire. Un sourire qui s'immisça aussitôt sous sa peau, chassant le froid.

Il lui sourit à son tour.

– Bonjour à toi aussi.

– Tu as l'air tout excité.

– Tu m'as manqué, dit-il.

– On s'est vus, pourtant.

– Pas assez.

Elle secoua la tête.

– Comment est-ce possible ?

C'était comme ça, entre eux, ces derniers temps. Liam en demande, qui multipliait les initiatives, et Cory qui donnait le change. Ça ne venait pas de nulle part. Cory s'apprêtait à fêter un gros anniversaire de mariage ; elle et son mari envisageaient de partir passer une année à Paris. Ils pourraient tous deux travailler de là-bas. Surtout, ils pourraient reprendre leur couple en main. Elle ne l'avait pas dit à Liam, mais c'était le véritable motif du projet. Elle n'avait pas besoin de le lui dire. Ils logeraient dans l'appartement d'un ami, dans le sixième arrondissement, et passeraient leurs journées à La Grande Épicerie, iraient à Londres pour qu'elle voie des spectacles dans le West End. Son mari l'accompagnerait. Il était prêt à tout pour la garder.

Liam avait compris. Tout comme – il avait compris que ça ne durerait pas éternellement. Ça ne faisait pas un pli. Mais en attendant, il ne pourrait plus l'attendre à l'entrée du métro. N'aurait plus d'occasion de la surprendre.

Il sortit le programme de sa poche, et deux billets pour *The Goodbye Girl*. Une nouvelle version. Elle baissa les yeux vers le prospectus dans sa main, avec Neil Simon écrit en gros.

– Carrément ?

– Premier rang.

– C'est mon lot de consolation à la veille de ton troisième mariage ?

Il rit. Que faire d'autre ? Il allait se remarier. Un nouveau et sans doute dernier mariage. Elle s'appelait Inez et avait dix-huit ans de moins que lui, mais là n'était pas l'essentiel. Ce qui comptait, c'était que, pour elle, il était important d'officialiser les choses. Sa mère n'allait pas bien et avait récemment emménagé chez eux. Il savait qu'Inez tenait à ce qu'elle assiste à la cérémonie tant qu'elle le pouvait encore. Il savait aussi qu'elle voulait des enfants. Elle venait d'avoir quarante ans. Elle était prête. Il voulait lui donner ce qui comptait pour elle. Elle le méritait. Pour tout un tas de raisons, ce mariage était une bonne décision. Mais face à Cory, pour l'heure, il se rappelait difficilement lesquelles.

– Désolée de ne pouvoir assister au mariage, dit-elle.

– Vraiment ?

– Non, pas vraiment. Même si j'apprécie Inez. Elle est trop bien pour toi, pour parler franchement.

– Là-dessus, nous sommes d'accord.

Elle crocheta son bras avec le sien. Et ils se mirent en route, en direction du théâtre. Tout à coup (et comme d'habitude), Cory menait la danse.

– Ça ne change rien au fait que tu devrais sérieusement songer à arrêter les mariages, dit-elle.

– Tu ne crois pas que la troisième fois soit la bonne ?

– Je ne me prononce pas.

– Bien sûr…

– Je trouve simplement que tu t'es décidé très vite après avoir appris que je quittais le pays avec ma famille. De là à dire que ça a à voir avec moi.

– Presque tout a à voir avec toi, alors…

Cela lui valut un sourire.

– J'ai été sincère avec toi, à son sujet. Autant qu'on peut l'être.

– C'est bien ce qui m'inquiète.

Elle appuya sa tête sur son épaule et lâcha un petit soupir qui n'échappa pas à Liam.

Ça ressemblait à du soulagement. À du bonheur.

– Merci pour ces billets. J'en avais bien besoin aujourd'hui.

– Alors tu seras contente d'apprendre que j'ai aussi des Junior Mints de contrebande dans ma poche. Je sais que tu détestes arriver pile au lever du rideau.

– Et tu as pensé aux Twizzlers ?

– Tu me prends pour un débutant ?

Il tira de sa poche un paquet de bandes de réglisse rouge vif, qu'il lui tendit.

– Dis donc ! Tu me sors le grand jeu.

Aucun mot n'est jamais innocent

Je m'endors, à même le sol.

Je me réveille gelée. Ce doit être le milieu de la nuit, j'ai la chair de poule partout et la nuque endolorie.

J'ai parcouru les albums photo. J'ai scruté son album de lycée de terminale. Il y avait six cent trente filles dans sa promo, mais pas de Cory. Ni chez les filles, ni chez les garçons. Je n'ai pas l'énergie de me farcir les trois mille élèves de l'établissement, sans savoir si ça m'avancera vraiment à quelque chose si d'aventure je tombais sur un ou une Cory.

Je me relève, bien décidée à ranger l'album sur l'étagère, à sa place, à reposer toutes les affaires de mon père que j'ai examinées près des cadres photo.

Et c'est là que je le vois, qui semble m'attendre dans sa case. Un mince livret. Un mince livret sur lequel une de ces photos est perchée. J'ai failli le rater.

Je l'attrape et fixe sa couverture bordeaux. *Jabberwocky*. La revue littéraire du lycée de Midwood.

Je commence à le feuilleter jusqu'à arriver au sommaire. Je cherche le nom de mon père – une histoire qu'il aurait rédigée, ou un essai – quelque chose qui explique qu'il ait gardé ce journal.

Je ne le trouve pas, mais en revanche Joseph D. Goddard est là. Mon oncle Joe, avec une nouvelle de sa main ayant pour titre : « La courte pause ».

Ça me fait sourire, de l'imaginer en train de rédiger ça. Ça me paraît tellement incongru que je suis à deux doigts de la lire – quand soudain je déchiffre un autre nom.

Un autre nom qui me saute aux yeux. Il y a deux textes (un poème et une nouvelle) signés d'une Cordelia McCarthy.

Je reste bloquée sur le prénom. Cory pourrait être le diminutif de Cordelia, il me semble. Ça pourrait être Cory. Ça pourrait aussi ne pas, évidemment.

Je n'ai jamais été aussi près, ce soir, alors je vais page 8, pour lire son texte, qu'elle a intitulé « Les enfants s'en vont ».

Mais sous le titre, quelques mots sont griffonnés. Un court message manuscrit, sans majuscule à l'exception de ces trois initiales. Les initiales de mon père.

LSN – au cas où je ne le dirais pas plus tard,
tout est pour toi.

Mon pouls s'affole, tandis que je feuillette les pages suivantes. Je cherche la page de l'ours.

J'y suis. *Cordelia G. McCarthy. Rédactrice en chef.*

Sous son nom figure un portrait. Une petite photo en noir et blanc d'une jeune femme sur un banc, souriant à l'objectif derrière ses lunettes à monture métallique, vêtue d'une robe-portefeuille, avec ces longs cheveux indisciplinés. Son visage a beau être tout petit, sur cette photo, avec la flopée de boucles lui tombant devant les yeux. J'ai besoin d'y voir plus clair, j'allume la lampe.

Mais je reconnais son visage, ce joli visage si familier, avant même d'avoir allumé. Je la reconnais avant même d'en avoir conscience.

Grace.

Partie 3

« Un bâtiment a au moins deux vies – celle imaginée
par son concepteur et la vie qu'il vit réellement par la suite.
Et ces deux vies ne sont jamais les mêmes. »

Rem Koolhaas

Tout est une question de point de vue

D'un seul coup, tout ressurgit.

Des instantanés. Des pellicules mal développées. Un récit émergeant du brouillard. Toutes ces choses (tant de choses) auxquelles on n'a qu'à moitié prêté attention parce qu'on ne cherchait pas à les voir. On n'avait aucune raison de chercher à les voir.

Tu étais jeune. Tout tournait autour de toi.

Tu as huit ans et elle est assise à ses côtés pour assister à la pièce de théâtre de ton école ; tu as douze ans et elle pique-nique avec ton père et toi à Central Park, ils sont étendus sur la pelouse et ils rient aux éclats. Tu ne te souviens pas avoir vu ton père rire de cette manière avec qui que ce soit d'autre. Tu as quatorze ans, dix-huit ans, vingt-deux ans. Dans le bureau de ton père, dans *leur* bureau, sa voix en fond lorsque tu appelles, sa robe bleu clair, ses yeux à lui posés sur elle.

Tu as vingt-sept ou vingt-huit ans. Les mots de ton père après que vous êtes tombés sur Grace et sa fille Jenny à Brooklyn Heights. Les mots de ton père pour Grace, quand leurs joues s'effleurent : *je t'aime.* Les mots que ton père lui murmure à l'oreille à la fête d'anniversaire de ton oncle Joe. Après qu'elle a pressé ton épaule et l'a rejoint, les a rejoints, lui et oncle Joe. Ton père touchant sa main quand elle arrive à sa hauteur : *te voilà.*

L'année dernière encore. Après avoir perdu ta mère, la dernière fois où tu as vu Grace. Tu es avec Jack quand tu la croises par hasard. Elle se promène avec ton père dans Manhattan. Son sourire chaleureux. Sa joie.

Tu les vois quand tu regardes par-dessus ton épaule alors qu'ils s'éloignent. Les yeux dans les yeux, la main de ton père qui glisse sur sa hanche comme si c'était sa place.

Comme si ça l'avait toujours été.

*

* *

D'abord, j'appelle Sam.

Je tombe directement sur la messagerie. Le bip retentit dans mes oreilles avant même que je sache quoi dire. *Sam, rappelle-moi. Sam, j'ai besoin de toi.*

Ensuite, j'appelle Elliot. Il est presque neuf heures du matin à New York. Il est certainement déjà à l'hôpital. Peut-être a-t-il déjà commencé sa tournée auprès des patients. De toute façon, je n'ai pas besoin qu'il me confirme ce que je suis en train de réaliser toute seule. Ce qu'Elliot essayait de me dire, sans me le dire. Ce dont il a discuté avec mon père lors de leur dernier déjeuner, ce qu'Elliot entendait par *éthique*, ce qu'il ne pouvait pas me dire parce que ça concernait un patient. Ça concernait Grace. C'est la raison pour laquelle mon père (mon père anéanti par le chagrin) était si attaché à Elliot, du moins une des raisons. Elliot aidait Grace.

Indirectement, sans doute, en la conseillant, peut-être, mais en étant suffisamment impliqué pour qu'Elliot ait l'impression de ne pouvoir en parler sans briser le secret médical. Il ne pouvait parler de quelqu'un qu'il accompagnait, comme un patient. Pas avec moi.

Elliot ne pouvait pas partager ce pour quoi mon père avait continué de le solliciter, ce avec quoi il se débattait. Comment le cœur de Grace avait-il pu lâcher une deuxième fois, alors qu'ils surveillaient tous ça de si près, qu'ils la surveillaient elle de si près ? Il ne pouvait s'empêcher d'y penser. Et d'y penser encore. Comme si comprendre pourquoi elle était partie allait alléger la douleur de son départ, comme si ça allait la ramener.

Elliot ne décroche pas, l'appel atterrit sur la messagerie. Oncle Joe non plus. Je ne laisse de message ni à l'un, ni à l'autre. Je raccroche et appelle Jonathan.

Je suis dehors maintenant. Je suis dehors, au bord de la propriété, le soleil naissant à l'horizon, dans une mince bande dorée.

– Nora, dit-il. Qu'est-ce que je peux faire pour vous ?

– C'est Grace ?

Il reste silencieux. Au moins a-t-il l'élégance de ne pas me demander de quoi je parle. Il n'essaie pas de mentir. Je plonge mes yeux dans la roche blanche et l'eau en contrebas. Je me concentre sur les reflets dorés qui commencent à illuminer le ciel, cristallin, sauvage, paré.

Je me concentre. Une chronologie se précise dans mon esprit : la mort de Grace, il y a moins d'un an

(Paul a bien dit que c'était il y a huit mois ?), la tristesse incommensurable de mon père juste après, son envie de fuir tout ça (tout ce qui la lui rappelait, même l'entreprise), alors pourquoi ne pas la céder à Cece ? Pourquoi ne pas s'en débarrasser ? Jusqu'à ce qu'il réalise que ça ne changerait rien. Que ça ne ramènerait pas ce qu'il avait perdu. Que ça ne réparerait pas ce qui avait été brisé.

– C'est Grace, n'est-ce pas ? C'est elle qui devait hériter de l'entreprise, c'est ce qu'il avait prévu.

Il s'arrête, la tension dans l'air est palpable.

– Pourquoi vous ne passeriez pas au bureau ? Qu'on en discute en personne.

– C'est maintenant que je veux en discuter.

Il me raccroche au nez.

Je ne lui en veux pas. Mais pas question qu'il s'en tire comme ça.

Je le rappelle immédiatement.

Et je n'entends pas les bruits de pas derrière moi.

Je n'entends pas que quelqu'un est là, qui me fonce dessus.

Pas avant qu'il soit juste derrière moi, pas avant qu'il n'ait plus qu'à se pencher et à me pousser.

Je bondis lorsque sa main se pose sur mon épaule. Le souffle coupé, j'étouffe un cri. Je fais volte-face.

Et me retrouve nez à nez avec mon frère.

– Tu m'as fait une de ces frayeurs.

– Désolé…

Sam avec ses Converse aux lacets défaits, un sweat et un jean tout froissés, le visage pas très frais.

– J'ai pris le vol de nuit, dit-il. Personne ne devrait se retrouver seul ici.

Je le serre déjà contre moi. Je le serre si fort, comme si c'était dans nos habitudes.

– C'est Grace, dis-je.

– Comment ça, Grace ?

– Tout ça, c'est elle.

Temps clair à l'horizon

Les bureaux de Noone Properties sur la côte Ouest sont situés dans le Upper Village de Montecito – une enclave paisible de Santa Barbara, non loin de Windbreak, non loin du Ranch. Ils se trouvent dans une zone boisée, au deuxième étage d'un petit immeuble en brique. Du lierre recouvre la porte d'entrée, des pots de fleurs bordent la petite salle d'attente, donnant sur les montagnes et la cime des arbres s'invitant à travers les fenêtres.

Nous passons devant la réceptionniste et entrons dans le bureau de Joe.

Il est assis à son poste, au téléphone. Il couvre le combiné avec sa main.

– Ça vous tuerait d'envoyer un texto pour prévenir ? nous lance-t-il.

– C'est Grace qui allait hériter de la boîte ? réplique Sam.

Ce n'est pas vraiment une question. Nous connaissons déjà la réponse. Je balance l'exemplaire du *Jabberwocky* sur le bureau devant Joe.

– C'est quoi, ce machin ? demande-t-il.

– On sait, Joe, dis-je. On sait qu'il y avait quelque chose entre eux.

– Je vous rappelle, dit-il à son interlocuteur.

Puis il raccroche et commence à feuilleter la revue. Il secoue la tête, comme s'il n'y croyait pas. Il n'arrive peut-être pas à croire que mon père l'ait conservée. Ou qu'il l'ait devant lui, maintenant.

Il finit par relever les yeux vers nous. Et nous fait signe de prendre place sur les chaises, face à lui.

– Allez, asseyez-vous.

– On est très bien debout, dis-je.

– Alors vous allez rester debout un moment. Si vous voulez entendre toute l'histoire…

– C'est la semaine dernière qu'on aurait voulu entendre toute l'histoire, Joe, dis-je. On aurait voulu entendre toute l'histoire avant d'apprendre qu'il y en avait une.

– Écoutez, vous avez compris que ce n'était pas à moi de vous le dire.

– Non, bien sûr, dit Sam. C'était beaucoup mieux pour nous de devoir essayer de faire la lumière sur tout ça, tout seuls.

Il croise les bras sur la poitrine. Joe ne le lâche pas du regard et soupire. Puis il contourne son bureau, et vient s'asseoir au bord, près de nous.

– OK, dit-il. Qu'est-ce que vous voulez savoir ?

Tout, ai-je envie de lui répondre. Où tout a commencé, ce qui s'est passé ensuite, et comment tout s'est terminé, ici.

– Ils étaient ensemble au lycée ? je demande. Grace et papa ?

– Qu'est-ce que tu entends par « ensemble » ?

– Qu'est-ce que *toi* tu entends par « ensemble » ?

– D'accord, eh bien, d'abord nous sommes sortis ensemble, Grace et moi, dit-il. Très brièvement.

– Et ensuite, ç'a été leur tour ?

Il acquiesce.

– Beaucoup moins brièvement.

– Mais tu étais au courant ? demande Sam.

– Pour eux ? Bien sûr. Depuis cinquante ans à peu près.

– Donc ils étaient ensemble ? je demande. Tout ce temps.

Il secoue la tête, comme s'il ne voulait pas répondre à ça. Comme s'il ne voulait pas donner de réponse qui pourrait me blesser. Parce que, qu'est-ce que ça voudrait dire ? Qu'est-ce que ça dirait des sentiments de mon père à l'égard de ma mère ? Par extension, de ses sentiments à mon égard ?

Mais, d'une certaine façon, c'est comme si ça n'avait pas de rapport. Comme s'il s'agissait d'autre chose. Quelque chose de triste, de brut et de définitif. Sam se frotte les yeux, accablé.

– Alors… ça a toujours été à elle qu'il avait prévu de laisser l'entreprise ? dit Sam. Depuis le début ?

– Oui, répond Joe pour dissiper toute ambiguïté.

Joe soutient le regard de Sam, lui laisse le temps d'assimiler sa réponse. Je me tourne vers Sam et m'attends à voir de la douleur. Mais ce que je vois à la place, c'est un Sam qui digère l'information. Qui semble allégé d'un poids.

– Ce que vous devez comprendre, c'est que votre père et Grace… ça remonte à loin.

– Ça, on l'a bien compris, rétorque Sam.

– Il l'a fait venir chez Hayes peu après sa prise de fonction, peu de temps après mon arrivée dans l'entreprise, explique-t-il. Elle venait juste de rentrer de Californie, et c'était censé être temporaire. Mais sitôt qu'elle est arrivée, il a été évident que ça ne le serait pas.

– Pourquoi ? je demande

– Votre père avait une idée très précise de ce qu'il voulait faire de ses établissements. C'était une niche qui n'avait pas été très bien exploitée jusqu'alors, il avait une vision. Mais quand on veut transposer cette vision à plus grande échelle, pour que chaque hôtel soit un succès en soi, il faut raconter une histoire, c'est ce qui fait la différence. Et Grace… Grace savait le faire, voyez-vous. Elle avait parfaitement compris comment tisser des histoires. Et elle s'y prenait cent fois mieux que votre père. En tout cas, c'est ce que lui pensait.

Il marque une pause. Et je songe à ce que Sam m'a dit dans la voiture – combien mon père semblait vivant au travail. Et je commence à saisir pourquoi. Ce n'était pas seulement ce qu'il faisait là-bas ; c'était avec qui il le faisait.

– Tout ça pour dire qu'elle était vraiment douée pour son job. Pas seulement en marketing. Mais pour le branding. Pour la communication. Tous ces trucs. Et elle l'a rendu meilleur dans le sien.

– Et tu l'as découvert quand ? dit Sam.

– Découvert quoi ?

– Qu'il allait lui laisser l'entreprise ?

– Officiellement ? Il y a cinq ou six ans, à peu près. Dans ces eaux-là, mais je l'avais toujours supposé.

– Supposé ? dit Sam.

– Oui, Sam. Supposé. Comme j'ai dit, il avait besoin d'elle. Ça a l'air déséquilibré dit comme ça, à sens unique. Mais ce n'était pas le cas. Ça allait dans les deux sens. Ils étaient… ensemble dans cette aventure. Donc j'ai toujours su que c'était ce que ton père allait faire.

– Tu es sûr de ça, oncle Joe ? dit Sam.

– Où tu veux en venir, mon petit gars ?

– Papa n'est pas tombé, ce soir-là, dit-il. Le soir de sa mort.

– Qu'est-ce que tu racontes ?

Il nous regarde tour à tour, intégrant l'information.

– Tu crois que quelqu'un s'en est pris à lui ? C'est ce que tu insinues ?

Puis, ses yeux se plissent, lorsqu'il entend ce que Sam n'a pas exactement dit.

– Et tu penses que j'ai quelque chose à voir là-dedans ?

– Je ne sais pas, Joe, dit Sam. Tu as donné ta vie pour cette entreprise qui ne serait jamais pour toi, peut-être que ça t'a mis en rogne. Qu'elle ne te soit pas destinée. Qu'elle soit destinée à une femme qui avait d'abord été ta copine…

– Attends, tu te fous de moi. Je connaissais ses intentions. Et je les connaissais depuis presque cinquante ans. Depuis le début. Et tu sais avec combien de filles je suis sorti au lycée ?

– Donc c'est juste une coïncidence que tu aies essayé de le convaincre de vendre l'entreprise à ta compagne actuelle ?

– Je n'y suis pour rien, ça venait de ton père. Il ne voulait pas le faire sans Grace. Il ne voulait pas faire grand-chose sans elle. Je n'ai pas cherché à l'en dissuader, il avait besoin de simplicité après la mort de Grace. Il avait besoin de mettre tout ça derrière lui. Et Cece était impatiente que ça se fasse. Cette boîte, elle l'a toujours voulue. Est-ce que j'ai servi d'intermédiaire ? Affirmatif. Mais à sa demande, seulement.

– Et ça ne t'a pas mis en colère qu'il renonce à la vente, à la dernière minute ? Que ta dernière chance de prendre les commandes te glisse entre les doigts ?

Joe se lève. Il se lève et se plante juste devant Sam, à quelques centimètres de son visage. Sam s'approchant lui-même un peu plus, jusqu'à ce qu'ils se retrouvent pratiquement nez à nez, Sam faisant craquer ses phalanges, oncle Joe serrant ses poings.

– Va te faire foutre, mon gars !

Je m'interpose entre eux et plaque une main sur chacune de leurs poitrines pour les séparer.

– Hé ho, doucement, dis-je. Calmez-vous, s'il vous plaît.

Sam me regarde et recule. Oncle Joe secoue encore la tête, mais se reprend lui aussi.

Il se rassoit sur le bord du bureau, se penche vers Sam.

– Écoute, dit Joe. Je sais que c'est difficile à entendre, mais ça n'avait rien à voir avec Tommy ni avec toi, ni avec vos capacités, ni rien de ce genre. Il ne pouvait tout simplement plus. Tout ce qu'il faisait, c'était pour elle. C'était la seule chose qu'il pouvait partager avec elle tous les jours. Et il ne pouvait plus continuer, pas en son absence. C'était bien la seule faiblesse de ton père, dans la vie : il n'a jamais su être sans elle.

Il s'arrête, nous toise l'un après l'autre. Et je ressens la douleur qu'a dû connaître mon père – celle de mon père et celle de Grace – être ensemble, sans l'être. Pourquoi faire ce choix ? C'est là que je commence à entendre la réponse sans que Joe ait besoin de la formuler. Comme si personne n'avait besoin de le dire : les raisons qui font qu'on s'éloigne des gens qu'on aime sont parfois les mêmes qui nous poussent vers elles.

– Le fait est qu'il a décidé que ce n'était pas juste, au bout du compte. Vous méritiez de gérer la société comme vous l'entendiez.

– Ou peut-être pas. Peut-être qu'il a juste manqué de temps, dit Sam. Sinon, pourquoi est-ce qu'il aurait appelé Cece la veille de sa mort ?

– On ne peut l'exclure. Mais il avait l'air plutôt sûr de sa décision. Sans compter qu'il y a une explication beaucoup plus simple à ça.

– Laquelle ? demande Sam.

Avant qu'oncle Joe puisse répondre, je le fais pour lui.

– Il essayait de te joindre, dis-je.

Il fait oui de la tête.

– Il essayait de me joindre. Je capte mal chez Cece. Il devait chercher à me joindre pour je ne sais quoi… J'aurais probablement dû vous en parler. En tout cas, Cece pensait que j'aurais dû. Mais j'étais réticent, pour être franc. Je ne savais tout simplement pas comment vous dire tout ça, sans dévoiler ce que, je pense, il ne voulait pas partager…

Ses yeux trahissent son chagrin. Et je comprends, tout à coup, ce que notre oncle a essayé de faire jusqu'à la fin – il voulait protéger notre père. Il s'y efforce encore maintenant, à sa manière – la seule qu'il connaisse. Ce qui m'amène à une autre pièce du puzzle manquante.

– C'est toi qui l'as, dis-je.

– Quoi ? dit Joe.

– Son téléphone portable.

Il soutient mon regard, pendant une minute, sans mot dire. Puis, il fait le tour de son bureau et ouvre le tiroir du bas, en sort un téléphone.

– Quand je suis allé à Windbreak, je l'ai trouvé dans la chambre, dit-il. Ils s'étaient donné tant de mal pour garder leur relation cachée, qu'elle n'appartienne qu'à eux. Je ne voulais pas… Je me suis dit que c'était le moins que je puisse faire pour protéger leur secret.

Il tourne l'écran vers nous. Une photo de Windbreak nous contemple. Un lever de soleil sur l'océan, son fauteuil préféré dans un coin. C'est le téléphone de mon père. Le téléphone de notre père.

– Prenez-le. Puisque vous pensez que je vous cache quelque chose, prenez-le. Fouillez. Vous verrez bien.

Il me tend l'appareil, mais je le repousse. Je ne veux plus savoir ce qu'il contient. Je ne veux pas voir ce que mon père essayait de garder pour lui. Et pour elle.

Mais Sam ne l'entend pas de cette oreille, visiblement. Il me lance un regard acéré, se lève et arrache le téléphone des mains de Joe.

– Je vais le prendre, merci.

J'observe le rectangle noir dans les mains de Sam, ce fond d'écran, cette photo de Windbreak qui me fixe.

– Écoutez, je vais essayer de faire abstraction du fait qu'il est blessant que vous puissiez penser que j'aurais pu m'en prendre à votre père… dit Joe. Je sais mieux que personne combien il est facile de confondre chagrin et culpabilité.

J'observe oncle Joe, ces mots me touchent. Confondre chagrin et culpabilité. Il n'avait pas tort. Il était facile de penser qu'oncle Joe était coupable de quelque chose, de mal interpréter son comportement, de le trouver suspect, de prendre sa tristesse pour du remords.

Et quand on est en deuil, la culpabilité a vite fait de s'insinuer dans la tristesse, n'est-ce pas ? Elle se love là, effet secondaire malheureux quand on a failli à son devoir. Sauver la personne qui comptait le plus à nos yeux.

– Mais toi aussi, tu y crois ? dit Joe. Qu'il s'est passé quelque chose ce soir-là ?

Je croise son regard et suis saisie par un éclair de clairvoyance.

– Oui, dis-je.

Et c'est vrai. La vue d'ensemble me ronge, se rapproche de moi. Les mots de mon père me reviennent. Notre première nuit à Windbreak tous les deux, sur cette falaise, ensemble. *Windbreak n'est pas qu'à moi.*

C'est là que je comprends.

– Et Windbreak, Joe ? dis-je. Ça aussi, il avait prévu que ce soit pour elle, à l'origine ? Ça devait revenir à Grace ?

– À l'origine, oui, confirme-t-il. Mais, d'aussi loin que je me souvienne, ça a toujours été pour toi, Nora.

– Pourquoi ?

– Grace n'aimait pas y aller sans lui, pas plus qu'il n'aimait y aller sans elle... dit-il, en haussant les épaules. Et ton père savait que les autres vendraient. Toi, non, imaginait-il. Il pensait que peut-être tu saurais quoi en faire. Que tu saurais y bâtir quelque chose à la hauteur de la beauté du site.

– C'est ce qu'il t'a dit ?

– Oui. C'est ce qu'il m'a dit.

Je hoche la tête, un souvenir refait surface. Cette discussion avec mon père, l'une des toutes dernières, quand il voulait que je l'accompagne à Windbreak, quand il m'avait demandé mon avis sur la rénovation de la maison. Je savais désormais pourquoi il tenait tant à mon avis, subitement. Parce que c'était son refuge avec Grace. Et maintenant que Grace n'était plus là, Windbreak perdait une partie de sa raison d'être.

Je saisis soudain toute l'ampleur de ce que j'avais besoin de comprendre. Et tout prend sens. Les indices qui concordent, s'entrelacent dans leur complexité et convergent vers leur dénominateur commun : Grace.

Grace, Cory. Pour mon père : un avant, et un après. La personne qu'il voulait le plus à ses côtés à Windbreak. La seule personne avec qui il ait jamais voulu être. Réducteur, certes, mais si vrai. Comme s'il était le seul à pouvoir prétendre à ça.

C'est alors que je réalise qu'il y a quelqu'un d'autre, quelqu'un qui voulait aussi prétendre à cela. Prétendre que leur amour était le plus fort. Parce que, si l'on peut prendre le chagrin d'une personne pour de la culpabilité, l'inverse aussi est possible.

Prendre de la culpabilité pour du chagrin.

C'est ça que j'avais vu sur son visage, n'est-ce pas ? De la culpabilité. Il se sentait coupable de ce qu'il avait souhaité.

Il se sentait coupable d'où ça l'avait mené.

Au dernier endroit où il aurait dû se trouver.

Au bord d'une falaise.

Une falaise, un amour et un dernier adieu qui, malgré l'anneau encore à son doigt, n'était toujours pas tout à fait à lui.

Je me tourne vers mon frère.

– Je sais qui était là, ce soir-là.

Cinq ans plus tôt

– Il faut sans doute que tu saches que c'est à toi que je la lègue.

Ils étaient au bureau, à une heure tardive, partageant un plat chinois à emporter et une bouteille de Sam Adams Utopias que Liam avait reçue en cadeau. Tout le monde était rentré chez soi depuis longtemps. Jonathan, Tommy, les assistants.

Joe n'était même pas venu, aujourd'hui. Il fêtait encore son anniversaire. Pour le troisième soir d'affilée : d'abord avec sa fille Diana, puis la soirée au Perry St organisée par Liam et maintenant (soir trois) il était en tête à tête avec sa nouvelle copine.

Joe répugnait à en parler, mais c'était la première femme pour laquelle il ressentait ça depuis des dizaines d'années. Elle venait de quitter son mari. Cette femme dont Joe craignait qu'elle ne soit pas prête à être séparée de lui pour de bon. Liam savait qu'il s'agissait de Cece, même si Joe ne voulait pas encore le lui dire. Il l'annoncerait quand ça lui semblerait plus solide, plus concret, peut-être. Quand ça lui semblerait le moment.

– Qu'est-ce que tu viens de dire ?

– J'ai dit que je te la lègue. Évidemment.

Cory reposa ses baguettes et planta ses yeux dans les siens.

– Je ne t'ai rien demandé.

– Pourquoi faudrait-il que tu aies à le demander ? dit-il. Je l'ai construite avec toi. Et c'est uniquement grâce à toi si c'est devenu ce que c'est. Elle t'appartient autant qu'à moi.

– Oh mon Dieu, si tu fais ça…

– C'est déjà fait. Tu seras l'actionnaire majoritaire, tu auras le poste de P-DG et tu seras présidente du conseil d'administration. Je t'informe, c'est tout.

– Tes fils vont péter les plombs.

– Ils s'en remettront. Ils seront actionnaires minoritaires et siègeront au conseil. Et puis quand tu prendras ta retraite, j'espère que tu envisageras de leur céder la place. Mais ça sera ta décision.

Elle soutint son regard, pour qu'il l'écoute attentivement. Qu'il écoute ce qu'elle avait à dire.

– Si tu fais ça, ça nous exposera aux yeux de tous, dit-elle. Tu le sais. Tout le monde va se poser des questions.

– Grand bien leur fasse, commenta-t-il.

– Facile à dire, pour toi.

Il n'allait pas répondre qu'effectivement, il s'en lavait les mains, mais il comprenait son point de vue. Inez et lui étaient déjà séparés. C'était banal à dire, mais c'était mieux pour eux deux. Ils étaient plus proches que quand ils faisaient semblant d'être ce couple qui n'avait jamais vraiment fonctionné. Il lui était reconnaissant des moments passés ensemble. Il était heureux que leur relation ait conforté Inez dans ses choix de vie et qu'elle l'ait conforté, lui (s'il en était encore besoin) dans l'idée que sa place, c'était près de Cory.

– Et toi ? demanda-t-il. Ça risque de te causer des ennuis ?

Il attendit sa réponse, sans baisser les yeux. Elle commença une phrase, puis s'interrompit à mi-course. Paul passait de plus en plus de temps en Californie, ce qui convenait à Cory, il le savait. Paris n'avait rien réglé entre eux – un changement de décor n'y aurait pas suffi. Ils étaient amis. De bons amis. Pour elle, il n'était rien de plus, désormais. Elle n'avait aucunement l'intention d'en discuter avec Liam, cela dit, pas même en passant. Liam savait qu'elle ne l'envisagerait pas tant que Paul ne l'aurait pas accepté de son côté.

– Non, pour ça je ne m'en fais pas, dit-elle. Pas trop.

– Alors c'est réglé.

Elle pencha la tête, songeuse.

– Je devrais peut-être trouver ça vexant que personne n'ait jamais rien soupçonné, dit-elle. Ça a dû aider que tu aies été si actif côté mariages.

– Va savoir qui a pu avoir des soupçons ? Joe doit bien se douter.

– Oui, ça je te l'accorde.

Elle lui sourit. Ah ce sourire, il ne vivait que pour ça. Ce que ça faisait à ses yeux, à sa peau.

– Pourquoi tu me le dis maintenant ? demanda-t-elle.

Il ne savait pas trop. Il avait plusieurs réponses possibles. La fin du mariage numéro trois. La grande fête pour Joe. Toute cette bière hors de prix ingurgitée sur un estomac vide. Toutes ces raisons à la fois, et aucune.

– Ça fait plus de trente ans que je le garde pour moi. Ça m'a paru suffisant. Et puis, fit-il nonchalamment, je ne rajeunis pas.

– Houlà, on se calme. Tu n'as que deux ans de plus que moi…

– Deux ans et demi.

– Ce que je veux dire, c'est que je ne sais pas trop ce que tu vas gagner à me nommer.

Il secoua la tête.

– Je m'en moque.

– Mais tu te moques de tout.

– Si quelque chose devait t'arriver, je ne m'en remettrais pas. Je plierais bagages.

– Ah vraiment ?

– Vraiment, oui.

Il opina, sérieux soudain. Le regard perçant, blessant.

– Je n'ai aucune envie de vivre sans toi.

– Mon cher, la conversation vire vraiment morbide, pour un mardi soir.

– De quoi voudrais-tu qu'on parle ?

– Je ne veux parler de rien, dit-elle. J'ai faim. Je voudrais manger en paix avant qu'on ait à appeler Hawaï. On va devoir y aller la semaine prochaine, je crains que ce soit inévitable, mais Sam fait du bon boulot.

Il soupire.

– Bien sûr. Je ne suis toujours pas convaincu qu'il soit fait pour ce job. Il faut dire qu'il n'est pas vraiment ouvert à la discussion.

– L'avenir nous le dira, d'une manière ou d'une autre.

Il leur versa à chacun une rasade de bière, mais elle interrompit son geste et le regarda droit au fond des yeux :

– Je n'ai aucune envie de vivre sans toi, moi non plus, note-le pour mémoire.

– J'aimerais bien voir ça écrit noir sur blanc, tu me feras voir ?

– Verse-moi la fin de cette bière et ça se fera peut-être un jour.

Dernier arrêt : New York

Dès notre atterrissage à New York, nous filons directement à son appartement.

Une décoration sophistiquée nous accueille, le hall tout de métal, le portier familier. Il aide une résidente à porter le dîner qu'on vient de lui livrer. Il nous fait signe de monter en passant.

– T'es sûre de vouloir faire ça comme ça ? demande Sam.

– Non, dis-je.

Mais nous sommes déjà dans l'ascenseur. Déjà en train de monter.

Paul ouvre la porte. Il est vêtu d'un sweat et d'un pantalon cargo. Pieds nus. Il pensait avoir terminé sa journée. Tranquille chez lui, en sécurité, déjà un bourbon à la main.

– On sait que c'est vous, Paul, lui dis-je, avant qu'il ait le temps de nous saluer.

– De quoi vous parlez ?

– On sait que c'était vous, sur la falaise, ce soir-là, dit Sam.

Il me regarde, puis nous dévisage tour à tour. Il a l'air vraiment surpris. Vraiment confus. Et pendant un instant, pendant un dernier instant de gratitude, je me dis que j'ai eu tort de penser que c'était lui. Que, quand j'avais envoyé à Meredith Cooper une photo de Paul, elle avait pu se tromper en croyant reconnaître le joggeur sur la plage. Qu'oncle Joe s'était trompé en disant que Paul possédait une ferme à Point Dume, et qu'il y passait au moins la moitié de son temps.

J'y crois, le temps d'un dernier instant. Que tous les signes qui m'ont menée ici auraient pu pointer ailleurs. Que je vais devoir à Paul de plates excuses. Que je suis sur le point de faire demi-tour.

Mais c'est alors que je vois d'autres signes. Sa main qui tremble. Sa main qui tient un verre d'alcool. Sa main que son alliance n'a pas quittée.

– C'est vous qui voyez comment vous voulez qu'on procède. On peut aller directement à la police et les laisser prendre le relais, dis-je. Ou, meilleure option selon moi, vous pouvez nous laisser entrer.

À ces mots, il se tait et baisse les yeux.

Puis, lentement, d'un geste brusque, il s'écarte.

*
* *

– Il faut que vous compreniez, dit Paul. Je n'ai pas eu mon mot à dire, là-dedans.

C'est ainsi qu'il commence. Nous sommes assis sur des canapés en cuir, face à face. Sam se tient debout près des fenêtres, d'immenses baies vitrées. Manhattan se découpe au loin. Sam n'a pas dit un mot depuis que nous sommes entrés, depuis qu'il s'est retrouvé face à Paul. Je sais qu'il met toute son énergie à essayer de se contenir. Je sens qu'il bout de l'autre côté de la pièce. J'essaie de le calmer de là où je suis. Je croise son regard et lui demande en silence de me faire confiance. Je le vois prendre une grande inspiration, puis je me tourne à nouveau vers Paul.

– J'ai rencontré Grace pendant mes études supérieures. Elle étudiait l'écriture créative et moi, la photographie. Mais elle habitait avec des copains de ma promo et donc je la voyais souvent la première année. Je l'avais en fait croisée plusieurs fois et elle ne se souvenait jamais de moi, ce qui a probablement attiré mon attention…

Il ne dit pas le reste. Que lorsqu'il entrait dans une pièce, tout le monde se souvenait généralement de lui. Et soudain, quelqu'un s'en fichait éperdument.

– Toujours est-il qu'un soir, alors que je buvais un verre avec un ami, dans leur salon, il n'était même pas tard, environ vingt heures trente, Grace est sortie de sa chambre et nous a dit d'aller faire la fête ailleurs. Sur un ton calme, mais ferme. Et j'étais foutu. Enfin, je veux dire… complètement sous le charme. Drôle de raison pour tomber amoureux, je vous l'accorde. Mais ça n'avait aucune espèce d'importance. Elle n'était pas intéressée et elle me l'avait clairement fait comprendre, alors nous sommes devenus amis. De bons amis. Jusqu'à ce qu'elle retourne à New York pour s'occuper de ses parents, et nous nous sommes perdus de vue.

Il se racle la gorge.

– Mais quand je me suis retrouvé à New York, nous avons repris contact. Elle était différente. Elle avait mûri, était devenue plus adulte. Ou peut-être que ce n'est pas le bon mot. Elle avait toujours été assez mature.

Mais elle était mieux dans sa peau. Elle travaillait avec votre père à ce moment-là, et elle était heureuse. Elle aimait son travail ou travailler avec lui, ou les deux. Et nous avons commencé à passer du temps ensemble. Je savais très bien, elle ne l'a jamais caché, que sa relation avec votre père était… compliquée. Je ne sais pas si je l'ai pris comme un défi. J'espère que non. Mais je ne saurais dire.

Il fait une pause et reprend :

– Je l'aimais, c'est tout. Et me trouvais mieux que lui, pour elle. Comment penser autrement ? Je lui offrais tout de moi. Mais… quelle audace de ma part, de croire qu'on peut appliquer ce genre de raisonnement à l'amour. Que la raison a quelque chose à voir là-dedans.

Je l'observe.

– Tout ça pour dire que je n'en veux pas à Grace. Ce serait injuste de ma part. J'y suis allé en connaissance de cause. Je savais. Je pensais juste… qu'avec le temps, mon dévouement serait plus fort. Ma loyauté envers elle. Et parfois, j'avais l'impression que c'était le cas. Quand nous nous sommes mis ensemble officiellement, elle a changé les modalités de leur relation. Du moins, pendant un certain temps. Mais ça n'a pas eu d'incidence sur leur complicité. Sur la façon dont elle le regardait. Alors non, je ne dirais pas qu'elle m'a trompé. Pas au sens traditionnel du terme. Mais que vaut la fidélité quand on en aime un autre ? La fidélité ne triomphe pas sur l'amour, au bout du compte.

Je le sens au plus profond de mes tripes. De mon âme. Combien il est douloureux de se retrouver du mauvais côté de l'équation. Du mauvais côté d'une histoire d'amour. Dans un triangle amoureux malheureux.

– Qu'est-ce qu'il s'est passé, ce soir-là, Paul ? s'enquiert Sam.

– Dans son testament, Grace avait demandé… Elle avait demandé que ses cendres soient dispersées à Windbreak. Je repoussais le moment.

Il prend une profonde inspiration et poursuit :

– Nous étions séparés, à la fin. Après sa crise cardiaque, la situation a été un peu plus floue, pour un temps. Mais on peut dire que nous avons été séparés la majeure partie de ces dernières années. On était encore amis. Oui, vraiment. À la fin, nous étions revenus au point de départ.

Il sourit, réfléchit.

– Mais ça a rendu mon deuil, et même ma façon de l'envisager, encore plus difficile. Tout ça pour dire qu'il m'a fallu beaucoup de temps pour enfin aller à Windbreak. Pour enfin honorer son souhait.

Il relève les yeux vers moi.

– Le chagrin fait faire des choses insensées, dit-il. Ça n'est pas du tout une excuse.

– C'est juste un constat, dis-je.

– C'est juste un constat, répète-t-il, en acquiesçant.

– Comment êtes-vous entré ? demande Sam.

Paul et moi nous retournons tous les deux vers lui, debout près du rebord de la fenêtre, un instant nous avions oublié qu'il était là. Ses yeux rougis, humides.

– J'ai emprunté les escaliers depuis la plage. Grace m'y avait emmené une fois, il y a longtemps. Elle avait aussi noté le code. Avec ses instructions dans le testament…

Il s'interrompt.

– Votre père n'était pas censé être là, j'avais choisi ce moment exprès. Il devait assister à une soirée pour Inez, je le savais parce que j'avais aussi reçu une invitation. Je me suis assuré que votre père y serait. Si vous vérifiez auprès de ses équipes, vous verrez que j'ai passé cet appel.

Je hoche la tête, sachant que c'était la vérité. Inez nous l'avait dit elle-même : notre père s'était désisté à la dernière minute. À la place, il avait sauté dans un avion pour rejoindre son endroit préféré.

– Je venais de finir de disperser ses cendres quand il a dû m'apercevoir. Il est arrivé derrière moi. Il m'a fait peur. Et le ton est monté. Pas vraiment à cause de ma présence. Il n'était pas surpris de me voir là, pas quand je lui ai expliqué la raison. Mais il semblait… tellement brisé. Ça m'a rendu fou. J'étais fou de rage. Je lui en voulais de ne pas l'avoir choisie quand on était plus jeunes. Je n'ai jamais compris pourquoi il n'avait pas tout abandonné pour elle. Peut-être qu'elle ne voyait pas les choses de cette façon, mais j'avais toujours eu cette impression, l'impression qu'il ne l'avait jamais choisie. Véritablement choisie. Elle et personne d'autre. Et merde, je l'ai haï pour ça… sauf qu'en me tenant là avec lui, j'ai réalisé que j'avais faux sur toute la ligne.

– À quel sujet ? dis-je.

– Il avait été d'une fidélité sans faille, avec elle, dit-il, en haussant les épaules. Il lui avait appartenu autant qu'elle lui avait appartenu.

Il détourne le regard. Et je commence à imaginer la scène. Un homme grimpant ces marches deux à deux, jusqu'à l'endroit où il avait le moins envie d'être. Et pourtant, il y allait. Parce qu'il voulait exaucer la dernière volonté de sa femme. Il voulait disperser ses cendres là où elle l'avait souhaité. À son corps défendant. Parce qu'il savait ce qu'il n'avait jamais voulu s'avouer. Ce qu'il avait toujours su. Il savait où elle souhaitait être.

– On s'est un peu disputés, dit Paul, je ne me rappelle même plus les paroles qui ont été prononcées. Il était en colère, juste de me voir là, comme ça. J'étais furieux de sa présence inopinée. De ne même pas pouvoir avoir ce moment sans qu'il fasse partie du tableau. Toute ma vie, avec ce type en arrière-plan… Mais j'ai fait demi-tour et j'ai commencé à partir. Je voulais juste m'en aller. Et là votre père… il m'a rappelé. Je pense qu'il voulait s'excuser ou apaiser la situation. Il m'a dit à quel point Grace tenait à moi. Comme si j'avais besoin qu'il me le dise. Sauf que, apparemment, j'en avais besoin. Parce que ça m'a anéanti. Ça m'a complètement anéanti. Alors j'ai avancé vers lui.

Il secoue la tête, laisse échapper un petit rire amer. Sam s'éloigne de la fenêtre. Se rapproche de nous, de moi. Comprenant d'instinct que nous avons besoin d'être ensemble, ensemble pour affronter la suite.

– Je n'arrête pas d'y repenser, à ce que je l'ai entendu dire à ce moment-là. Il parlait tout doucement parce qu'il ne s'adressait pas vraiment à moi. Mais il avait besoin que quelqu'un le sache. Et elle n'était plus là pour l'entendre. Il a prononcé ces mots : *je ne sais pas vivre sans elle*. C'était trop. La douleur. L'insignifiance de tout ça… Et j'ai juste… j'ai perdu les pédales, vous comprenez ? Dans ma tête, tout ce temps, c'était sa faute à lui. Et c'était d'autant plus insupportable que je ne pouvais plus le blâmer non plus. Alors je l'ai poussé. Oui, je l'ai poussé. Mais je ne voulais pas qu'il tombe dans le vide. Je ne voulais pas le tuer. Je ne voulais pas…

Paul essuie les larmes qui ruissellent sur ses joues. Il essaie de les arrêter, ces larmes qu'il estime n'avoir pas le droit de verser. Mais il n'y arrive pas. Il pleure si fort qu'il en est incapable de parler.

Sam s'éloigne de lui, de nous deux, les phalanges serrées, si fort que ses poings en deviennent diaphanes. Ses yeux se remplissent de larmes aussi, malgré ses efforts pour les retenir, des larmes qui commencent à couler sur son visage.

Je me tourne à nouveau vers Paul. Le reste commence à se dessiner, sans que personne ne dise rien – sans que Paul ne le dise. Le choc. Mon père, là pendant une seconde, plus là la seconde d'après. Le cœur de Paul qui s'emballe. Personne pour l'entendre.

Le contrecoup. Mon père disparu dans la nuit. Que venait-il de se passer ? Comment ç'avait pu arriver ? Qu'avait-il fait ? Le monde tournant au ralenti, et en même temps plus vite que jamais : Paul dévale les marches jusqu'à la plage, deux par deux, compose le 911. Il arrive à hauteur de mon père, du *corps*, au même moment que le couple. Le couple avec ce chien qui aboie si fort. Ils sont aussi au téléphone avec les secours. La femme essaie de prendre le pouls de mon père, fait non de la tête. Fait signe à son mari que c'est fini.

Avant même d'avoir réfléchi, Paul court déjà. Avant d'avoir pu penser au reste. Fonce. Sors-toi de là. Ta fille est enceinte, la fille que tu as eue avec Grace est enceinte. Tu vas être grand-père pour la première fois. Il n'y a plus rien à faire maintenant, même si tu restes. La femme a toujours la main posée sur la poitrine de Liam, son mari est en ligne avec le médecin coordonnateur. On n'a pas de pouls. Le crâne éclaté, le cerveau en bouillie. Il n'y a plus rien à faire pour lui. Il n'y a plus rien à faire du tout. Mais, pour ta fille, ta petite-fille – pour la fille et la petite-fille de *Grace* – tu peux te tirer de là.

Il plonge ses yeux dans les miens, il a manifestement besoin que j'entende cette partie.

– Je ferai tout ce que vous voulez maintenant. On peut aller à la police ensemble. Non pas que vous deviez porter ce fardeau. Mais demandez-le-moi et je m'exécuterai, c'est tout…

Que dire ? Sûrement pas ce qu'il aimerait entendre : que je peux sentir le poids du mot *fardeau* dans sa bouche, le poids de ce fardeau sur ses épaules, visible jusque sur sa peau, sur ses cheveux, dans son odeur. Ce qu'il a perdu, ce qu'il n'a jamais vraiment eu.

Que je comprends, en le regardant, la peine que nous portons, ce trou noir émotionnel. On peut aimer une personne et cette personne en aimer une autre. On peut passer toute une vie à essayer de la comprendre, sans accepter que ce n'est pas de nous qu'elle cherchait à se faire comprendre. On peut regarder une personne droit dans les yeux sans jamais avoir accès à sa part la plus intime – sa face cachée.

Mais, oh, d'y avoir accès maintenant, de connaître la face cachée de mon père. Savoir ce qui le faisait avancer, vibrer, respirer.

Elle t'aimait, papa. N'est-ce pas ? T'aimer, c'était sa vie. Et, malgré le tumulte, tout le beau et nécessaire tumulte, l'aimer était la tienne.

Alors je fais ce que tu ferais si tu étais là. Ce que tu ferais pour elle.

Je tends lentement ma main. Et prends la sienne.

L'East River vous dévoile tout

Nous marchons un bon moment.

Nous sommes trop abasourdis pour faire autre chose. Alors nous marchons, dans les rues bordées d'arbres de Brooklyn Heights, nous éloignant lentement mais sciemment de ce que nous venons de vivre. Aucun de nous ne parle pendant un certain temps, comme si en parler à voix haute risquait de briser quelque chose, de rendre les choses réelles.

Sam finit par se tourner vers moi.

– Tu le crois ? me demande-t-il.

Nous avons parcouru toute la promenade, le pont de Brooklyn pas très loin devant, l'East River, le Pier 6 et Manhattan brillant de mille feux dans la nuit.

Je repense à ce que j'ai lu dans les yeux de Paul, son chagrin, sa souffrance. Il n'avait pas voulu ça. Pas un instant.

– Oui, je le crois, dis-je. Au moins, on sait.

– Et qu'est-ce que ça change ?

Il hausse les épaules. Mais laisse ensuite échapper un soupir. Parce que ça soulage un peu. Ça soulage un peu de pouvoir enfin laisser notre père reposer en paix. De pouvoir rassembler les plus grosses pièces du puzzle.

Les pièces, ça aide. Ça aide à se reconstruire. Ça atténue le choc. Ça l'atténue jusqu'à ce que, lentement mais sûrement, la vie ne se résume plus à ce choc. Même lorsque la chose qu'on désire vraiment – la chose que mon frère et moi désirons encore, est une chose qu'on n'aura jamais plus. Notre père, en vie, avec ses secrets bien gardés. Plus près de nous, et plus loin, à la fois.

– Il me manque tellement, dit Sam.

Je plonge mes yeux dans les siens.

– Ce manque, abyssal, je ne m'y attendais pas, poursuit-il.

Je hoche la tête.

– Moi non plus.

– Est-ce que ça va s'apaiser, avec le temps ?

Je pense à ma mère, partie depuis plus longtemps. Vivre sans elle revient à être écorchée vive. On le remarque seulement lorsqu'on touche quelque chose. Mais la vie est faite de contacts.

– Un peu, oui, dis-je.

– Je sais que tu mens. Mais j'apprécie.

Je rigole tandis qu'il s'appuie contre la balustrade.

– Paul était au courant, n'est-ce pas ? demande Sam. Je veux dire, il nous a dit lui-même qu'il s'était lancé en toute connaissance de cause. Mais j'imagine qu'il avait juste… besoin de le voir de ses propres yeux.

– Voir quoi ?

– Ce qu'il en était vraiment.

Ça me stoppe. Parce que je pense que Sam a raison. Je pense aussi qu'il ne parle pas seulement de Paul, désormais.

– Peut-être qu'il l'aimait tout simplement, dis-je. Alors il ne voulait vraiment pas penser à… ce face à quoi il essayait de faire le poids.

– On ne peut pas vraiment le lui reprocher, dit-il. Qui le voudrait ?

Personne, ai-je envie de dire. Personne ne veut penser à ce qu'il a en face. Et en amour, quand on s'engage et qu'on essaie d'aimer quelqu'un, on fait aussi face à soi-même. On fait face à sa douleur, son passé et ses idées préconçues. On fait face à la douleur la plus primaire, telle une barricade de chair et de sang qui nous empêche de nous ménager un passage entre l'endroit où on est coincé et celui où on veut le plus aller.

Sam se tait à nouveau, son regard se perd dans le fleuve. Je le connais suffisamment bien maintenant pour savoir ce qui se joue dans ses silences – que sous notre chagrin partagé, il sait ce à quoi il fait face – le courage qu'il va lui falloir pour s'en sortir. Comme si la suite ne pouvait prendre qu'une seule et non une multitude de formes – une multitude qui ne se révélera qu'une fois qu'il aura lâché prise. Son statut dans l'entreprise, ses fiançailles, son désir de stabilité. Plus rien ne sera stable, désormais. Peut-être que l'accepter, tout simplement, est la clé de notre salut. À lui. Et à moi.

La fidélité ne triomphe pas sur l'amour. Ce sont les mots de Paul. Mais quelle chance, quelle chance rare et précieuse que d'avoir les deux. La fidélité et l'amour, tournoyant ensemble. Qu'est-ce que j'ai fait, jusqu'à présent ? À part essayer d'échapper à ce à quoi je ne peux pas échapper. Parce que quand on a les deux, on a tout à perdre. Et, un jour possiblement, on perdra tout, on sera séparé. C'est le prix à payer quand on aime. Ça ne veut pas dire qu'on ne le fait pas. On le fait quand même. Et on prie.

– Pas de déménagement à Brooklyn pour moi, alors ? demande Sam.

Je secoue la tête.

– Non. Jamais.

– Jamais, c'est peut-être un peu beaucoup, mais je vois l'idée.

Je lui souris. Son visage me rappelle trop celui de mon père pour que ce soit facile pour moi, du moins pour l'instant. Mais je le regarde quand même parce que je pressens déjà comment je peux l'aider dans son cheminement – vers l'épanouissement.

C'est égoïste, en réalité. Parce que avec ce moment, avec cet espoir nouveau, mon propre chagrin me semble un peu moins lourd.

Sam ne quitte pas Manhattan du regard, sur l'autre rive du fleuve.

– On a fait ce qu'il fallait, ce soir ? demande-t-il.

C'est une question et ce n'en est pas vraiment une. Je pose ma tête sur l'épaule de mon frère, comme si c'était un geste banal, pour nous. C'est seulement à cet instant que je me dis que ça l'est peut-être, désormais.

– On a fait la seule chose à faire, dis-je.

Et sur ces mots, nous convenons qu'il est temps de rentrer chez nous.

Un an plus tôt

– Allez, on s'en va, dit-il.

Cory le dévisagea. Ils se trouvaient sur le trottoir devant sa maison d'enfance, près de la boîte aux lettres. Ils étaient censés se rendre à la cinquantième journée des anciens du lycée de Liam, et il avait voulu faire cette étape. Il avait l'intention de demander aux nouveaux occupants de les laisser entrer un instant, pour aller revoir sa chambre d'enfant avec Cory. Le dressing. Cory & Liam. Il voulait voir si ça y était encore. Le seuil de la porte sur lequel il l'avait rencontrée. Il voulait se tenir dans l'embrasure. Et lui tenir la main.

– Attends, de quoi tu parles ? Tu ne veux plus voir la maison ? Ou c'est la réunion que tu veux éviter ?

Liam observait la famille par les petites fenêtres donnant sur le salon. Une famille avec des enfants en bas âge, devant un dessin animé. Il ne les connaissait ni d'Ève ni d'Adam. Ce n'était même pas eux qui avaient acheté la maison aux parents de Liam. C'était la famille après cette famille. Il n'était plus entré à l'intérieur depuis la vente.

– Les deux. Aucun des deux. Oui.

Cory réfréna un sourire.

– Tu sais que c'est toi qui as eu l'idée de cette excursion un peu saugrenue ?

– J'en ai bien conscience, oui.

– Et qu'est-ce que je t'ai dit, quand tu en as parlé ?

– Que j'aurais envie d'annuler.

Elle se mit à rire.

– Regarde-moi ça, tu deviens prévisible, avec l'âge.

Il lui sourit en retour.

– Il faut dire que tu m'as l'air crevée, ce soir.

– Tu sais parler aux femmes, dis donc.

– Ce n'est pas ce que je voulais dire.

Et il se pencha pour déposer un baiser au creux de sa paume.

– Pardonne-moi, murmura-t-il.

Et, sans prévenir, il ne s'agissait plus uniquement de ce soir. Il plongea la main dans la poche de son manteau. Et en sortit une bague. C'était la même bague que lorsqu'il avait voulu lui demander sa main la veille de son départ pour ses études en Californie. Une bague qu'il avait failli sortir une bonne dizaine de fois depuis.

– Qu'est-ce qui te prend ?

– Je te demande de devenir ma femme.

– Oh, mais tu vas arrêter, oui ! Je te dis que ça va.

Il resta silencieux. Elle ne voulait pas l'écouter. Elle avait vraiment l'air fatiguée, par ailleurs. Mais un combat à la fois. Il appellerait son médecin. Il verrait avec Elliot. Il insisterait pour qu'elle se repose davantage.

Il lui sourit.

– Il n'est pas trop tard.

– Ça, je refuse. Ce genre de regret. On va s'en tenir à ça : on a fait de notre mieux, et basta.

– Pourquoi on ne le ferait pas, là maintenant ?

– Faire quoi ?

– Je veux me réveiller tous les matins à tes côtés, dit-il. Tous les matins qu'il nous reste.

Elle le fusilla du regard.

– On va rejouer la scène tous les, quoi ? tous les six mois ? Tous les ans ?

– J'aimerais que tu ne minimises pas les choses…

– C'est toi qui minimises les choses, en suggérant qu'on devrait faire autrement.

Comment parvenir à la convaincre ? se demandait-il. Comme expliquer ça ?

Ce n'est pas tant qu'il avait besoin que ça se passe autrement, entre eux. C'est qu'il avait besoin d'elle. Ç'avait toujours été le cas.

– Demande-moi quand j'ai acheté cette bague.

– Non.

– Demande-le-moi, s'il te plaît.

– Non, répéta-t-elle, avec conviction. Parce que tu vas me donner une réponse après laquelle je ne pourrai plus t'en vouloir et, franchement, je t'en veux, je suis vraiment en colère après toi. Il fait super froid et ces chaussures étaient une erreur. Et la famille nous observe depuis la fenêtre. La mère semble trouver ça louche. Et regarde le petit garçon. Il se demande ce que font ces deux personnes bizarres devant chez lui. Il est à deux doigts de pleurer.

Elle descendit du trottoir.

– On y va.

– Je l'ai achetée le lendemain de notre rencontre. Tu étais sortie de ma chambre dans cette robe verte, et je suis allé l'acheter le lendemain chez M. Parnes, sur l'Avenue A, pour quatre-vingt-cinq dollars et quinze cents.

Elle fit volte-face.

– C'est pour ça que je voulais venir ici ce soir, pour te poser la question que j'aurais dû te poser ce jour-là.

– Le lendemain de notre rencontre ? Ça aurait été un succès.

Cory remonta sur le trottoir. Puis tendit le bras, caressa la bague du doigt.

L'anneau. Il n'y avait pas de diamant. Rien à regarder de spécial. Juste un anneau tout simple. En plaqué or. Ce n'était même pas de l'or massif. M. Parnes, qui avait eu pitié de lui, lui avait fait une réduction.

– Elle est parfaite, dit-elle.

Et elle retira sa main.

Il lui tendit la bague, la rapprocha d'elle.

– Grace, bon sang, ça va faire un demi-siècle, prends cette bague, merde.

Elle sourit. Il ne l'appelait jamais Grace, pas quand ils étaient seuls, sauf quand il se mettait en colère.

– Aussi tentant que soit la perspective de devenir ta femme numéro quatre, je n'ai aucune envie de t'épouser, mon cher.

– Je te remercie, ça fait plaisir.

– Je t'en prie.

Il referma le poing sur l'alliance, sans un mot. Derrière elle, la rue de son enfance était éclairée par des lanternes. Son passé, son présent. Il était si facile de dire qu'elle faisait partie de tout ça. Si réducteur. Elle *était* tout ça.

– De toute façon, ces retrouvailles de lycée, je déteste. C'est pas une grosse perte. Mais puisque tu m'as obligée à me faire belle, allons quelque part. On pourrait s'arrêter au Sheet Music ? Aller dîner ? J'aimerais bien faire la connaissance de Jack.

– Tu ne l'as pas encore rencontré ?

– Juste cette fois, dans la rue…

– Il va te plaire. C'est un gars bien. Vraiment.

Elle lui prit le bras et ils se mirent en chemin vers la voiture.

– Tu parles d'un compliment.

– Non, pas du tout. C'est la bonne personne pour elle, je n'en doute pas, mais… mais j'aime encore beaucoup Elliot.

– Hum, fit-elle. Pour Nora ou pour toi ?

Il rit.

– Touché !

Il lui ouvrit la portière et Cory s'installa.

– Et puis il faut que je goûte à cette pizza aux fraises dont j'entends tellement parler.

– Alors en route, on va te chercher ça.

Liam allait remettre la bague dans sa poche. Mais c'est alors qu'elle lui tendit la main.

L'interrompant à mi-geste.

– Je vais la prendre, je te remercie.

Saisissant la bague, elle la plaça au creux de sa main. Elle ne la passa pas à son doigt, pas sur le moment, non, mais elle l'accepta. Après quoi elle lui sourit. Ah ce sourire.

– Pas de mariage, c'est voué à l'échec, dit-elle. Mais ensemble, dans la même maison ? On pourrait faire ça.

Il hocha la tête.

– Je crois que la maison, on l'a.

Grace se laissa aller contre le dossier, rajustant sa robe.

– Alors c'est d'accord.

Elle l'avait dit si naturellement, qu'il aurait pu ne pas l'entendre. *Alors c'est d'accord.* Après tout ce temps, comme si c'était si simple.

Et ça l'était peut-être, après tout. C'était censé l'être, quand on s'aimait. Qu'il faille une minute ou une vie entière pour y arriver. Au bout du compte, c'est toujours mieux quand je suis avec toi.

Il se pencha vers elle, colla son nez au sien, humant son odeur.

– Ravie d'apprendre que tu n'en as pas encore marre de moi… dit-elle.

– Non, pas encore. Et ça ne risque pas d'arriver.

Réservation pour vingt heures

C'est un magnifique restaurant.

Il se trouve dans une petite maison en bardeaux, en bordure d'un chemin de terre, entourée de jardins potagers, de ruches et d'un brasero – un brasero autour duquel les chanceux qui ont pu réserver s'assoient et sirotent des cocktails avant de dîner.

Le seul détail qui indique que c'est un restaurant deux étoiles Michelin, et non la maison d'un particulier, est une petite enseigne en bois. FONDÉ EN 2012

Je m'installe au comptoir et commande à dîner. Quatre plats s'enchaînent. Ils sont parfaits. Mon préféré est apparemment tout nouveau sur la carte. C'est un flatbread cuit deux fois avec des tomates frites, des anchois croustillants et des pousses vertes amères et piquantes. Ce qui équivaut plus ou moins au sandwich salade-tomate le plus raffiné auquel j'ai eu la chance de goûter. Mais en même temps, ça n'a rien à voir.

Le fait est que mon plat préféré, comme toujours, est le sien.

Une fois mon dessert terminé, je demande à parler au chef.

– J'aimerais lui adresser mes compliments en personne, dis-je.

– Il n'apprécie pas trop, me répond le serveur.

– Pourriez-vous lui dire que je le connais ? dis-je. Je suis une habituée du Sheet Music. Dites-lui que s'il le souhaite, je peux partir.

La cuisine est splendide. Design nordique, des plans de travail en Dekton et un plafond en pente douce.

Jack est au fond, près des fenêtres, se rinçant les mains dans un immense évier à l'ancienne. Il porte sa tenue blanche de chef et sa casquette des Giants. Il s'est laissé pousser la barbe. Je déteste ça. Me retrouver face à lui – j'en ai presque la respiration coupée.

Le serveur l'interpelle.

Il lève les yeux. Et, quand il voit que c'est moi qui suis là, il fait un pas en avant. Puis se ravise, et recule.

– C'est toi, dit-il.

– C'est moi.

Il remercie d'un signe de tête le serveur, qui repart et nous laisse seuls près de l'évier, près de ces grandes fenêtres. Trente centimètres nous séparent. Ça pourrait tout aussi bien être un kilomètre. Il pourrait tout aussi bien ne rien y avoir entre nous.

– C'était excellent, dis-je.

– Ça en fait du chemin, pour un dîner, dit-il.

– J'ai passé pas mal de temps à Windbreak, ça m'a facilité un peu la tâche.

– Windbreak ?

– Je bosse sur quelques projets dans le coin… dis-je en hochant la tête. Et je rafraîchis une maison pas très loin. Pour Sam.

– Comment ça se passe ? demande-t-il.

– Bien. Et puis tu sais… c'est toujours mieux que d'être à la maison sans toi.

Il lâche un petit sourire. Petit, mais bien réel. Puis il se mord la lèvre et son sourire s'efface.

Il me regarde, prêt à entendre ce que je suis venue lui dire. J'ai eu huit heures de route pour décider par où je voulais commencer.

Huit heures, quatre plats et Jack devant moi à nouveau.

Je me demande juste, ai-je envie de lui dire. Je me demande si tu me pardonneras. Je me demande si tu penses même qu'il y a quelque chose à pardonner. Je me demande si tu veux venir à Windbreak, voir si tu veux y vivre avec moi pendant un certain temps. On pourrait ouvrir un Sheet Music West près de la plage. Tu pourrais rester aussi longtemps que tu le souhaites. Ou, tu sais, rester aussi longtemps que nous serons ensemble.

Je n'ai pas prononcé un mot que, déjà, il a compris. Parce qu'il me regarde avec ces yeux, grands ouverts, comme avant, disposés à écouter. C'est lui. C'est nous. C'est ce que nous représentons l'un pour l'autre. Et je sais que si ça ne marche pas, s'il ne veut pas réessayer – si c'est à son tour de ne pas savoir exactement comment combler la distance – il en sera toujours ainsi entre nous. Dans dix ans comme dans vingt. Il sera toujours une évidence pour moi, avant même de me souvenir pourquoi. Il sera toujours cette personne que je reconnais avant même que mes yeux le voient.

Alors j'opte pour la simplicité :

– Je me demandais juste si, après le travail, ce soir, tu aimerais aller manger une glace.

Il laisse échapper un petit rire. Puis il s'essuie les mains sur le torchon autour de sa taille. S'avance vers moi.

De sa voix chaude et si douce, il me répond :

– Il nous faudra peut-être rouler un moment, pour trouver quelque chose d'ouvert…

– Je ne suis pas contre une petite virée.

Il pose sa main sur ma joue, son visage contre le mien.

– Ah bon ? dit-il.

Je fais non de la tête. Sa peau contre la mienne, son front contre le mien. J'aimerais qu'on reste comme ça le plus longtemps possible. Aussi longtemps que la terre, le soleil et le ciel conspireront pour me le permettre, plus longtemps encore si je découvre comment m'y prendre.

– Alors c'est bien, dit-il. C'est parfait, même.

Remerciements

J'ai commencé à écrire ce livre en 2021. Mais cela faisait des années que j'avais l'histoire de Liam et de Cory en tête. Je dois beaucoup à Suzanne Gluck et à Marysue Rucci pour leur enthousiasme à mesure que l'histoire que je voulais raconter prenait forme. Merci de m'avoir guidée, conseillée, soutenue avec intelligence ; pour les appels du mercredi, et les innombrables manières dont vous avez amélioré chaque page et rendu le tout plus audacieux.

Je suis on ne peut plus reconnaissante à Simon & Schuster et Marysue Rucci Books de m'avoir accueillie – quel merveilleux havre pour mon œuvre. Un merci particulier à Jonathan Karp, Libby McGuire, Richard Rhorer, Elizabeth Breeden, Jackie Seow, Jessica Preeg, Clare Maurer et Emma Taussig ; à Selina Walker et à l'incroyable équipe éditoriale de Century au Royaume-Uni ; à Laura Bonner, Matilda Forbes Watson, Lane Kizziah, Paige Smucker et Ari Greenburg chez WME ; à Jamie Feldman ; et à Liz Biber et Meredith O'Sullivan chez Lede.

Sylvie Rabineau, vingt ans ont passé et j'aspire toujours à être comme toi quand je serai grande. Merci d'avoir réalisé tant de mes rêves. Ce livre doit énormément à Scott Dunlap chez NBBJ pour son expertise en neuro-architecture ; à Brandon Sampson et Liz Leber ; à Katherine Eskovitz pout son expertise juridique et à Kate Capshaw, qui m'a fait connaître le documentaire *My Architect : A Son's Journey* à un moment décisif.

Je souhaite également citer les équipes de Wildflower Farms, San Ysidro Ranch, Ventana Big Sur, Hotel Jerome et Las Ventanas qui m'ont prodigué aide et inspiration. Et Noah Kahan, dont les chansons magnifiques m'ont tenu compagnie durant l'écriture.

Pour avoir relu mes brouillons et m'avoir donné de précieux conseils, merci à : Emily Usher, Allison Winn Scotch, Lawrence O'Donnell Jr., Wendy Merry, Stephanie Abram, Liz Squadron, Jonathan Tropper, Shauna Seliy, Jennifer Garner, Dana Forman, Allegra Caldera, Sasha Forman, Emma Destrubé, Lexi Eskovitz et Brenda Serpas. Et un merci tout particulier à Kira Goldberg qui a cru dans ce texte dès le début.

Merci aux familles Dave et Singer, à mes formidables amis qui ont lu des passages au hasard et m'ont pardonné les pages volantes que j'ai semées aux quatre vents, merci de m'avoir soutenue et si bien entourée, et aux lecteurs, libraires, blogueurs, critiques et bibliothécaires qui continuent de mettre en avant mes textes. Merci de me faire signe, de vouloir parler de romans, de théâtre et de poésie, grâce à vous, les librairies sont mes endroits favoris. Pour tout cela, ma gratitude est immense.

Enfin, mes amours. Jacob, mon garçon préféré, mon sujet d'observation préféré, mon préféré en tout. Rien au monde ne me rend plus heureuse que de te regarder jouer au base-ball. Hormis te regarder être toi.

J'adore résolument incarner ta sécurité, mon fils. Et j'aime tout de toi.

Josh, si je peux faire ce travail que j'aime tant, c'est parce que tu es le genre de père et de mari que tu es. Je t'en remercie. Merci de croire en moi. Merci, par-dessus tout, pour toutes les histoires que tu me racontes. J'en prendrai soin, tout comme je prends soin de toi, de tout mon être. Pour toujours.

Cet ouvrage a été composé par
PCA, 44400 Rezé

Imprimé en France par
CPI Bussière
en octobre 2025

Dépôt légal : novembre 2025
N° d'impression : 2087219
ISBN : 978-2-7499-6017-3
LAF : 3554